DE VOLTA À FAMÍLIA WALTER

ALI NOVAK

De Volta à família Walter

Tradução
KAROLINE MELO

PLATAFORMA 21

TÍTULO ORIGINAL *My Return to the Walter Boys*

Plataforma21 é o selo jovem da VR Editora

GERENTE EDITORIAL Tamires von Atzingen
EDITORA Thaíse Costa Macêdo
EDITORA-ASSISTENTE Michelle Oshiro
PREPARAÇÃO Bárbara Prince
REVISÃO Natália Chagas Máximo e Bárbara Borges
COORDENAÇÃO DE ARTE Pamella Destefi
DIAGRAMAÇÃO P.H. Carbone
DESIGN DE CAPA Brittany Vibbert / Sourcebooks
ILUSTRAÇÃO DE CAPA © CACTUS Creative Studio/Stocksy
PRODUÇÃO GRÁFICA Alexandre Magno

Dados Internacionais de Catalogação na Publicação (CIP)
(Câmara Brasileira do Livro, SP, Brasil)

Novak, Ali
De volta à família Walter / Ali Novak; tradução Karoline Melo. – São Paulo, SP: Plataforma21, 2025.

Título original: My Return to the Walter Boys.
ISBN 978-65-5008-062-4

1. Romance norte-americano I. Título.

25-291660 CDD-813.5

Índices para catálogo sistemático:
1. Romances: Literatura norte-americana 813.5
Eliane de Freitas Leite – Bibliotecária – CRB 8/8415

VR EDITORA S.A.
Av. Paulista, 1337 – Conj. 11 | Bela Vista
CEP 01311-200 | São Paulo | SP
plataforma21.com.br | plataforma21@vreditoras.com.br

Para Jackie, o melhor irmão do mundo.

Desculpa por roubar seu nome quando éramos crianças, mas valeu por ter levado numa boa.

prólogo

Qui, 6 de junho às 13h32

JACKIE HOWARD

Estou brava com você!

COLE WALTER

Por quê?

JACKIE HOWARD

Por ter me beijado!

COLE WALTER

Que estranho…

Você parecia bem feliz umas duas horas atrás.

JACKIE HOWARD

É, mas agora eu não consigo parar de pensar em você, o que é uma droga, porque a gente não vai se ver por meses!

COLE WALTER

Meio que essa era a ideia...

JACKIE HOWARD

Você é terrível!

Vou entrar no avião agora. Depois a gente continua essa conversa.

COLE WALTER

Eu sei que você tem umas coisas pra fazer em casa, então por que a gente não fala sobre isso quando você voltar, em agosto?

JACKIE HOWARD

Aff, tá.

COLE WALTER

Boa viagem!

Qui, 6 de junho às 21h37

JACKIE HOWARD

Lar doce lar.

COLE WALTER

Fico feliz por você ter chegado bem. Mas me faz um favor?

JACKIE HOWARD

Conhecendo você, depende…

COLE WALTER

Não deixa o Danny se divertir demais. Fico com medo de ele nunca mais querer sair de Nova York.

JACKIE HOWARD

Foi mal, mas não posso prometer nada.
Durante o voo, a gente fez uma lista do que fazer no verão.

COLE WALTER

A gente? Não sei, não...

JACKIE HOWARD

Tá, tudo bem. Eu fiz a lista.

COLE WALTER

Foi o que eu pensei.

JACKIE HOWARD

Pra sua informação, foi o Danny que começou a falar
de todas as coisas que ele queria fazer.
Eu só escrevi.

COLE WALTER

Tipo o quê?

JACKIE HOWARD

Posso te contar amanhã? Estou exausta,
e minha cama está me chamando.

COLE WALTER

Sonhe comigo...

JACKIE HOWARD

Boa noite, Cole!

Seg, 10 de junho às 8h12

COLE WALTER

Já se esqueceu de mim?

JACKIE HOWARD

Hein?

COLE WALTER

Você devia ter me contado sobre os planos que fez com o Danny.

JACKIE HOWARD

Putz, foi mal. Os últimos dias foram meio complicados pra mim.

COLE WALTER

De boa.

Complicados como?

JACKIE HOWARD

Sei lá. É estranho estar de volta aqui.

COLE WALTER

Quer falar sobre isso?

JACKIE HOWARD

Agora não posso. Vou começar um estágio hoje.

COLE WALTER

Que surpresa! Sabe, se sua inscrição pra faculdade ficar mais longa, vai levar meses pro setor de admissões ler.

JACKIE HOWARD

Só estou me precavendo, tá? Não preciso ouvir isso hoje.

COLE WALTER

Estou enchendo o saco, Jackie. Parabéns.

Onde você vai estagiar?

JACKIE HOWARD

Na empresa do meu pai. Te conto depois.

COLE WALTER

Boa sorte!

Seg, 10 de junho às 19h28

COLE WALTER

E aí, como foi seu primeiro dia?

Sex, 14 de junho às 15h52

COLE WALTER

Adivinha só? O gerente da Oficina do Tony se demitiu. Fui promovido.

Sáb, 15 de junho às 10h11

JACKIE HOWARD

Que incrível, Cole! Parabéns!

COLE WALTER

Valeu! Isso significa que vou passar menos tempo trabalhando em carros, mas preciso do dinheiro pra faculdade. Enfim, fui jantar em casa ontem e foi estranho não ver você e o Danny.

Dom, 23 de junho às 16h34

COLE WALTER

Conspirando contra mim, né?

JACKIE HOWARD

Não sei do que você tá falando.

COLE WALTER

Mentirosa. Você levou o Danny a um espetáculo da Broadway!

JACKIE HOWARD

E por acaso isso é crime?

COLE WALTER

Quando ele diz que foi a melhor apresentação que ele já viu na vida, é, sim. Não vou conseguir convencer ele a voltar pro Colorado se ele se apaixonar por Nova York.

JACKIE HOWARD

Eu deveria trancar o Danny e nunca mais deixar ele sair?

COLE WALTER

É, seria melhor assim. Mas, enfim, como você tá?

Você nem me contou sobre o estágio.

Qua, 26 de junho às 23h02

COLE WALTER

Eu fiz alguma coisa pra te deixar brava?

JACKIE HOWARD

Não, por quê?

COLE WALTER

Porque você mal falou comigo desde que saiu daqui.

Sex, 28 de junho às 17h16

JACKIE HOWARD

Oi, Cole. Desculpa pelo sumiço. Voltar pra casa foi mais difícil do que eu esperava. Preciso de um tempo pra colocar a mente no lugar. A gente pode conversar quando eu voltar, em agosto?

um

QUANDO CHEGUEI AO COLORADO pela primeira vez, eu estava uma pilha de nervos. Fazia sentido, dadas as circunstâncias. Eu não havia apenas sido forçada a deixar para trás o único lugar que já tinha chamado de lar, mas também precisei me mudar para o outro lado do país e morar com uma desconhecida, uma mulher que convenientemente tinha se esquecido de mencionar seus *doze* filhos até estarmos acomodadas no avião.

Desta vez, porém, foi diferente.

Quando meu avião pousou no Aeroporto Internacional de Denver, não podia culpar aquelas coisas do passado pela palpitação desconfortável em meu peito; Nova York já não era mais o único lugar onde eu tinha morado, Katherine havia se tornado uma figura materna para mim, e os doze filhos dela? Eles me ensinaram que eu não precisava ser perfeita o tempo todo.

Agora, havia um motivo particular para minha apreensão: mais cedo ou mais tarde, teria de encarar Cole Walter, e só Deus sabia como eu seria recebida. Enquanto esperava a esteira de bagagem entregar minha mala, quase mandei uma mensagem para ele. Por sorte, só tive tempo de digitar três palavras antes de me dar conta do que estava fazendo e apagar tudo. Talvez isso faça de mim uma covarde, mas o que eu poderia dizer depois de não falar com ele por quase dois meses? Além disso, se Cole ainda não soubesse que eu estava de volta, descobriria em breve. Novidades e fofocas correm soltas na casa dos Walter.

Com sorte, até lá, eu teria encontrado as palavras de que precisava para me desculpar.

Não me considero uma pessoa violenta. Mas, quando Isaac Walter estacionou no meio-fio mais de uma hora depois, com um sorrisinho cínico estampado no rosto, como se não estivesse atrasado sem justificativa, só consegui imaginar minhas mãos agarrando o pescoço dele. Depois de colocar minha mala na caçamba da caminhonete, escancarei a porta do passageiro e lancei para o garoto o olhar mais frio que consegui.

– *Onde* você estava? Fiquei esperando por…

– E aí, Jackie? É *tão bom* te ver – disse ele, abaixando o quebra-sol para dar uma olhada no próprio reflexo. – Antes de me dar qualquer sermão que você tenha ensaiado, eu tenho uma pergunta pra fazer. – Ele passou os dedos pelo cabelo preto antes de me lançar um olhar enquanto eu entrava no carro. – Você tem carteira de motorista?

– Não – falei entre dentes. Por ter crescido em Nova York, achei que nunca fosse precisar de uma. – Por que isso importa?

– Porque, se olhares matassem, você teria um corpo pra esconder e uma longa jornada até chegar em casa. Não deveria estar me agradecendo por ter vindo te buscar?

– Não quando você deveria ter chegado há séculos!

– Não é minha culpa se seu voo atrasou – respondeu ele, e precisei dar o braço a torcer, a contragosto.

Katherine deveria ter me buscado no aeroporto, mas meu voo da manhã tinha sido adiado a ponto de minha chegada coincidir com o horário do jogo de futebol de Jordan.

– Não, mas sua tia me prometeu que você estaria...

– Não interessa o que ela prometeu, porque fez isso sem me perguntar antes – exclamou Isaac, o maxilar se contraindo. Ele respirou fundo e então acrescentou, em um tom mais ameno: – Eu tinha planos.

– Tá, tudo bem – resmunguei enquanto afivelava o cinto de segurança –, mas ia cair o dedo se você me avisasse?

– Desculpa, mas você ligou numa hora ruim. Bom, ruim pra você. Ótima pra mim. Podemos só dizer que eu estava... no *clímax* das coisas.

Estreitei os olhos com sua maneira de falar. A julgar pelo tom presunçoso da voz de Isaac, a ignorância era mesmo uma bênção. Mas, se minha suspeita sobre o motivo do atraso dele estivesse certa, eu ficaria disposta a reconsiderar minha disposição à não violência. O sutiã de renda azul abandonado no assoalho era suspeito, mas não uma prova concreta. Embora encontrar roupas íntimas no veículo compartilhado dos meninos não fosse algo frequente, também não era incomum. O que chamou a minha atenção, porém, foi a quantidade de cigarros no copo vazio que Isaac estava usando como cinzeiro, o suficiente para me fazer pensar que outra pessoa estava fumando na caminhonete com ele. Além disso, a cabine estava com cheiro de cigarro e... meu rosto ficou corado.

Sexo. A caminhonete estava com cheiro de sexo. Eu não tinha reparado no começo, já que o *Eau de Câncer de Pulmão* mascarava o odor, mas a cabine tinha o cheiro característico de almíscar e suor.

– Ai, meu Deus! – Abaixei o vidro da janela para deixar entrar um pouco de ar fresco. – Você estava transando com alguém aqui?

– *Eu*? – Ele colocou a mão no peito, as sobrancelhas unidas como que reagindo com exagero a uma ofensa. – Essa é uma acusação séria. O que te faz pensar isso?

– Porque tá fedendo a sexo!

– Tá bom, você me pegou – disse Isaac, me lançando outro sorriso capaz de me incitar a violência. – Mas me diz... como *você* sabe qual é o cheiro de sexo?

O rubor no meu rosto aumentou a ponto de queimar. Embora eu não tivesse qualquer experiência com *aquilo*, não era a primeira vez que a caminhonete era usada para algo além de transporte. Nunca me esqueceria da humilhação de entrar ali um dia, depois da escola, torcer o nariz e perguntar que cheiro horrível era aquele. Danny, Lee e Nathan riram o caminho todo de volta para casa.

– Deixa eu ver se entendi... – falei, ignorando a pergunta dele. – Você me fez esperar por mais de uma hora porque estava pegando alguém?

Isaac nem tentou parecer arrependido ao dar partida e voltar com cuidado para aquele Tetris caótico que era a área de desembarque.

– Como te disse, eu tinha planos.

Respirando fundo, me forcei a manter a calma. Passar o verão em Nova York me ajudou a chegar a uma conclusão surpreendente: eu gostava de viver com os Walter. No geral, eram divertidos, me apoiavam e sempre me faziam rir. Mas, apesar de a ausência deles ter feito meu coração apertar, também fez eu me esquecer de como alguns deles podiam ser irritantes.

– Você é inacreditável.

Os lábios dele se curvaram.

– Foi isso o que eu ouvi. Várias e várias vezes.

Mesmo querendo estrangulá-lo, tinha sido um longo dia de viagem, e eu não tinha mais energia para aguentar as típicas insinuações nauseantes dele, então coloquei meu fone de ouvido. Talvez eu subornasse um dos primos do Isaac para me ajudar a me vingar dele depois de uma boa noite de sono.

– Ah, qual é, Jackie. – Ele fez um beicinho. – Não fica assim. A gente não se viu o verão todo.

– E pelo visto não foi tempo o bastante.

Aumentei o volume da música, concentrei minha atenção na paisagem através da janela e me preparei para o trajeto. Só tive de ignorar Isaac por dois minutos antes de ele desistir de falar comigo, e, sem a distração, meus pensamentos voltaram para Cole. Como não voltariam se, da última vez em que peguei aquela estrada, embora na direção oposta, eu estava nas nuvens, mesmo encharcada pela chuva da cabeça aos pés? Meu coração disparou quando me lembrei de nosso beijo de adeus, mas logo reprimi esses sentimentos; eles só tornariam meu reencontro com Cole ainda mais difícil.

Quando chegamos a Copper Valley, a cidadezinha montanhosa perto da fazenda dos Walter, minha boca estava com um leve gosto de sangue de tanto morder o lábio. O nervosismo logo ficou para trás quando entramos na rua principal.

– O que tá acontecendo? – perguntei, olhando pela janela enquanto os trabalhadores descarregavam barricadas nas esquinas que cercavam a praça da cidade.

– Ah, agora você tá falando comigo?

– Essa questão ainda vai ser analisada com mais profundidade. – Dependia de se ele ia continuar sendo um babaca ou não.

– Estão preparando as coisas pra festa de rua de amanhã – explicou ele. – Vai ter algodão-doce, pintura no rosto e brincadeiras com bexigas d'água. Exatamente o tipo de bobagem paz e amor de que você gosta. Tenho certeza de que vai se divertir bastante.

Arqueei uma sobrancelha.

– E você ainda se pergunta por que eu não quero falar com você?

Dez minutos mais tarde, Isaac entrou numa estrada de cascalho familiar.

Quando chegamos ao topo da colina e a fazenda apareceu, um sorriso lento se abriu em meu rosto. Tudo parecia exatamente igual. Com o céu azul e os campos verdes ao fundo, lá estava a grande casa de campo com acolhedoras persianas amarelas e várias partes anexadas à estrutura original e, ao redor da casa, uma varanda que ainda precisava de uma mão de tinta.

Katherine já estava na porta da frente antes de meus pés tocarem o chão.

– Jackie, você chegou! – disse ela, me puxando para um abraço apertado. – Ah, querida, senti tanta saudade. Quando o Isaac me disse que seu voo tinha atrasado de novo, fiquei péssima. Você deve estar exausta.

Atrasado *de novo*? Sobre o ombro de Katherine, estreitei os olhos para Isaac, e ele abriu um sorriso irônico.

Argh, aquele mentiroso do caramba!

Eu me afastei do abraço, mas não me dei ao trabalho de corrigir Katherine. Dedurar era um pecado capital entre os irmãos Walter, uma lição que aprendi do jeito mais difícil; então, por mais que a desonestidade dele me irritasse, me recusei a cometer esse erro uma segunda vez.

– Obrigada, Katherine – falei enquanto ela me guiava para dentro de casa. – É bom estar de volta.

Minha irmã, Lucy, adorava zoar minha obsessão por listas.

A culpa é da minha personalidade tipo A, mas fazê-las acalmava minha alma: listas de tarefas diárias que eu completava com disciplina militar, listas de desejos caprichosas para as quais eu nunca mais olhava, listas de ideias para presentes de aniversário e Natal organizadas por preço, listas para ranquear meus livros e filmes favoritos. Até tinha um método para organizar todas elas: um índice mostrando todas as minhas listas importantes.

Algumas semanas após o começo do verão, quando Danny comentou o quanto estava com saudade de casa, fiz uma lista com tudo de que eu sentia falta no Colorado para que ele não se sentisse tão sozinho. No topo dessa lista estava a música do Nathan. Amava ouvi-lo tocar, fosse no meio de uma composição nova, com notas desajeitadas, ou uma peça que ele já havia aperfeiçoado havia muito tempo, porque me ajudava a desacelerar. Não importava o que estivesse fazendo ou quantos pensamentos estivessem se atropelando na minha cabeça, eu sempre parava para ouvir.

Então, quando cheguei ao andar de cima e fui recebida por uma melodia suave de violão vindo do quarto dele, o estresse do dia de viagem se dissipou no mesmo instante. Ansiosa para encontrá-lo, deixei a mala perto da escada e entrei sem me dar ao trabalho de bater.

Foi um erro sem tamanho.

A cama de Nathan estava vazia, mas um movimento do outro lado do quarto chamou a minha atenção.

Três segundos inteiros se passaram antes que eu processasse o que estava acontecendo à minha frente, e, quando eu finalmente entendi, respirei fundo. Alex estava encostado na cabeceira da cama, as mãos agarrando a cintura fina de uma garota. Levei outro segundo para reconhecer o cabelo longo e liso dela e perceber que a garota era *Kim*, a melhor amiga de infância dele e uma das poucas amigas que fiz depois de me mudar para cá. Ela estava sentada no colo de Alex, a boca colada em seu pescoço, e os dois estavam sem camiseta.

– Ai, meu Deus! – Esbarrei na mesa de Nathan enquanto recuava e, sem querer, derrubei um capotraste de violão.

A cabeça de Kim se ergueu bruscamente. Ela soltou um guincho ao me ver e então rolou de cima de Alex para se cobrir.

– Droga, desculpa – falei, fechando os olhos com força para não ver mais nada. Sem esperar por uma resposta, corri para fora do quarto.

– Jackie? – A cama rangeu, e um par de pés bateu contra a madeira do chão. – Jackie, espera!

Isso, sinceramente, era a última coisa que eu queria fazer. Ao disparar pelo corredor, deixei minha mala para trás na tentativa de escapar. Tinha quase chegado à segurança do antigo ateliê de Katherine quando uma mão segurou meu pulso.

– Ei – chamou Alex, me puxando com gentileza para longe da porta. – Aonde você vai com tanta pressa?

Já que eu o vi dando uns amassos na Kim, achei que a resposta para a pergunta fosse óbvia: para qualquer lugar que *não fosse* o quarto dele. Mas, quando olhei para Alex pela primeira vez desde que fui embora, tudo o que consegui fazer foi abrir e fechar a boca como uma idiota.

O verão tinha sido bom para Alex Walter. Ele ostentava uma pele dourada e bronzeada, e os cachos loiros estavam mais claros que o normal, como se tivesse ficado ao ar livre durante todos os momentos dos últimos meses. Ele também tinha passado por um pico de crescimento, porque agora era uma cabeça inteira mais alto que eu. Os lábios dele se curvaram em um sorriso enquanto eu observava cada mudança. O gesto dele não era arrogante, como o de certo irmão mais velho, mas era seguro de si.

– Éé, oi. – Mostrei a ele um sorriso hesitante e fingi que não havia um rubor subindo pelo meu pescoço. – Isso não é nada constrangedor.

Alex enfiou as mãos nos bolsos do shorts de academia e encostou um ombro na parede.

– Bom, não fui eu que entrei sem bater.

– Pois é. – Fiz uma careta. – Não tenho como dizer isso o suficiente, mas me desculpa. Ouvi a música e achei que fosse o Nathan.

– Peço desculpas também – respondeu. – Não foi assim que eu planejei que descobrisse sobre a gente, mas tá tudo perdoado desde que você prometa não ser malvada com a Kim, que tal? Ela tá com medo de que você não queira mais ser amiga dela.

A julgar pela expressão no rosto de Alex, Kim não era a única.

A preocupação dele era fofa, mas desnecessária. Passar o verão em Nova York só confirmou que nossa decisão de terminar foi acertada, porque eu mal tinha pensado nele.

– Ela não tem nada com que se preocupar. A gente terminou, lembra?

– Aham, eu estava lá. – O tom dele era leve e provocador, mas também dava para ouvir o alívio. – Então tá tudo bem entre a gente?

– Tudo ótimo. Sendo sincera, estou feliz por vocês – comentei –, mas… hum… eu realmente queria ver o Nathan. Você faz alguma ideia de onde ele está?

– Ah, entendi qual é que é.

Alex ainda estava sem camisa, então, quando cruzou os braços e sorriu para mim, com sua altura recém-adquirida, precisei me esforçar para não olhar. Só porque não estávamos mais juntos não queria dizer que eu estava cega.

– Você me deu um pé na bunda, e o Nathan roubou meu lugar como seu Walter favorito? Isso dói, Jackie.

Quase retruquei que ele nunca foi o meu favorito, mas mordi a língua no último segundo.

– Você não tem que voltar pra sua namorada?

– *Touché.* – Ele se afastou da parede e se encaminhou de volta para o quarto. – O Nathan anda passando um bom tempo no sótão, então eu daria uma olhada lá – avisou ele. – Te vejo no jantar.

– Alex, espera! Você sabe se… Quer dizer, seu irmão vai vir pra cá hoje à noite? – Se sim, eu precisava me preparar para o encontro.

Ele parou no lugar, mas não se virou para mim.

– Qual irmão? Eu tenho vários.

– Você sabe de quem eu estou falando – falei gentilmente.

– E você sabe que a gente não se fala; então, tá perguntando para a pessoa errada.

– Tudo bem. – Deixei o assunto morrer. Eu deveria ter pensado que não era boa ideia falar de Cole com ele. – Te vejo mais tarde, então.

Depois de pegar minha mala e deixá-la no quarto, saí em busca de Nathan, com a mente em polvorosa enquanto ruminava a revelação bombástica daquela tarde. Meu ex, com quem eu *morava*, estava namorando minha amiga, e nenhum dos dois se deu ao trabalho de me contar sobre o novo relacionamento. Não que eles me devessem qualquer explicação, mas algum tipo de aviso teria sido legal.

Não menti quando disse que estava feliz pelos dois. Alex e Kim eram amigos muito antes de eu entrar em cena. Além do mais, eles tinham os mesmos hobbies de nerd. Isso sempre foi um ponto de tensão no nosso relacionamento – meu desinteresse por *GoG* e a incapacidade dele de entender a importância que eu dava para as minhas notas na escola. Dito isso, levaria tempo para eu me acostumar ao rumo que as coisas tomaram. Alex e Kim podiam se dar bem, mas ainda era uma mudança surpreendente.

Eu estava tão absorta nos próprios pensamentos que fiz o trajeto de cinco minutos até o celeiro no piloto automático. Quando cheguei ao topo da escada e tive um vislumbre do sótão, pisquei, surpresa. Ali estava outra mudança. Uma dúzia de caixotes de plástico para transportar leite estava empilhada na parede dos fundos, formando uma estante improvisada, onde estavam os discos de vinil de Nathan. Além disso, a TV antiga tinha sumido do rack; em seu lugar, havia uma vitrola.

Nathan estava estirado em um dos sofás desconfortáveis, com um lápis em uma das mãos e um livro em outra. Ele devia ter ouvido minha chegada e presumido que eu era outra pessoa, porque soltou um suspiro resignado sem tirar os olhos do que estava lendo.

– Jordan, eu sei que prometi te ajudar a fazer a curadoria da trilha sonora do seu documentário, mas você precisa me dar mais algumas horas. Eu ainda não comecei.

– Não é o Jordan.

O lápis caiu no chão com um ruído quando Nathan levantou a cabeça de repente.

– *Jackie*? – exclamou, um sorriso se abrindo em seu rosto. Ele jogou o livro de lado e se levantou aos tropeços. – Você voltou! Eu estava tão... Espera, por que a cara de brava?

Apoiei as mãos na cintura.

– Porque você me deve uma boa explicação.

Como eu não estava brava com ele de verdade, só esperei um segundo antes de parar de fingir raiva e puxá-lo para um abraço. Como Alex, Nathan tinha crescido uns bons centímetros durante o verão, e eu resmunguei para mim mesma quando ele apoiou o queixo no topo da minha cabeça.

Havia uma expressão hesitante em seu rosto quando nos separamos.

– Sobre o quê, exatamente?

– Humm, deixa eu pensar. Os nomes Alex e Kim te dizem alguma coisa?

Nathan piscou para mim, incrédulo.

– Mas... você acabou de chegar. Como é que já *sabe*?

– Ouvi uma música vindo do seu quarto quando fui guardar minha mala. – A explicação parcial foi o suficiente para fazer Nathan se encolher, e tive a sensação de que ele sabia muito bem para onde minha história estava caminhando. – Não é uma desculpa, mas a gente não se via há quase três meses, e eu estava com *saudade*.

– Ah, não – murmurou ele, se jogando no sofá. – Você pegou os dois no flagra, né?

Assenti e me sentei ao lado dele.

– Eles estavam seminus e no meio de uma sessão de amassos. Sabe como isso foi constrangedor?

– Você ficou tão traumatizada que até esqueceu que eu divido o quarto com o Alex? – perguntou Nathan. – Por que acha que eu estou me escondendo aqui? Basicamente me exilei no sótão desde que eles começaram a namorar.

É, eu não tinha pensado nisso.

A julgar pelas mudanças no sótão, ele tinha mesmo passado muito tempo lá. Olhando melhor, vi um cesto de vime cheio de cobertores e travesseiros. Pensar que Nathan andava dormindo ali porque Alex e Kim estavam ocupados me deixou frustrada por ele. Infelizmente, a descortesia com colegas de quarto já era rotina na casa dos Walter – certa vez, Danny confessou que dividir o quarto com Cole era um fator que contribuía para ele ser tão notívago –, e os círculos escuros sob os olhos de Nathan já diziam muito.

Fazia quanto tempo que isso estava rolando?

Quando perguntei para ele, Nathan estremeceu.

– Ééé... eles ficaram juntos poucos dias depois de você ir embora, então, praticamente esse tempo todo.

– Você tá falando *sério*?

Nathan interpretou mal minha reação. Murmurou para si mesmo algo que soou, de maneira bem suspeita, como "que situação de merda" antes de jogar uma desculpa deslocada.

– Foi mal mesmo, Jackie. Eu sabia que isso ia acontecer. Passei a semana toda tentando encontrar o melhor jeito de te dar a notícia, mas...

– Nathan – interrompi rispidamente. Ele se apertou tanto no sofá que parecia estar tentando se fundir com o estofado. – Não estou triste pelo que descobri, mas por quando eu descobri. A gente teve o quê, meia dúzia de conversas no verão? Por que você não me contou?

Embora eu estivesse bem com o relacionamento de Alex e Kim, teria sido bom processar a notícia enquanto estava em Nova York, em vez de ser pega de surpresa assim que voltei.

– Eu sei. É só que... você tinha ido embora, e não era da minha conta dizer nada. Além disso, parecia que você precisava de um tempo longe de todo o drama. Juro por Deus, planejei te avisar assim que chegasse. Imaginei que teria tempo de fazer isso, mas acho que deveria ter pensado melhor, considerando minha própria experiência durante as férias.

– Eles são tão ruins assim? – perguntei após decidir deixar as coisas para lá.

O fato de Nathan ter guardado esse segredo de mim ainda me chateava, mas não dava para culpá-lo por seguir o código de conduta que ele tinha com os irmãos.

– Lembra quando o Isaac estava ficando com uma das amigas do Danny, do clube de teatro? Sabe, a garota com a pinta no lábio que sempre se vestia como se estivesse num filme de época?

– Não. Acho que isso foi antes de eu chegar e, sendo sincera, não quero saber os detalhes da vida amorosa do seu primo.

– Justo. Mas dá pra imaginar, né? Isaac e a nerd do teatro estranha, mas bonitinha? Eles serviam de exemplo do porquê as pessoas odeiam demonstrações públicas de afeto.

– Aonde você quer chegar?

Nathan suspirou.

– O Alex e a Kim são mil vezes piores.

Caramba. Não era à toa que Nathan estava praticamente morando no celeiro.

– Então... – disse ele quando eu não respondi no mesmo instante. – Só pra esclarecer... você tem certeza de que não tem ressentimentos em relação ao casal Kilex?

– Kilex?

– Achei que soava melhor do que Aim. Você não gostou?

Contorci o rosto em uma careta.

– Parece um lenço de papel Kleenex pra assassinos.

– Kilex! O único lenço que vai te fazer perder o fôlego! – disse Nathan, como se estivesse em um daqueles comerciais que passam tarde da noite, vendendo produtos aos gritos. Ele soltou uma risadinha pelo nariz pela própria piada. – Você tem razão. É terrível.

– Óbvio – falei devagar.

– Ei, não é como se você estivesse dando sugestões muito boas.

– É, porque isso seria superestranho da minha parte. – Psicótico, até. Quem inventaria nomes de casal para o ex e a nova namorada dele?

– Ahá! – Ele apontou um dedo acusador para mim. – Então você *tá* chateada.

– O quê? Não! – Joguei uma almofada horrível e amassada no rosto de Nathan, que desviou enquanto ria de mim. – Juro, não tem problema eles namorarem. Acho que faz muito sentido os dois ficarem juntos.

– Faz mesmo – concordou ele. – Não sei se é pela Kim ou porque o Cole não está mais morando aqui, mas o Alex tá diferente. Menos amargo, mais confiante.

– Ou talvez seja porque ele ganhou uns treze centímetros e um pouco de músculo de verdade? Os genes dos Walter são injustos. É ridículo o quanto vocês são bonitos.

– Esse é um equívoco comum. Na verdade, tem alguma coisa na nossa água, não tem nada a ver com o leitinho.

Contorci o nariz. O motivo de Nathan e eu nos darmos tão bem era porque ele era maduro para a idade dele, mas, de vez em quando, ainda dizia algo que me lembrava de que, na verdade, era um adolescente, e parente de Isaac.

– Primeiro de tudo: eca. Por favor, nunca mais diga isso. Segundo: se for esse o caso, estou pronta para o meu *glow up*.

Ele riu.

– Foi mal, mas você precisa morar aqui por mais do que alguns meses pra essa mágica funcionar.

– Bom, não tenho planos de ir embora tão cedo.

– Ainda bem. As coisas não têm sido as mesmas sem você. – Nathan fez uma pausa, então inclinou a cabeça para o lado a fim de me olhar melhor. – Ajudou ir pra casa?

– Um pouco. Voltar ao nosso apartamento trouxe todo tipo de lembranças, então foi... difícil no começo. Mas o Danny fez toda a diferença. Ter ele por perto ajudou muito mesmo. – Parei de falar por um momento e respirei fundo. Ainda não estava pronta para entrar em detalhes. – Chega de falar de mim. Como foi o seu verão?

– Como eu disse antes, constrangedor. – Nathan suspirou enquanto brincava com seu colar, deslizando a palheta de um lado para o outro na corrente. – Fora isso, não tem muito o que contar. Só fiquei relaxando no sótão.

– Só isso? – perguntei, sem acreditar. Com certeza, alguma coisa emocionante tinha acontecido.

– Comecei a fazer sudoku. – Ele apontou para um livro de passatempos com números que estava ali por perto. – Isso conta?

A julgar pela maneira como Nathan evitava fazer contato visual comigo, ele claramente não queria falar sobre si. E, pensando agora sobre isso, percebi o quanto ele poupava detalhes sempre que a gente se falava por telefone, direcionando a conversa de volta para mim. Meu lado curioso queria arrancar dele uma resposta sincera, mas o lado lógico foi rápido em apontar a hipocrisia. Afinal, eu não tinha acabado de mudar de assunto para me esquivar da pergunta dele?

– Claro que conta – respondi, por fim. – Então, que lance é esse de festa de rua?

Isso animou Nathan.

– É a festa anual de fim de verão de Copper Valley. Acontece no penúltimo sábado antes do início das aulas. Tem food trucks, música ao vivo e brincadeiras pra crianças. Alguns de nós gostam de agir como se fôssemos descolados demais pra ir, mas todo mundo sempre vai.

– Todo mundo... incluindo o Cole?

Assim que essas palavras saíram da minha boca, Nathan arqueou uma sobrancelha. Engoli em seco e baixei o olhar para o colo. *Meu Deus*, pensei enquanto torcia as mãos, *será que consigo ser mais patética*? Lá estava eu, de volta havia menos de um dia e já perguntando para os irmãos de Cole sobre ele. Mas não conseguia me segurar. Aquela leve sensação de agitação que fez moradia no meu peito no momento em que pousei em Denver só piorava quanto mais eu pensava em revê-lo.

– Ainda não falou com ele, né?

Com um grunhido, desabei nas almofadas puídas.

– Não vou falar disso com você.

Nathan abriu um sorrisinho irônico – *minha nossa, ele parece tanto com Cole quando faz isso!* –, mas deixou para lá.

– Respondendo à sua pergunta, não. Duvido que ele vá. Está ocupado demais com o trabalho. Quando não está no Tony, está trabalhando como salva-vidas na piscina comunitária ou fazendo plantão na Central do Combustível. A gente não o vê muito, mas ele sempre vem jantar na sexta-feira. Só que não deve vir hoje. Tinha dito algo sobre encaixotar a mudança.

Embora soubesse que Cole ia começar a faculdade, uma inevitabilidade que eu havia considerado durante minhas muitas sessões de introspecção ao longo das férias, meu estômago ainda se contraiu diante da prova concreta de que ele estava indo embora. A casa dos Walter pareceria incompleta sem ele por perto. E, se Cole não ia voltar para a fazenda hoje à noite, isso significava que eu não o veria por uma semana inteira? Meu Deus, eu poderia me arrepender de ter sido covarde demais para mandar uma mensagem para ele. Esperar tanto tempo poderia me matar.

Queria pressionar Nathan para conseguir mais detalhes, mas uma voz rouca e incorpórea de repente falou de algum lugar dentro do sofá:

– Jack para Nathan. Na escuta, Nathan?

Nathan se sentou e remexeu nos travesseiros até encontrar um walkie-talkie, que levou à boca antes de apertar o botão para falar.

– Afirmativo, Jack.

– O jantar fica pronto em cinco minutos.

– Valeu. QSL, câmbio – disse ele, e então jogou o aparelho na mesa de centro.

– Que lance é esse do walkie-talkie?

– Meu pai comprou um monte para o Grupo Escoteiro do Zack e do Benny. Foi parte do requisito para conseguir o distintivo de comunicação por rádio. O sinal de celular aqui é péssimo, então se tornaram úteis quando alguém lá em casa quer falar comigo. – Nathan se levantou do sofá antes de estender a mão para mim. – Vamos nessa. Se não corrermos, os pestinhas comem tudo.

A cozinha era o coração da casa dos Walter, então, quando Nathan e eu entramos nela cinco minutos depois, fomos recebidos pelo caos habitual que acontecia sempre que a maior parte da família se reunia lá: risos, brincadeiras e conversas simultâneas. Cachorros ziguezagueando entre nossos pés enquanto a comida era preparada. Música, alfinetadas e mais risos. Era um caos que beirava o avassalador, mas ainda mantinha um ar de conforto e aconchego.

A porta da despensa estava escancarada, e observei enquanto Benny erguia o gêmeo para que alcançassem um pacote de Oreo na prateleira de cima. Will não percebeu o roubo dos biscoitos logo ao seu lado porque estava ocupado demais sussurrando algo no ouvido de sua esposa, Haley. Franzi a testa ao ver um balde cobrindo a torneira, mas, em seguida, avistei George deitado no chão com a cabeça dentro do armário e uma caixa de ferramentas ao lado.

– Tia Kathy, acabou a manteiga – disse Lee, enquanto vasculhava a geladeira.

Devia ser a noite de ele e o irmão ajudarem com o jantar, porque Isaac estava fatiando uma melancia.

– Não acabou, não – respondeu ela enquanto tirava uma caçarola do forno. – Comprei hoje. Sai do caminho, Jack. Está quente. – Ela moveu a travessa fumegante para um suporte de panelas e então acrescentou: – Você deu uma olhada na gaveta de frutas? O Zack e o Benny me ajudaram a descarregar as compras, sabe como é.

Duas risadas confirmaram sua teoria.

Katherine fazia questão de servir o jantar na mesa, então me surpreendi ao vê-la arrumando tudo na ilha, estilo bufê. Até que descobri o motivo da mudança.

– Uau – comentei, olhando para a bagunça. Toda a superfície da mesa de três metros de comprimento estava coberta de coisas: pilhas de roupas dobradas com capricho, montes de livros e caixas cheias de brinquedos e bugigangas. – O que rolou aqui?

Nathan deu de ombros.

– Minha mãe disse algo sobre separar coisas velhas pra um bazar no outono, mas não entendi os detalhes.

– É um bazar comunitário pra arrecadar fundos pra um novo parque. – A resposta veio de maneira discreta, e, quando me virei para encarar a fonte, encontrei Kim me observando com um olhar cauteloso.

– Oi, Jackie. Que bom te…

– Jackie! – Um corpo pequeno colidiu com o meu, quase me fazendo perder o fôlego. – Você voltou!

– Eita. Oi, Parker – cumprimentei, retribuindo o abraço. – Passou bem as férias?

– Foram as melhores! Meu pai me ensinou a usar um estilingue, e eu comecei a fazer aula de tênis. Queria fazer boxe, mas minha mãe disse que eu já sou violenta o bastante.

Enquanto ela tagarelava, murmurei um "A gente se fala depois?" para Kim, e ela assentiu. Então, passei os dois minutos seguintes ouvindo Parker me contar tudo o que eu tinha perdido enquanto estava fora. Considerando o início conturbado do nosso relacionamento, fiquei surpresa, mas emocionada, pela animação dela. Me fez lembrar de quando eu era mais jovem e sempre ficava encantada quando Lucy tinha um tempinho para mim.

– Beleza, pessoal – gritou Katherine mais alto do que aquela zona, batendo palmas para chamar a atenção de todos. – O jantar está pronto. Venham pegar um prato e sirvam-se. Vamos comer lá fora hoje.

Como já tinha testemunhado a voracidade dos Walter, decidi ficar para trás, para minha própria segurança. Foi a decisão certa. Enquanto Isaac e Lee se acotovelavam para comer as coxas de frango, Zack e Benny batiam em qualquer um que estivesse ao alcance com seus pratos de papel. O molho barbecue espirrou para todo lado quando Jack desrosqueou a tampa e, sem pensar, chacoalhou o recipiente, e Alex quase jogou seu prato de comida pelos ares ao tropeçar no pai, que estava estirado debaixo da pia, consertando o encanamento.

– Ei, podem parar! Deixem um pouco pra gente – exclamou Parker enquanto ela e Jordan estavam diante de uma caçarola fumegante.

Ela tentou arrancar a colher de servir da mão de Jordan, mas ele a empurrou com facilidade, pegou o que parecia ser sua terceira colherada cheia e colocou em um prato cheio de uma única coisa: batatas com queijo. Quando foi pegar outra porção, Parker deu um soco em sua costela.

– Ei! – Jordan deixou cair a colher, que fez barulho ao mergulhar de volta na caçarola. – Mãe, Parker me bateu!

– É, porque você tá sendo um cuzão e monopolizando as batatas!

– Olha a boca! – Uma repreensão abafada veio de baixo da pia.

Katherine apertou a ponte do nariz.

– Parker, o que eu te disse sobre bater nos outros?

Ela bufou, mas abaixou a cabeça.

– Que só é aceitável em certos esportes de contato e se alguém estiver tentando me sequestrar.

– Esse é seu segundo aviso. Se fizer isso de novo, vai ficar de castigo. E Jordan? Você precisa comer alguma coisa além de batata no jantar. Coloca algo saudável no seu prato.

Depois que todos pegaram a comida, me servi e passei alguns minutos conversando com Will e Haley, que eu não via desde o casamento. Os pombinhos tinham comprado sua primeira casa duas semanas antes – uma fazenda para reformar nos arredores da cidade – e tinham todo tipo de plano para fazer a renovação. Quando a conversa se transformou em um debate entre bancadas de granito ou de quartzo, pedi licença e escapei para a área externa.

Já era tarde o bastante para que o sol poente tivesse afugentado o calor do dia, deixando para trás um frescor confortável e um rastro de nuvens roxas no céu. O ar ali estava com o aroma que sempre imaginei que o verão deveria ter: uma mistura de churrasco, cloro e grama recém-cortada. Era uma grande melhoria em relação ao fedor padrão de Nova York, com xixi no asfalto quente e lixo podre. Por um instante, fiquei parada e contemplei tudo, e foi só o som de alguém me chamando que me tirou de meu devaneio.

– Alooô, Terra chamando Jackie.

Do outro lado do deque, Isaac, Lee, Alex, Kim e Nathan estavam sentados à mesa do quintal. Algo na cena parecia errado, como se alguém tivesse removido uma parte da imagem com o Photoshop. Foi então que percebi que era porque os gêmeos Walter mais velhos não estavam. Minhas costelas se contraíram ao pensar em Danny. Tínhamos passado o verão inteiro juntos, então sua ausência era perturbadora, mas ele decidira ficar em Nova York para se dedicar à carreira de ator, e eu não podia culpá-lo por seguir seus sonhos.

Alex ergueu uma sobrancelha para mim e empurrou a cadeira vazia ao seu lado.

– Está planejando ficar aí em pé a noite toda ou vai se juntar a nós?

Uma mão agarrou meu pulso.

– Não, vem ficar comigo – disse Parker, me puxando em direção ao gramado. – Ainda não terminei de te contar sobre as minhas férias.

O sorriso dela era inocente demais para ser confiável, mas eu ainda não conseguia encarar Alex e Kim, não quando o que tinha acontecido naquela tarde ainda estava tão fresco na minha memória. Depois de lançar um sorriso de desculpas para Alex, deixei Parker me arrastar até a mesa de piquenique na qual as crianças mais novas estavam comendo, e Zack e Benny observaram atentamente enquanto ela me levava a um lugar específico no banco. Jack estava focado na comida com intensidade demais, mas era óbvio que algo estava acontecendo, já que seu gêmeo não estava em nenhum lugar à vista. Conhecendo Jordan, ele provavelmente estava escondido em algum lugar por perto com a câmera deles, esperando capturar qualquer ação que surgisse. Após uma rápida olhada embaixo da mesa (eu entraria na brincadeira desde que o plano deles não envolvesse outro encontro com o Ssssenhor Cobra, a cobra-do-milho que é o bicho de estimação do Jordan), me sentei e me preparei para o que viria a seguir.

Não precisei esperar por muito tempo.

Parker tentou me distrair com histórias escandalosas sobre a semana que ela passou no acampamento de verão, mas os Walter não são nada sutis, e percebi com o canto do olho quando Jack assentiu. O sinal dele provocou um estranho ruído de crepitação, e uma fração de segundo depois um jato de água me atingiu nas costas. Gritei, mais por causa da temperatura fria do que pela surpresa do ataque, e as crianças riram alto. Escondido nos arbustos atrás de mim, havia um irrigador, e ele borrifou água em mim mais de uma vez antes de eu conseguir me afastar da mesa e ficar fora de alcance.

– O que aconteceu? – Nathan estava parado na beira do deque, com a testa franzida.

Ninguém respondeu, mas ele levou apenas um segundo para observar a cena e entender o que havia acontecido. Pegou uma toalha de uma das cadeiras da piscina e desceu os degraus correndo.

– Jackie, você tá bem?

– Estou – respondi, aceitando a toalha oferecida e a enrolando em volta dos ombros.

Minha resposta não deve ter acalmado Nathan, porque ele se virou para os irmãos com uma carranca.

– Qual o problema de vocês?

– Relaxa, Nate. Foi só uma brincadeira de boas-vindas – explicou Jordan ao emergir dos arbustos, a câmera em mãos. – Consegui filmar tudo. Quem quer ver?

A expressão no rosto de Nathan alertou que haveria uma explosão iminente, então coloquei a mão em seu braço, tentando acalmá-lo.

– Ei, tá tudo bem. Eu juro.

– Não está tudo bem – retrucou ele, ainda encarando os irmãos mais novos e a irmã, que tinham se aglomerado ao redor de Jordan para assistir à pegadinha se desenrolando na tela. – Você chegou em casa há menos de três horas, e eles já...

– Nathan. – Lancei um olhar para ele e, em uma voz bem mais baixa, acrescentei: – Ninguém fez nada que eu não tivesse permitido.

Ele abriu a boca para argumentar, mas parou enquanto assimilava minhas palavras. A compreensão brilhou em seus olhos logo depois.

– Ah! Então você deixou eles...

Assenti.

– É, não tem nada demais.

E realmente não tinha.

A antiga Jackie teria insistido para secar o cabelo e se trocar, mas eu já tinha evoluído muito desde meu primeiro encontro com as crianças Walter, quando Zack e Benny me jogaram na piscina. Roupas secas nunca eram uma garantia naquela casa. Em algum momento entre ser jogada em uma piscina congelante, ser pega pela chuva diversas vezes e receber ataques-surpresa com pistolas de água, entendi que um pouquinho de água não machuca.

Afinal, o que era um pouquinho de H_2O em comparação ao sorriso no rosto deles?

dois

Passei o resto da minha primeira noite de volta me reconectando com os Walter. Depois do jantar, George acendeu uma fogueira no quintal dos fundos, e todos nos sentamos ao redor dela, compartilhando histórias sobre as férias. Lee contou sobre uma desastrosa viagem de acampamento em família que me fez rir tanto que minhas costelas doeram. E eu contei para eles tudo sobre a primeira experiência de Danny pegando o metrô, onde uma mulher usando um vestido de gala o atacou com jujubas de ursinho sem motivo algum, só porque Nova York é esquisita. Já havia passado da meia-noite quando enfim decidi encerrar o dia e ir para a cama. Fiz minha rotina noturna depressa – escovei os dentes, lavei o rosto e desembaracei o cabelo – antes de subir para meu quarto com passos lentos e pesados. Era bom ver o antigo ateliê de Katherine. Tinha sentido falta dos murais coloridos e das janelas de guilhotina que me permitiam ver diferentes partes da fazenda. Até o piso de madeira rangente me fez sorrir.

A última coisa que fiz antes de apagar a luz foi tirar meu colar – com um caule de lavanda seco em um pingente – e guardá-lo no porta-joias sobre a cômoda. Era da minha mãe, um bem precioso e um acessório característico dela, e, embora eu o tivesse admirado por muito tempo, não tinha conseguido me convencer a reivindicar a peça delicada após sua morte. Isso mudou no mês passado, quando eu comecei o processo de limpar o quarto dos meus pais. Assim que encontrei o colar na penteadeira dela, prendi a corrente de prata no pescoço. Agora, eu o usava de vez em quando para me sentir mais próxima a ela.

Minha exaustão era tanta que pensei que adormeceria logo que repousasse a cabeça no travesseiro. Afinal, eu mal estava conseguindo manter os olhos abertos.

Mas, para minha frustração, perdi o sono. Meu cérebro tinha o péssimo hábito de ficar agitado quando eu estava mais cansada, e naquela noite ele focou uma única coisa: Cole Walter. Fiquei, ao mesmo tempo, aliviada e frustrada ao descobrir que ele trabalharia no dia seguinte. Saber que ainda não precisaria encará-lo parecia o adiamento de uma sentença de morte. Eu conseguiria aproveitar a festa de rua sem me preocupar se nosso reencontro resultaria em um confronto feroz. Por outro lado, queria arrancar o band-aid de uma vez só, e de jeito nenhum conseguiria esperar até a próxima sexta-feira para isso. Se ele não aparecesse na fazenda até domingo à noite, eu iria atrás dele na segunda-feira, mesmo que tivesse de implorar para um dos Walter me dar uma carona até a cidade.

Nós dois *precisávamos* conversar.

As coisas haviam mudado para mim durante as férias.

No começo do ano, o tio Richard tinha me mandado embora de Nova York porque achava que eu não estava lidando bem com o meu luto. Além de achar que não era saudável eu continuar na casa para a qual minha família nunca retornaria, ele acreditava que eu estava usando lições de casa, clubes da escola e trabalho voluntário como uma estratégia de enfrentamento; se eu me desgastasse em todas as áreas da minha vida, poderia me exaurir a ponto de ficar completamente apática. Me mudar para a casa dos Walter ajudou até certo ponto; aprendi lições importantes sobre me soltar e ser menos perfeccionista.

Mas foi só quando voltei para minha cidade e fui forçada a encarar o luto, vivendo novamente em um lugar onde não dava para escapar das minhas memórias, que percebi que o tio Richard estava certo: eu andei fugindo da dor desde o momento em que minha família morreu. No Colorado não foi diferente. Em vez de me ocupar só com a escola e os clubes, usei Alex e Cole como distração. Conhecer os dois me permitiu ignorar o peso esmagador da minha perda. Ao perceber isso, fui tomada pela culpa e pelo arrependimento. Minha família se fora, e, em vez de ficar de luto por eles, mergulhei em relacionamentos e me preocupei com coisas sem importância, como flertar e beijar.

Agora precisava parar de me distrair. Lucy e meus pais mereciam algo melhor que isso. *Eu* merecia algo melhor, e Cole também. Alex obviamente ficaria bem; terminamos em bons termos, e ele admitiu ter me usado tanto quanto eu o usei. Mas, em relação a Cole, eu não tinha certeza, já que nada era tão simples com ele; o drama o seguia a cada passo. Nem estávamos namorando, e nossa relação já era um labirinto de minas terrestres e obstáculos. Além disso, Cole estava indo embora, e eu precisava retomar o foco na minha educação.

Por mais que gostasse dele, não podia namorar Cole Walter.

A vida seria menos complicada se simplesmente continuássemos sendo amigos.

No dia seguinte, observei o sol nascer sobre a fazenda enquanto esperava Nathan se juntar a mim para nossa corrida matinal. Eu terminei o alongamento e ele ainda não tinha aparecido, então imaginei que tivesse dormido demais e decidi correr sem ele. Os garotos Walter dormiam até mais tarde aos sábados, então não foi surpresa encontrar a casa ainda silenciosa quando voltei. Só quando me aproximei da cozinha e peguei o fim de uma discussão foi que percebi que mais alguém já havia acordado.

– ... quase sete da manhã e você está chegando em casa – dizia Katherine. – Isso é inaceitável.

– Eu já te disse que dormi assistindo a um filme na casa de um amigo – respondeu alguém, mas eu não tinha certeza de quem. Isaac, talvez? – O que mais você quer que eu fale? Foi um erro mesmo, eu juro.

– Eu estaria disposta a te dar uma colher de chá se fosse a primeira vez, mas você andou passando dos limites e quebrando regras da casa o verão todo. – Só pelo tom dela, dava para imaginar a expressão fria de Katherine. – Já cansei desse tipo de comportamento.

A cafeteira apitou, sinalizando que o café estava pronto.

– Desculpa. Prometo que não vai acontecer de novo. – Sim, definitivamente era Isaac quem estava falando. Dava para ver pela falta de arrependimento na voz.

– De qualquer forma, você está de castigo.

– *O quê*? Tia Kathy, não é justo! – reclamou ele. – Todo mundo vai pra festa de rua.

– Talvez você devesse ter pensado nisso antes de ficar fora de casa depois do horário e chegar de fininho ao amanhecer – respondeu ela, sem um pingo de compaixão.

– Mas que merda!

Um baque pesado e repentino me fez espiar pelo canto do corredor. Meus olhos se arregalaram ao ver um buraco na parede de gesso, e Isaac balançando o punho, com os nós dos dedos ensanguentados.

Katherine se levantou em um salto, derrubando a cadeira em que estava sentada.

– *Isaac Walter!*

Sem querer ficar presa no fogo cruzado, me afastei da cozinha da maneira mais silenciosa possível e fui pegar meus produtos de higiene pessoal. Se tomasse banho antes do café da manhã, talvez Katherine e Isaac já tivessem terminado a briga quando eu retornasse. Embora não estivesse surpresa por ele ter tentado entrar em casa escondido depois da hora combinada, fiquei sem entender sua reação violenta a um simples castigo. Isaac era muitas coisas, mas cabeça quente não era uma delas. Se eu não tivesse visto com meus próprios olhos, nunca teria acreditado que ele deu um soco na parede.

Enquanto subia a escada, abrindo caminho com cuidado entre as meias e os brinquedos espalhados, meu coração palpitava. O desconforto passou tão rápido que quase ignorei a sensação, mas, ao pensar no dia anterior, não consegui deixar de notar que algo havia mudado na casa dos Walter enquanto eu estava fora. Claro, ainda era a casa barulhenta e caótica que eu conheci no começo do ano, mas havia diferenças também: a ausência de Danny e Cole; o novo namoro de Alex e Kim; as olheiras de Nathan; a atitude de Isaac. Cada uma dessas coisas teria sido insignificante por si só. Mas juntas? Era difícil de ignorar.

Talvez eu estivesse exagerando, mas perceber que as coisas não estavam muito bem me deixou inquieta.

Como Isaac estava de castigo, só quatro de nós entramos na caminhonete quando deu a hora de ir para a festa de rua, e a viagem até a cidade pareceu... errada, de alguma forma. Por mais que fosse infinitamente mais confortável, considerando que cada um tinha seu próprio assento, eu sentia falta da energia dinâmica que definia nossas idas e vindas habituais da escola. Sem a confiança tranquila de Cole ao volante, as fofocas intermináveis de Isaac ou o controle impiedoso de Danny sobre o cabo de som para garantir que todo mundo ouvisse a música de sua preferência, a viagem foi silenciosa de um jeito perturbador. Quando Alex encontrou um lugar para estacionar a alguns quarteirões da praça da cidade, eu estava me coçando para sair de lá.

– Certo, pessoal. Escutem – disse Alex ao desligar o motor. – Eu prometi que ia levar a Kim pra casa, e ela tem horário pra chegar, então todo mundo precisa estar de volta aqui às onze e quinze. Se não estiverem, vou presumir que acharam outra carona e vou embora sem vocês, então não se...

Lee abriu a porta do passageiro, jogou o skate no chão e pulou para fora no meio do discurso de Alex.

– Ei, você me ouviu? Se você se atrasar...

– Aham, aham – resmungou Lee, revirando os olhos. – Já ouvi esse papo, e, só pra você saber, o Cole é melhor nisso. Até mais tarde, bundões.

Alex ficou boquiaberto, mas rapidamente colocou no rosto uma carranca.

– Sempre um babaca – murmurou baixinho.

Nathan e eu seguramos o riso ao sair da caminhonete. Quando paramos na calçada, Alex trancou as portas, murmurou um tchau e saiu para encontrar Kim, deixando nós dois caminhando juntos. A música ao vivo foi ficando cada vez mais alta conforme nos aproximávamos, e, quando chegamos ao nosso destino dois minutos depois, Nathan já estava balançando a cabeça para acompanhar uma canção de rock no estilo blues que eu não reconhecia.

Sabia que festas de rua eram comuns em certas partes de Nova York, mas não era uma experiência comum para quem morava no Upper West Side.

Parecia mais uma mistura de feira de produtos rurais e um festival. As quatro ruas que compunham o centro da cidade estavam fechadas para a passagem de carros, e, como resultado, havia pessoas por todos os lados: esperando na fila de algum dos diversos food trucks; vagando pelas barracas de produtos montadas pelos comerciantes locais; participando de brincadeiras ao ar livre como jogo de argolas, bocha e tiro ao alvo; e aglomeradas nos cantos com bebidas em mãos. Grupos de crianças andavam de bicicleta pelos arredores enquanto famílias faziam piqueniques no centro da praça.

– Então isso é uma festa de rua?

– Não no sentido tradicional – respondeu Nathan, contornando uma das barricadas brancas e laranja. – Essa é muito maior e mais comercial. Meu pai disse que o evento original começou num bairro daqui nos anos 1990, mas, quando cresceu demais, a prefeitura decidiu patrocinar a festa e trazer pra cá.

– O que você mais gosta de fazer aqui? – eu quis saber.

Nathan apontou para a tenda branca do outro lado da praça.

– Gosto de ficar perto do palco e ouvir os artistas locais se apresentarem. Vai ter uma batalha de bandas este ano, e alguns dos meus amigos se inscreveram.

– Seus amigos têm uma banda? – Assim que a pergunta saiu da minha boca, estremeci.

Será que eu estava tão distraída com os irmãos dele a ponto de nunca ter descoberto nada sobre a vida social de Nathan? Ele foi meu primeiro amigo na casa dos Walter, então o descuido pareceu uma falha grave, e eu corrigiria o erro desta vez.

– Aham, o nome é Miami Baby – disse ele, nos guiando pela multidão.

– E você não faz parte dela? – Com sua beleza e o charme dos Walter, não era difícil imaginar Nathan como um vocalista carismático e capaz de conquistar toda uma base de fãs.

Ele balançou a cabeça.

– Eu compus algumas músicas pra banda, mas sempre me vi como um artista solo. Quer conhecer eles? Tenho certeza de que já chegaram.

Abri a boca para responder, mas fui interrompida pelo som do meu próprio nome.

– Jackie, aqui!

A rua estava tão movimentada que precisei olhar duas vezes ao redor antes de avistar Riley, que estava agitando os braços acima da cabeça para chamar a minha atenção. Ela, Heather e Skylar estavam descansando em um cobertor na grama, com um cooler logo ao lado. O sol da tarde estava escaldante, e me perguntei a que horas tinham chegado para conseguir um lugar sob a sombra de uma árvore de bordo antiga. Parecia idílico, e eu queria me juntar a eles, mas entender o quanto fui negligente em relação a Nathan me fez hesitar.

– Vai falar com os seus amigos – disse ele quando o olhei, meu lábio preso entre os dentes. – Te apresento depois.

– Certeza?

Nathan me empurrou de leve na direção deles.

– Absoluta. Você volta pra casa com a gente, né?

– Esse é o plano – respondi, analisando a expressão dele enquanto caminhava para trás devagar.

Para minha felicidade, nada no sorriso tranquilo de Nathan revelava sinais de decepção.

– Beleza. Se você não conseguir dar uma passada na tenda de música, te vejo depois. E lembre-se...

– Onze e quinze ou nada – completei, balançando o dedo.

Nathan riu e fez um gesto de despedida antes de desaparecer na multidão. Quando me virei para meus amigos, Riley se jogou em meus braços.

– Jackie! Até que enfim você voltou. – Ela me apertou com tanta força que soltei um gritinho estrangulado. – As férias foram tão vazias sem você.

A força do abraço dela falou por si só, e me virei para Skylar e Heather com as sobrancelhas arqueadas. As meninas – tirando Kim, já que passava o tempo todo com Alex – eram inseparáveis, e, embora Skylar fosse um pouco mais independente, Riley e Heather eram as melhores amigas dele. Será que mais alguma coisa havia mudado enquanto eu estava fora?

Ao ver meu olhar interrogador, Skylar fez um gesto de mão como que dizendo para eu deixar para lá.

– Não liga pra ela. A Riley só tá sendo dramática – disse ele antes de me instruir a pegar uma bebida do cooler e me acomodar.

Enquanto eu escolhia uma limonada e tirava as sandálias, ele começou a explicar como, enquanto Heather estava na Califórnia visitando o pai e a madrasta, ele estivera trabalhando como monitor do acampamento de verão, deixando Riley definhar em solidão – segundo ela, não Skylar.

– Bom, mas e a Kim? – questionei. – Você não a viu?

O sorriso no rosto de Riley desapareceu.

Quando Skylar e Heather trocaram um olhar, revirei os olhos e acrescentei:

– Vocês não precisam me contar a novidade. Eu já sei que eles estão namorando e não ligo.

– Jura? – Riley se animou. – Você não tá nem um pouco chateada?

– Não, nosso término foi… – Minha voz sumiu enquanto eu procurava a palavra certa.

Skylar arqueou uma sobrancelha.

– Um desfecho esperado?

– Inevitável? – sugeriu Heather.

– Predestinado? – rebateu ele.

– *Amigável* – decidi, por fim, olhando para eles de soslaio. – Nós dois percebemos que estávamos namorando pelos motivos errados.

Alex até admitiu que não tinha superado a Mary, então acho que estou confusa sobre como ele e a Kim ficaram juntos tão rápido. O Nathan disse que foi só uns dias depois de eu ir embora.

– A Kim era caidinha pelo Alex desde o Ensino Fundamental – admitiu Riley enquanto procurava outra bebida no cooler. Ela escolheu uma Coca-Cola Cherry, tirou o excesso de água pingando e abriu a lata antes de continuar. – Ela planejava confessar pra ele o que sentia depois que o drama da Mary passasse, mas você apareceu do nada, e o Alex... bom, vamos dizer que ele estava encantado.

– Obcecado – corrigiu Skylar, com uma tosse falsa.

Heather, que balançava a cabeça concordando com a explicação, logo continuou:

– Quando o Alex falou pra ela que vocês tinham terminado, a Kim foi com tudo. Não queria perder a chance outra vez.

– Ai, meu Deus – falei, olhando para os meus amigos, um de cada vez, enquanto apertava a pele do meu pescoço. – Eu não fazia ideia. Ela deve me odiar.

– Não – respondeu Riley, me cortando. – A Kim não é desse tipo. Ela é uma daquelas pessoas irritantemente boas que só querem que todo mundo seja feliz.

– As coisas deram certo pra ela, de qualquer forma – acrescentou Skylar. – Ela prefere ser a garota do pra sempre do que só um tapa-buraco.

– Acho que é justo, mas você tem certeza de que ela tá de boa comigo? – perguntei. – Quero ser amiga da Kim, mas não posso fazer nada se moro com o namorado dela. E se ela estiver secretamente desejando desgraças para mim e para os meus descendentes?

Riley soltou uma risada.

– É hilário como vocês duas estão com medo de serem odiadas uma pela outra. A Kim praticamente ganhou uma úlcera. Ela vai ficar tão aliviada em saber que você não vê problema no namoro deles.

Alex tinha dito algo parecido, mas garotos podem ser ingênuos quando se trata desse tipo de coisa, então essa confirmação tirou um peso do meu peito.

– Aliviada, não, em êxtase – disse Skylar. – Ela quer que nós todos sejamos uma grande família feliz para fazer uma campanha de *D&D* juntos, lembra?

– Ai, meu Deus. – Riley grunhiu e se jogou de costas no cobertor. – Eu tinha me esquecido disso total. Por favor, não vai lembrá-la.

– *Jamais*. Da última vez em que eu fui pra casa dela, escondi o manual do jogador e a coleção de dados dela.

– Ei! Foco, pessoal. – Heather estalou os dedos para Skylar e Riley a fim de chamar a atenção deles, então se virou para mim. – Preciso de mais detalhes. Foi mesmo um término tão tranquilo? Porque os boatos são de que você tá de coração partido por conta do Alex e que esse foi o real motivo de ter voltado pra Nova York.

Eca, eu odiava isso em cidades pequenas. Era muito mais fácil permanecer anônima em uma metrópole.

– Isso é ridículo – falei para ela. – A Katherine me deu a oportunidade de passar o verão em Nova York, então eu já estava pensando em ir antes mesmo de a gente terminar. O Alex não teve nada a ver com a minha decisão. Na verdade, pensando agora, foi ele quem me convenceu a ir, mas não fez isso partindo meu coração. Ele me ajudou a perceber que tinha algumas coisas que eu precisava resolver em casa.

– E o Cole?

– O que tem ele? – respondi, mesmo não estando pronta para ter aquela conversa. Não antes de falar com ele.

Apesar disso, eu deveria ter previsto a pergunta de Heather. Era natural que meus amigos quisessem saber minha opinião sobre Cole, ainda mais depois que eu expliquei como as coisas terminaram entre mim e o irmão dele.

– Você e o Alex já eram – disse ela, como se essa fosse a única explicação necessária. – O Cole já deu uma investida?

Recentemente, não, pensei. E nem ferrando eu contaria detalhes sobre nosso beijo de despedida. Eles nunca deixariam para lá. Nós quatro ficaríamos ali até o Natal, dissecando aqueles três segundos como se não houvesse nada mais digno de nota do que beijar um dos irmãos Walter. Em vez de responder, perguntei:

– Por que você acha que tem alguma coisa rolando entre nós?

– *Pelo amor* – disse Riley, revirando os olhos com tanta força que provavelmente conseguiu dar uma espiadinha no próprio cérebro. – Não é porque você tava namorando o Alex que ninguém viu, incluindo a mãe dele, a queda que o Cole tinha por você. A tensão sexual era sufocante.

– Ainda não tive a chance de falar com ele – respondi, me esquivando da pergunta o máximo possível. – Ele não mora mais na fazenda.

– Mas e no verão? – pressionou Heather. – Vocês não conversaram nadinha?

Fui poupada de precisar dar uma resposta quando algo chamou a atenção de Skylar. Ele se sentou e ajeitou os óculos escuros.

– Bom, é melhor você pensar no que vai dizer – comentou ele, os olhos brilhando de diversão. – Sua oportunidade está vindo direto pra cá.

– O quê? – Segui o olhar dele e...

Meu coração disparou no peito. Atravessando a multidão como se tivesse um objetivo, Cole estava focado em mim. Ao contrário de Alex, ele não havia mudado nada no meu período fora. Seus olhos tinham o mesmo tom de azul de tirar o fôlego, e a pele estava perfeitamente bronzeada. Os mesmos cachos dourados desgrenhados e a mesma autoconfiança. Não conseguia me esquecer de sua beleza avassaladora, de como me sentia quando ele olhava para mim, mas me lembrar e sentir o peso de seu olhar eram duas coisas completamente diferentes, e meu corpo todo começou a tremer, em estado de alerta. Por um momento, só consegui observá-lo. Ele não parecia bravo, mas havia um brilho determinado em seu olhar que me fez encolher.

– É, definitivamente não tem *nada* rolando entre vocês – disse Riley, me tirando do transe.

Heather e Skylar riram.

Eles não estavam errados, mas isso não mudou minha decisão.

Sem querer uma plateia para o que seria, sem dúvida, uma conversa constrangedora, me levantei depressa e fui ao encontro dele, deixando para lá minha sandália e as provocações bem-humoradas de meus amigos. A grama seca pinicava meus pés descalços enquanto eu atravessava o gramado, mas estava concentrada demais em Cole para me incomodar. Chegamos à calçada ao mesmo tempo, parando a um metro um do outro, mas Cole não disse nada. Apenas me encarou, o rosto inexpressivo. A palpitação no meu peito logo se tornou desconfortável e apavorante. Então, quando me convenci de que ele só tinha vindo para me dar uma bronca, aquele sorrisinho enfurecedor apareceu.

– E aí, Nova York? Sentiu minha falta?

O medo crescente se dissipou, mas como nossas conversas geralmente consistiam em uma atitude presunçosa vinda dele e uma falsa irritação vindo de mim, contive um sorriso.

– O que eu preciso fazer pra você esquecer esse apelido horrível?

– Bom, *Jacqueline* – ele me olhou de cima a baixo –, talvez eu consiga pensar em algumas coisas.

Bufei. Mesmo que quase nunca revele meu nome inteiro para alguém, não me dei ao trabalho de perguntar como ele tinha descoberto uma informação tão confidencial. Talvez por Danny, aquele traidor.

– Ninguém me chama assim.

– É, mas todo mundo te chama de Jackie. – Ele deu um passo à frente, seu olhar caindo sobre o colar da minha mãe.

Sem dizer uma palavra, ele levantou o pingente com os dedos hábeis e o inspecionou brevemente antes de deixar a flor se acomodar novamente em meu pescoço. Quando seus olhos encontraram os meus outra vez, ele me lançou outro sorriso.

– Quero ser especial.

Uma grande parte de mim queria dizer para Cole que ele já era especial, quase todo mundo achava, mas seria uma confissão constrangedora demais. Então, decidi mudar de assunto.

– Como foram as suas férias?

Ele deu de ombros.

– Passei a maior parte do tempo trabalhando e sem falar com você nem um pouquinho.

– Desculpa, Cole. Eu sei que...

– Para – disse ele com firmeza. – Não preciso de desculpas. Você teve coisas sérias pra resolver, e a gente provavelmente deveria falar sobre isso em algum momento. Prometi pra minha mãe que eu iria jantar em casa amanhã, já que não fui ontem, então talvez a gente converse lá? Mas acabei de terminar um turno de doze horas na Central do Combustível. Só queria passar um tempo junto e me divertir.

Eu queria aceitar e passar uma noite agradável junto com ele antes de estragar tudo, mas seria justo? Cole não estava bravo comigo, pelo menos não o bastante para guardar rancor pelo que aconteceu nas férias, então era seguro presumir que queria continuar de onde paramos. Dar a ele a impressão de que eu queria a mesma coisa seria egoísmo.

Quando Cole arqueou a sobrancelha, percebi que eu estava pensando demais nisso. Embora não pudesse lhe dar o relacionamento que ele queria, talvez hoje à noite fosse o bastante? Ele iria embora em breve, de qualquer forma. Lancei um olhar para meus amigos, que estavam nos assistindo como se fôssemos um filme. A hesitação devia estar clara em meu rosto, porque Heather me lançou um olhar severo e fez um gesto me incentivando a ir. Skylar jogou minhas sandálias para mim.

Bom, acho que é isso, então, pensei enquanto me virava de volta para Cole.

– Está bem – concordei. – Passar um tempo junto e nos divertir. Acho que consigo fazer isso.

Assim que calcei as sandálias, Cole segurou minha mão e me conduziu pela rua movimentada. Ele devia ter um destino em mente, porque ziguezagueou pela multidão com um foco inabalável. Deixei que me conduzisse sem dar um pio, assim ele não notaria o quanto nossos dedos entrelaçados me faziam corar.

Assim que meu rosto se acalmou, pigarreei.

– Para onde a gente vai?

– A festa de rua era minha parte favorita do verão quando eu era criança, então pensei em te mostrar as melhores partes, reviver os dias de glória e tudo o mais.

– Outro passeio, hein? – falei, me lembrando de quando ele me levou para passear assim que cheguei ao Colorado.

Ele tinha se dedicado a me mostrar a fazenda, como um guia de museu nada profissional, mas charmoso, que não conseguia parar de flertar. Imaginá-lo de blazer guiando turistas pelo Met, o Museu Metropolitano de Arte de Nova York, me fez rir.

Cole olhou para mim, os lábios franzidos.

– Qual é a graça?

– Nada. – Meu sorriso sugeria o contrário, mas ele deixou para lá, desviando a atenção para outra coisa.

– Beleza, primeira parada – disse ele enquanto nos aproximávamos de uma barraca articulada.

Havia uma fila de crianças em frente à tenda, e espiei por cima de suas cabeças para ver o que havia lá dentro. Uma mesa comprida continha potes de tinta, tatuagens temporárias, strass facial e potinhos de glitter. Três cadeiras dobráveis estavam ao redor; duas delas ocupadas por crianças animadas tentando ficar paradas para os artistas. A única cadeira vazia estava em frente a uma garota mal-humorada que mascava chiclete e mexia no celular. Mesmo parecendo ter a nossa idade, eu não a reconhecia da escola, e ela emanava uma aura de "vai embora" que me fez entender por que nenhuma das crianças da fila estava disposta a se sentar na cadeira dela.

– Pintura de rosto? – eu disse, me virando para Cole. – Jura?

– Ei, eu não tenho vergonha de admitir que é divertido. Quando eu tinha seis anos, achava que ter uma aranha na testa era a definição de ser durão. Vou até fazer uma agora pra provar que estou certo. – Cole contornou a fila e se jogou na cadeira vazia. – Você não tá ocupada, né?

A carranca que a garota lançou para ele foi tão fria que me encolhi, mas o sorriso de Cole não vacilou, e, após se encararem um pouco, ela soltou um suspiro.

– O que você quer?

– Escolhe você – ele respondeu.

Ela devia saber quem Cole era, porque gesticulou para a bola de futebol americano na lista de opções.

– Que tal isso?

– Não – respondi abruptamente antes que ele tivesse a chance de olhar. – Com certeza não. – Cole se inclinou para a frente a fim de ver o que me fez reagir de maneira tão brusca, mas o empurrei de volta no assento. – Nada de espiar.

Depois de um instante de reflexão, apontei para uma das únicas opções que não incluíam glitter, flores ou cor-de-rosa. A garota deu de ombros e pegou um pincel. Quando terminou, alguns minutos depois, entregou um espelho para que Cole pudesse observar a chama que se curvava ao redor do olho e subia pela têmpora.

– Nossa, que irado! Você é fogo, viu. – Quando ele me olhou pelo espelho, arqueou uma sobrancelha e acrescentou: – Escolheu esse desenho porque eu te deixo quente, né?

– Eu estava pensando em algo do tipo cara durão, mas, depois dessa piada de merda, me arrependo de não ter escolhido a cara de palhaço.

Um garotinho na frente da fila arfou. Ele puxou o pulso da mulher que estava ao seu lado.

– Maaãe! Ela disse um palavrão – avisou, apontando o dedo para mim.

A mãe dele me lançou um olhar de desaprovação. Ao me ver entre ela e a artista mal-humorada, imaginei que fosse hora de ir.

– Vem – falei, puxando Cole para se levantar. – Vamos sair daqui.

Ele deu uma risada baixa e apertou meu ombro com força.

– Não tão rápido. É sua vez.

Sabendo que Cole não aceitaria um não como resposta, analisei minhas opções enquanto ele me conduzia até seu lugar recém-desocupado. Apontei para a borboleta roxa. Era pequena e, com sorte, não demoraria muito para ser pintada.

– Gostei dessa.

– Deixa eu escolher alguma coisa pra você – disse ele, tirando uma mecha de cabelo do meu rosto e colocando atrás da orelha. Os dedos dele se demoraram no meu pescoço. – É o justo.

– A-Acho que tudo bem – concordei. – Mas lembre-se de como eu fui cuidadosa. Melhor não escolher algo ridículo.

– Humm. – Cole inclinou a cabeça para o lado, ponderando suas opções. – No momento, estou entre a máscara do Batman e o tigre que cobre o rosto inteiro.

Apesar da provocação, o desenho que ele acabou escolhendo era fofo: um sol sorridente pintado na minha bochecha e polvilhado de glitter amarelo. Ele pagou e agradeceu à garota que havia pintado nosso rosto, mas ela voltou a mexer no celular sem dizer mais nada.

– Tá, o que mais? – perguntei quando voltamos lá para fora.

Um sorriso largo e infantil iluminou o rosto de Cole.

– Agora que estamos no espírito da festa de rua, é hora do evento principal.

– O quê?

Em vez de explicar, ele me levou até um grupo de crianças reunidas em torno de algum tipo de jogo. Quando chegamos perto o bastante para ver o que estava acontecendo, franzi o cenho. Sobre uma mesa dobrável, havia o que parecia ser um cano de PVC de 2,5 metros cortado ao meio, criando duas valetas cheias de água. Um garoto vestindo uma camiseta do Bob Esponja estava debruçado sobre uma das valetas, e uma garota de maria-chiquinha estava do outro lado; eles pareciam estar soprando bolhas com canudos.

– O que estão fazendo? – perguntei, elevando a voz para que Cole pudesse me ouvir em meio aos aplausos dos espectadores.

Cole se inclinou e falou bem no meu ouvido:

– É uma corrida de peixinhos. Está vendo o peixe? O objetivo é fazer o peixinho cruzar a linha de chegada. A única regra é que você não pode tocar nele, então precisa assoprar pelo canudo, fazendo as bolhas movimentarem a água e ele se mexer lá dentro. Acredite, é muito mais difícil do que parece.

– *Esse* é o evento principal da festa de rua? – perguntei, cética.

– Para o Cole de dez anos, era – respondeu ele enquanto observávamos um peixinho prateado, do tamanho do meu indicador, cruzar a linha de chegada na canaleta da garota de maria-chiquinha.

– Meu pai sempre dava vinte pratas pra cada um de nós gastar como quiséssemos, e, como isso custa só 25 centavos, eu conseguia jogar o dia todo. Quem tiver o tempo mais rápido até o fim da festa leva o prêmio, e eu sou tricampeão.

Abri um sorrisinho.

– Então não deve ser muito difícil.

– Ah, tá! Que papinho pra alguém que nem sabia o que era uma corrida de peixinhos até um minuto atrás.

– Mesmo assim, aposto que consigo ganhar de você.

Eu não me importava em vencer, principalmente porque a corrida parecia exigir mais sorte do que habilidade, mas a afronta no olhar de Cole era fofa demais para ignorar. Mordi o lábio para não rir.

– Eu aceito o desafio – disse ele, seu olhar descendo para minha boca. – O que eu recebo se ganhar?

– O direito eterno de se gabar? – sugeri, ignorando a aceleração dos meus batimentos.

– Apostado – disse ele, e então se afastou para nos inscrever.

Enquanto esperávamos pela nossa vez, observei as corridas em andamento para ver se havia alguma técnica bem-sucedida que eu pudesse utilizar, mas os peixes pareciam ter vontade própria. Dez minutos mais tarde, Cole e eu recebemos canudos e fomos instruídos a nos posicionar. Um grito de "Três, dois, um, valendo!" ressoou, e meu peixinho disparou assim que foi solto. O bichinho chegou até a metade do canal antes mesmo que eu precisasse incentivá-lo a continuar nadando.

No fim, Cole só venceu porque usou táticas traiçoeiras. Quando meu peixe estava a trinta centímetros do fim, ele estendeu a mão por cima da mesa e me deu um cutucão no canto do corpo. O ataque me pegou de surpresa, e engoli um gole de água pelo canudo. Enquanto eu tossia, o peixinho de Cole cruzou a linha de chegada.

– Sem parabéns para o vencedor? – perguntou Cole depois de sairmos do caminho para a próxima corrida começar.

– Ah, foi mal. – Olhei ao redor para me certificar de que nenhuma criança estava vendo e então mostrei o dedo do meio para ele.

Uma risada suave saiu de sua garganta.

– Vou adorar jogar isso na sua cara – disse ele –, mas sabe o que seria ainda melhor?

– Ganhar de maneira justa e honesta? – sugeri, seca.

Cole se inclinou, e seus lábios roçaram minha orelha.

– Um beijo seu – disse ele, sua voz baixa de um jeito que fez meu estômago se revirar.

Perto assim, a cada respiração que eu dava, sentia o cheiro de seu perfume. Isso me dava vontade de agarrá-lo pela frente da camiseta e…

Puta merda. Era exatamente o tipo de situação que eu queria evitar. Nunca deveria ter concordado em passar um tempo com ele antes de termos uma conversa sincera, mas eu sempre tomava decisões idiotas perto de Cole. Ele era meu ponto fraco.

– Isso não vai acontecer – falei, fingindo um tom arrogante e virando o nariz para ele.

– Tem certeza? – ele perguntou, mas se afastou para não invadir mais meu espaço pessoal. – Prometo nunca mais falar das minhas habilidades superiores na corrida de peixinhos.

– Mesmo se eu quisesse, e eu não quero – *mentiras, mentiras e mais mentiras,* entoou minha consciência –, minha boca está com gosto de água de peixe agora.

Cole jogou a cabeça para trás e riu. Quando conseguiu se controlar, juntou sua mão à minha e me puxou de volta pelo caminho de onde tínhamos vindo.

– Vamos resolver isso, tá? Não posso te deixar andando por aí com hálito de peixe, e, de qualquer forma, já está na hora da próxima parada do nosso passeio.

– Ei! – Dei um tapinha no braço dele. – Eu quis dizer que estou com gosto ruim na boca, não que estou com mau hálito.

Enquanto caminhávamos, Cole me contou coisas sobre suas férias: o cargo de gerência no Tony pagava bem, mas ele não gostava que isso significasse menos horas mexendo nos carros; ele e seu melhor amigo, Nick, fizeram uma viagem de carro para Yellowstone e ficaram presos em um engarrafamento de bisões; e a instrutora de hidroginástica na piscina onde ele era salva-vidas, uma mulher de quase oitenta anos, lhe passou o número dela de fininho no dia anterior. Chegamos aos food trucks em pouco tempo, e Cole nos guiou até um que vendia raspadinhas.

– Não é uma festa de rua se sua boca não estiver manchada de azul por causa da raspadinha de framboesa azul – disse ele.

– Prefiro a de cereja – comentei, para ser do contra.

Sendo sincera, eu ficaria feliz com qualquer um dos sabores.

Cole grunhiu quando chegamos ao fim da fila.

– É tão *sem graça*.

– É um clássico.

– É, classicamente sem graça.

– Framboesa azul nem é uma fruta de verdade – apontei.

– Nenhum desses sabores é uma fruta de verdade – argumentou ele. – É xarope. Por que você não admite de uma vez que é covarde demais pra andar com a boca azul pelo resto da noite?

Revirei os olhos.

– Verdade, Cole. Não consigo ser tão durona quanto você.

Levamos mais um minuto para chegar à frente da fila e fazer o pedido, mas, assim que pegamos nossas raspadinhas, apanhei um montinho de guardanapos e fui até uma das mesas de piquenique vazias. Cole segurou meu cotovelo com gentileza e me conduziu na direção oposta. Quando passamos pelas barricadas e nos afastamos da festa, lancei-lhe um olhar confuso.

– A gente vai embora? – perguntei, apesar de a resposta ser óbvia.

Ainda havia tanta coisa que eu não tinha visto, como a tenda de música e as barraquinhas de produtos.

– Aham – respondeu ele, os lábios já azuis. – Terminamos de ver todas as coisas de criança. Agora é hora da diversão de verdade.

Caminhamos até um bairro residencial próximo, ladeado por árvores tão grandes que a cobertura formada pela folhagem sombreava toda a extensão da calçada. As casas eram antigas, mas bem cuidadas, com varandas cobertas, janelas salientes com vista para a rua e jardins frontais ajeitadinhos. Quando chegamos a um bangalô verde de onde dava para ouvir um baixo estrondoso soando atrás de uma cerca de madeira, Cole ignorou a calçada da frente e atravessou o gramado em direção ao portãozinho. Levantou a trava e abriu, gesticulando para que eu passasse primeiro, e entrei no quintal dos fundos mais charmoso que eu já tinha visto.

Um caminho de pedras cortava a grama exuberante e levava a uma varanda pergolada com lanternas penduradas nas vigas. Havia uma fogueira rebaixada com almofadas ao redor, um ofurô de metal, e uma rede pendurada entre duas árvores. Rostos familiares da escola estavam espalhados por todos os lados, alguns jogando dardos enquanto outros se reuniam ao redor da fogueira, mas a maioria estava reunida na varanda, conversando e rindo.

Chegar à festa com Cole me lembrou de todas as vezes em que estive ao lado dele nos corredores entre as aulas; para onde quer que fosse, Cole chamava a atenção sem nem mesmo tentar. Cabeças se viravam para ele, cumprimentos eram exclamados, e sorrisos seguiam seu encalço. A diferença de hoje à noite, porém, foram todos os cumprimentos que eu recebi, de balanços de cabeça até olás amigáveis. Foi um contraste gritante em relação ao meu primeiro mês no Colorado, quando fui encarada e julgada por ser a novata. A sensação de aceitação foi reconfortante e, com sorte, um sinal de que o próximo semestre não seria tão ruim quanto o anterior.

– Varanda ou fogueira? – perguntou Cole depois de cumprimentar um de seus amigos do futebol.

Vi de relance Kim aninhada no colo de Alex em um sofá e hesitei.

– Hum...

Cole seguiu meu olhar, observou o irmão e rapidamente ajustou nosso curso.

– Fogueira, então – disse ele, mas não importava para onde íamos, porque ele era amigo de todo mundo.

Reconheci a maioria das pessoas na fogueira como aquelas que mataram aula com a gente na primavera passada. Além de Nick, havia um cara com piercing no lábio chamado Joe, mas que preferia ser chamado de Jet; a irmã mais velha dele, Molly; e a amiga de Molly, Kate, cuja mecha rosa do cabelo havia sido trocada por roxa. Também havia os dois jogadores da linha defensiva com nomes que eu sempre confundia. Ryan e Tim? Ou talvez fosse Bryan e Jim.

– Cole, você veio! – Kate deu um pulo e jogou os braços ao redor dele antes de me surpreender com um abraço também. – E aí, Jackie? Voltou para o próximo ano letivo?

– Aham – falei, balançando a cabeça quando Nick silenciosamente me ofereceu uma cerveja. – Cheguei ontem.

– Aff, que inveja – disse ela, sentando-se no colo de Jim/Tim para abrir espaço para mim e para Cole. – Queria poder pegar um avião pra algum lugar legal tipo Nova York nas férias de verão.

Mesmo com o espaço que ela liberou, duvidei que nós dois coubéssemos. Cole se sentou e, quando hesitei, ele revirou os olhos, me apertou ao lado dele e passou um braço sobre o encosto do banco. Assim que me acomodei (me esforçando para ignorar o modo como o corpo dele estava pressionado contra o meu, desde o ombro até o joelho), ele aceitou uma cerveja de Nick e abriu a lata com uma mão só.

– Kate – chamou Molly, com um olhar penetrante. – Larga de ser chata. Você vai para o sul da Califórnia em menos de uma semana, enquanto o resto de nós vai ficar preso aqui, estudando em faculdades mixurucas.

Nick se pronunciou.

– Na verdade, eu vou pra...

– Pra Universidade da Flórida, a gente já sabe – disse Bryan/Ryan. – Já ouvimos isso um milhão de vezes. Se eu ouvir você babando ovo da Flórida mais uma vez, vou me afogar de vez no ofurô.

– Alguns de nós ainda precisam terminar o Ensino Médio – resmungou Jet baixinho.

– Em que universo a Boulder é uma faculdade mixuruca? – perguntou Kate. – É literalmente a maior universidade do Colorado. Você só está pra baixo porque não entrou na Berkeley.

Um cara que eu não reconheci, de cabelo castanho cacheado, passou o braço por cima do ombro de Molly, seu olhar encontrando o de Cole brevemente antes de mostrar um sorriso simpático.

– Ei, se anima. Nós três vamos nos divertir pra caramba.

Molly suspirou e encostou a cabeça no peito dele.

– É, eu sei. – Ela ficou quieta por um instante antes de se voltar para Cole. – Quando você vai se mudar para o dormitório?

Cole tomou um gole de cerveja antes de responder.

– Na quinta. E você?

Mesmo que eu não fosse permitir que esse lance entre nós se desenvolvesse, meu coração ainda se apertou ao ouvir a resposta dele. Cole partiria em menos de uma semana.

A conversa sobre a faculdade continuou noite adentro, e, embora eu não pudesse falar muito, já que ainda tinha mais dois anos de Ensino Médio pela frente, me senti feliz por ficar lá ouvindo. Cole também estava estranhamente calado, só participando quando alguém fazia uma pergunta. Ele passou a noite olhando para o fogo e traçando padrões na lateral do meu braço, distraído.

– Ei – sussurrei, cutucando-o de leve no canto do corpo. – Tudo bem?

– Foi mal. Prometi uma noite divertida, mas... – ele bocejou – estou morto.

– Tudo bem. Por que não vai pra casa descansar um pouco?

– Mas você finalmente voltou – disse ele, enterrando o rosto no meu cabelo com um sorriso sonolento –, e eu queria... Meu Deus, você tá com cheiro de baunilha e frutas cítricas. É seu shampoo?

– Meu perfume – respondi, e ele cantarolou assentindo.

Esperei que ele continuasse explicando o que queria, mas, em vez de dizer qualquer coisa, ele soltou outro bocejo, e então se aninhou mais perto, como se estivesse se preparando para tirar um cochilo no meu ombro.

– Cole, você tá acordado?

A festa estava acabando, mas, lá na varanda, alguém deu uma risada estrondosa.

– Não – murmurou ele –, então acho que ir pra cama não é uma péssima ideia, mas como você vai voltar pra fazenda? Precisa de uma carona?

– Eu vou com o Alex. – Olhei ao redor procurando por ele, mas Alex e Kim deviam ter saído em algum momento, porque eu não os encontrava em lugar nenhum.

Isso despertou Cole de repente.

– Não, nem a pau. – Ele se desvencilhou de mim, virou o resto da cerveja e se levantou com uma energia renovada. – Vamos – disse ele, me oferecendo a mão. – Eu te levo pra casa.

Abri a boca para responder, mas o brilho em seus olhos era firme. Ele sempre ficava assim quando se tratava do irmão, estupidamente teimoso e impulsivo, então não me dei ao trabalho de discutir. Nos despedimos, todos os amigos de Cole prometendo se encontrar uma última vez antes de irem para a faculdade, e então fizemos uma caminhada curta até a Central do Combustível, onde o Buick estava estacionado. Quando chegamos à fazenda, eram quase dez da noite.

Cole parou ao lado da cabana e estacionou.

– Parece que ninguém voltou ainda – disse ele, lançando um olhar para a casa. Todas as luzes estavam apagadas, o que significava que Katherine, George e os filhos mais novos continuavam na festa ou já estavam na cama. – Você sabe onde fica a chave, né?

– Grudada com durex na parte de baixo do balanço da varanda, mas duvido que vou precisar. Conhecendo sua mãe, ela deixou a porta dos fundos destrancada.

– Acho que você tem razão. – Cole esfregou a nuca e suspirou. – Olha, sobre hoje à noite… Desculpa se você achou a festa de rua idiota e também por eu ter praticamente dormido, mas passei o tempo todo trabalhando nessas férias. Estou acabado.

– Você compartilhou algumas das suas memórias de infância comigo. Por que eu acharia isso idiota? – disse para ele, sincera. Cole Walter podia ser um verdadeiro babaca às vezes, mas era igualmente gentil, ainda mais quando não estava competindo com Alex para ver quem tem o pau maior. – Adorei passar um tempo com você.

Ele estendeu a mão por cima do console e entrelaçou nossos dedos.

– Está falando sério?

– Eu juro – eu disse enquanto ele passava o polegar pelos nós dos meus dedos.

Ele tinha sido incrivelmente carinhoso esta noite, mais do que eu lembrava que era, e cada roçar e toque suave fazia uma corrente elétrica percorrer meu corpo. O ar estava denso ao nosso redor, e eu sabia que precisava me afastar dele antes de fazer algo de que me arrependeria.

– Vou entrar – avisei. – Te vejo amanhã no jantar?

– Aham, estarei lá – respondeu ele, mas, quando tentei me afastar, seu aperto aumentou.

– Hã, Cole?

Eu precisava da minha mão de volta para ir embora. Olhei para nossos dedos entrelaçados e, então, de volta para ele. O jeito como me olhava fez minha garganta apertar. Mesmo no escuro, seus olhos eram penetrantes.

– Podemos conversar amanhã, então? – ele quis saber. – Sobre seu verão e tudo o mais?

Limpei a garganta, mas minha voz ainda saiu rouca.

– C-Claro. Tenta dormir, tá?

Cole assentiu e, desta vez, me soltou quando retirei a mão. Dei um sorriso de despedida para ele e agradeci por ter me levado para casa, depois soltei o cinto de segurança e me mexi para abrir a porta.

– Jackie, espera – disse ele, segurando meu braço.

Quando olhei para ele por cima do ombro, Cole se inclinou para a frente e pressionou os lábios nos meus.

três

A VERDADE ERA QUE o verão não havia sido fácil. Nunca pensei que retornar à cidade que eu amava seria difícil. Quando Katherine me deu a oportunidade de voltar para Nova York em junho, aceitei sem pensar duas vezes.

Porém, uma das primeiras coisas que percebi foi o tanto de memórias que eu tinha de encarar por ali. Voltar ao nosso apartamento me lembrava de que eu nunca mais assistiria ao jornal da noite com meu pai nem ajudaria minha mãe a escolher o tecido de um de seus próximos vestidos. Nunca mais pegaria uma das blusinhas de Lucy sem pedir, não ouviria seu riso nem me aconchegaria no sofá com ela para outra maratona de *Crepúsculo*. Achei que já havia lidado com a pior parte do luto, que estava me recuperando, só para ser atingida pela dor de novo.

A próxima coisa que percebi? Que estava sobrecarregada demais até para pensar nos meus sentimentos por Cole, que dirá falar com ele. Não conseguiria fazer isso enquanto voltar para o apartamento todos os dias fazia parecer que eu estava vivendo com fantasmas. Quando passei a me sentir menos emotiva e consegui me recompor, havia passado tanto tempo que dúvidas começaram a surgir. Claro, Cole era lindo, e nós tínhamos uma boa química. Ele também sabia todas as coisas certas para dizer e me fazer derreter, mas podia ser cruel e mesquinho quando lhe convinha. Será que ele ia querer falar comigo depois que eu sumi do mapa? Será que nossa conexão era real ou eu tinha me apaixonado pelo Efeito Cole, como Riley e Heather avisaram que aconteceria?

Quanto mais eu pensava nisso, mais questionava tudo. Porque, se meus sentimentos não eram tão fortes quanto pensei a princípio, será que os de Cole também não? Dava para confiar que os sentimentos dele eram genuínos ou eu era só um brinquedinho novo e brilhante, só mais uma em uma fila gigantesca de garotas cuja proximidade era conveniente?

Ao beijá-lo agora, eu soube que nossos sentimentos eram reais.

Começou de um jeito simples – apenas um roçar dos lábios dele nos meus para testar o terreno –, mas foi o suficiente para destruir os últimos resquícios do meu autocontrole. Minha mão subiu por vontade própria e se enroscou na nuca dele, e esse era todo o encorajamento de que Cole precisava para me puxar para mais perto e encaixar a boca na minha. Ele devia ter chupado uma pastilha no caminho para casa, porque estava com gosto de açúcar e canela, não da cerveja que bebeu na festa. Eu não sabia se ficava feliz ou irritada por ele ter se preparado, como se me beijar fosse uma certeza.

Quando Cole mordeu meu lábio inferior, uma corrente elétrica percorreu minhas veias. Desesperada por mais, puxei o cabelo dele. Cole respondeu agarrando minha cintura e me apertando.

– Vem cá – disse ele com a voz rouca, me puxando delicadamente por cima do console central do carro.

Demorou um pouquinho para eu me posicionar, mas, assim que me sentei em seu colo, ele capturou meus lábios em outro beijo ardente de tirar o fôlego. Seus dedos brincaram com a barra da minha camiseta, por vezes ousando deslizar por baixo dela, mas foi só quando os lábios de Cole desgrudaram dos meus e começaram a deslizar pela lateral do pescoço que meu cérebro confuso entrou em ação.

Ai, meu Deus! Que merda eu estou fazendo?

– Cole, para – falei, ofegante. – Eu preciso ir.

Ele se recostou no banco, o peito arfando, os lábios inchados e brilhando, e gargalhou como se eu tivesse dito algo divertido.

– Qual é a graça?

– Nada – disse ele, a boca se curvando para cima enquanto balançava a cabeça. – É só que... você é tipo a Cinderela: vive fugindo de mim.

Eu não sabia o que dizer.

– Sua família deve voltar logo.

Com um suspiro, Cole depositou um último beijo na minha bochecha e soltou meu quadril.

– Boa noite, Jackie – desejou, abrindo a porta do motorista para eu sair. – Volto amanhã pro jantar.

– Tá bom. – Deslizei de seu colo e saí do carro, o cascalho estalando sob meus pés. – Até amanhã.

Assim que ele foi embora, atravessei o quintal e subi os degraus da varanda, com os olhos no celular enquanto mandava mensagem para Alex avisando que eu não precisava de carona. Em algum lugar no escuro, uma coruja piou.

– Bom, *isso* foi rápido.

Sem pensar, gritei e joguei meu celular na direção de onde a voz tinha vindo. Alguém soltou um xingo quando o aparelho bateu na parede de casa e caiu no chão. A lanterna de um celular foi ligada dois segundos depois, e Isaac apareceu. Ele estava recostado em uma das cadeiras pavão, só de cueca boxer e chinelo. Na mesinha ao lado dele havia um isqueiro, um maço de cigarros e uma bolsa de gelo molhada.

– Jesus Cristo, Jackie! Foi quase um tiro na cabeça.

– Isaac? – perguntei, pressionando a mão no coração. Meus batimentos estavam tão acelerados que dava para sentir uma veia pulsando no pescoço. – Tive um ataque cardíaco por sua causa!

– Não sei por que você tá reclamando. – Ele esfregou o ombro e então fez uma careta. – Fui eu que levei uma celularzada na cabeça!

– Foi mal. – Ao avistar meu celular alguns metros à sua esquerda, eu o peguei e verifiquei se tinha quebrado alguma coisa. Para minha sorte, a capinha havia cumprido sua função. – Não percebi que tinha alguém aqui fora.

Ele estendeu a mão para pegar seus cigarros.

– Isso ficou óbvio quando você e o Cole decidiram dar um show.

A julgar pela expressão de desprezo em seu rosto, Isaac queria me irritar, mas saber disso não impediu meus nervos de ficarem à flor da pele.

– Então você ficou sentado aqui no escuro observando a gente feito um tarado?

– Ah, relaxa. – Ele acendeu o cigarro e deu uma tragada profunda antes de encarar meus olhos com um sorrisinho irônico no rosto. – Você é uma graça, mas não estou a fim de te assistir transando com o meu primo.

– Não foi isso... Quer dizer, a gente não fez nada! – gaguejei.

Isaac soltou uma risadinha pelo nariz.

– Nossa, foi fácil demais mexer com você. Perdeu o jeito, Jackie.

Cruzando os braços sobre o peito, me sentei no corrimão da varanda, de frente para ele.

– Algum motivo em particular pra você estar sendo um pau no cu?

– Além do celular que foi jogado na minha cabeça? Você deveria agradecer por ter sido eu quem testemunhou sua ceninha, e não outra pessoa. Dá pra imaginar se minha tia tivesse pegado vocês? Ela ia explodir. – Isaac virou a cabeça para o lado e soltou uma baforada de fumaça. – Só pra avisar, ela anda sendo uma filha da puta esses dias.

Eu tinha passado muitas noites sem dormir durante as férias, contemplando um possível relacionamento com Cole. Analisei a situação de todos os ângulos, pesando os prós e contras. Ou pelo menos era o que eu pensava. Alex tinha sido um pequeno fator na minha análise, mas nunca levei os outros Walter em consideração, o que pareceu um descuido enorme da minha parte. Por algum motivo, imaginei que Katherine não ficaria muito feliz ao me ver montada em seu filho, enfiando a língua na goela dele. E também não ficaria feliz se descobrisse que Isaac estava fumando, embora eu não tenha me dado ao trabalho de apontar o fato. Era um milagre ela nunca o ter flagrado antes, já que o cheiro era um indício claro, mas suspeitei que Katherine não percebesse porque George fumava um cigarro às escondidas de vez em quando.

– Ela anda sendo mesmo? – perguntei, ignorando a sensação de pânico que se formava em meu estômago. – Ou você só tá emburrado porque ficou de castigo e perdeu todas as "bobagens paz e amor" das quais se acha descolado demais pra participar?

– Olha aí. – Isaac enfiou o cigarro entre os lábios e bateu palmas devagar. – Agora tá melhor. Se continuar treinando, tenho certeza de que logo vai voltar a ser estraga-prazeres e a partir o coração dos meus primos.

Uma dor de cabeça começava a surgir, então decidi que ele podia vencer essa disputa.

– Tanto faz, Isaac. Estou cansada demais pra lidar com essa merda agora. Vou dormir.

– Bons sonhos – respondeu ele, em um tom meloso e zombeteiro.

– Vê se não fode.

– Esse é o trabalho do Cole, né?

Lancei um olhar longo e analítico para ele. Havia algo de errado. Ele estava se portando de maneira tensa, as palavras mais ríspidas que o normal.

– Eu posso ter perdido o jeito ou sei lá, mas você parece diferente. Não me lembrava de você ser tão babaca.

– Ou talvez não me conhecesse tão bem. – Ele apagou o cigarro na mesa. – Vou te dizer uma coisa: quando você cansar do Cole e decidir dar em cima de outro de nós, me avisa. Podemos passar um tempo nos *familiarizando*.

Era quase cômico como aquela noite estava virando do avesso cada vez mais. Eu havia me preparado para enfrentar a ira de Cole em algum momento – ele podia ser muito cruel quando as coisas não aconteciam da forma como queria –, mas, em vez disso, ele me recebeu com compreensão, gentileza e beijos de fazer o coração sair pela boca. O veneno de Isaac, por outro lado, era inesperado. Lá no fundo, sabia que ele não estava bravo comigo. Eu só estava no lugar errado na hora certa, uma opção conveniente em quem descontar a raiva.

Faróis iluminaram a varanda, e olhei por cima do ombro para ver a van de Katherine chegando na entrada da garagem.

– Tá, é a minha deixa – falei, me afastando do corrimão. – Não sei que bicho te mordeu hoje, mas pode ficar remoendo sozinho.

Isaac não disse nada quando me dirigi à porta da frente, mas dava para sentir seus olhos em mim enquanto eu entrava e deixava a porta de tela bater. Todas as pequenas provocações dele podiam ter sido injustificadas, mas havia uma coisa sobre a qual estava certo: Cole e eu tivemos sorte de os pais dele não terem nos pegado em flagrante.

Era o mesmo pesadelo de sempre, o do acidente da minha família.

Minha mãe e meu pai estavam no banco da frente, enquanto Lucy e eu dividíamos o fone de ouvido para não termos de ouvir a conversa chata deles.

Com base na paisagem, estávamos em algum lugar no interior de Nova York, talvez em Lake George. O céu estava limpo, e as árvores apresentavam uma leve camada de verde pela nova folhagem. Esses eram os detalhes dos quais eu sempre me lembrava ao acordar, porque não eram precisos. Minha família morreu no inverno, mas no sonho era primavera, e o acidente foi na cidade, não em uma estrada sinuosa com paisagens bonitas. Estranho como sonhos podiam distorcer a realidade, mas, ao mesmo tempo, parecer tão reais.

Quando a música terminou, eu sabia o que aconteceria em seguida.

Meu cinto de segurança escorregou, como sempre, mas não me preocupei em colocá-lo de volta no lugar. Não importava quantas vezes eu tentasse, ele sempre se desprendia. Então, entre uma piscada e outra, eu estava de pé na calçada. As árvores murchavam e morriam, e o céu ficava escuro e tempestuoso.

Nosso carro passaria em alta velocidade, e eu teria um último vislumbre da minha família antes de a estrada se abrir como um desfiladeiro e eles desaparecerem na beirada, me deixando eternamente para trás.

Mas, desta vez, não era a BMW reluzente de meu pai que passava por mim como um raio. Era uma minivan antiga com um adesivo de Pais Orgulhosos de um Aluno Nota Dez e um amassado no painel traseiro. O pânico tomou conta do meu peito ao ver todos os rostos familiares lá dentro: Katherine e Nathan e Parker e Alex e...

Acordei com um sobressalto, o peito arfando.

Mas que *merda* foi aquela?

Dizer que o sonho me assustou era um eufemismo. Passei o resto da noite me revirando na cama, mas não consegui tirar a imagem da cabeça: a van de Katherine com todos os Walter dentro, avançando em direção ao mesmo fim aterrorizante que minha família. Era uma versão distorcida da tortura a que meu subconsciente me submetia regularmente, então, quando a manhã chegou, preenchendo meu quarto com a luz suave e arroxeada do amanhecer, fiquei grata. Pulei da cama assim que meu despertador tocou, vesti minha roupa de treino e corri escada abaixo com uma ânsia que costumava faltar na minha rotina matinal.

A corrida e eu tínhamos uma relação de amor e ódio; os primeiros quinze a vinte minutos eram um verdadeiro inferno, e detesto me sentir suada, mas era minha catarse. O que começou como um método para me manter em forma se transformou em uma válvula de escape, uma maneira de canalizar e gastar toda a minha energia ansiosa. Nada me deixava tão calma e lúcida quanto uma corrida longa e exaustiva.

Conforme esperava Nathan se juntar a mim, me alonguei na varanda e observei mais raios de sol crepitarem no horizonte e se espalharem pela fazenda. Quinze minutos após nosso horário de saída, imaginei que Nathan fosse se ausentar por outro dia e segui sem ele. Sua ausência era preocupante, mas isso era um problema para a Jackie do futuro. Em vez de me concentrar nisso, segui nosso caminho de costume e me concentrei em colocar um pé em frente ao outro.

Não parei até alcançar o topo da colina do outro lado do terreno, onde me joguei na grama alta para recuperar o fôlego. Foi ali que Cole e eu assistimos ao pôr do sol andando a cavalo nas minhas primeiras semanas tão difíceis com os Walter. A lembrança me fez sorrir. Eu não deveria tê-lo deixado me beijar na noite passada, mas, desde o momento em que nos conhecemos, Cole demonstrou um talento para tirar meus pés do chão; ontem não foi exceção. Meu plano de me desculpar por tê-lo ignorado o verão todo e, em seguida, gentilmente decepcioná-lo tinha ido por água abaixo assim que ele apareceu na festa de rua. Me deixar levar e tudo o que aconteceu depois disso foi mais um erro pelo qual precisaria pedir desculpas.

Se a noite de ontem me ensinou alguma coisa foi que nós dois importávamos um para o outro. Mas aqueles sentimentos eram apenas outra razão pela qual parecia errado tentar um relacionamento com Cole. Qualquer coisa além da amizade poderia machucá-lo. Eu podia ter finalmente me aberto para o processo de luto, mas ainda precisava curar muita coisa dentro de mim. Para isso, três meses não chegavam perto de ser o bastante.

– Não é possível – exclamou Parker, balançando a cabeça enquanto encarava a tela.

Sua boca estava escancarada, e ela abaixou o olhar para o controle em sua mão, como se ele fosse de alguma forma responsável por sua perda.

Levantei uma arma de dedo e soprei a fumaça imaginária.

– Melhor começar a acreditar, P-Walt.

Durante o café da manhã, os Walter mais novos me encurralaram para passar um dia na piscina, já que não tinham permissão de entrar na água sem a supervisão de um adulto ou de um dos irmãos mais velhos. Isaac, Alex e Lee desapareceram da cozinha assim que Zack mencionou nadar, mas eu ingenuamente me encantei pelo sorriso com covinhas dele. O que aconteceu depois disso foi uma única hora agradável relaxando sob o sol enquanto ele, Benny e Park brincavam de Marco Polo, e depois mais quatro horas irritantes enquanto eu tentava usar todos os truques possíveis para tirá-los da piscina.

Em dado momento, ouvi Isaac rindo enquanto me observava pela janela de seu quarto. Alex foi legal o bastante para me trazer um sanduíche no começo da tarde, mas a gentileza foi arruinada quando me perguntou se eu tinha aprendido a lição. Nem Katherine nem George apareceram para me salvar de seus filhos. Parker enfim concordou em convencer os gêmeos do terror a brincar no balanço, mas só se eu jogasse *Mario Kart* com ela.

Me vinguei acabando com ela por cinco corridas consecutivas.

– Não dá pra entender – repetiu ela pela terceira vez. – Você é péssima nesse jogo.

– Eu sou uma veterana da Rainbow Road, Parker. Nunca fui ruim. – Me levantei do pufe para guardar meu controle. – Você só me vencia antes porque eu deixava você ganhar.

Isso a chocou mais do que minhas múltiplas vitórias.

– Mas… por quê?

A pergunta dela era genuína; Parker realmente não conseguia entender por que alguém perderia de propósito. Com base nas nossas conversas anteriores e nas interações que tinha presenciado entre ela e os irmãos, eu suspeitava que Parker sentia que ser a única menina na família significava que precisava provar seu valor. Ela não conseguia só existir. Tinha de ser a mais rápida, a mais forte, a mais inteligente, e isso não abria espaço para derrotas. Por ser uma perfeccionista em recuperação, eu entendia aquela lógica, embora soubesse que era falha. Eu não tinha passado anos emulando meu pai a fim de deixar meus pais orgulhosos? Só recentemente aprendi que tentar corresponder a expectativas presumidas era uma tarefa impossível. Esperava que, com o tempo, eu pudesse mostrar a Parker que a única pessoa que ela precisava ser era ela mesma.

– Queria que a gente fosse amiga – confessei, para ensinar com atitudes e tudo o mais.

– Tá booom. – O tom dela insinuava que minha resposta era idiota. – Isso significa que você não liga mais pra gente ser amiga?

– Isso aí. – Deixei um sorriso lento se abrir em meu rosto. – Como irmã mais velha, decidi que é mais importante ensinar à minha versão mais nova um pouco da tão necessária humildade.

A animação brilhou em seus olhos.

– Em vez disso, me ensina a derrotar todo mundo?

Alex, que deve ter ouvido parte da nossa conversa, entrou na sala.

– Nem brinca. – Ele apontou um dedo para mim. – Você não vai ensinar seus superpoderes malignos para os meus irmãozinhos. Não vou te deixar arruinar meu título de melhor jogador da casa.

Parker me encarou, maravilhada.

– Você acabou com ele também?

Meu sorriso se alargou ainda mais.

– Dei um pau nele.

– Ei! – exclamou Alex. – Não foi isso o que...

– VOCÊ NÃO É MEU PAI, ENTÃO PARA DE AGIR COMO SE FOSSE!

Alex, Parker e eu congelamos ao som da voz enfurecida de Isaac. A casa ficou silenciosa por um único segundo, e então George gritou algo indecifrável em resposta. Portas se abriram de uma vez pelo corredor. Nathan, Lee, Zack e Benny saíram de seus quartos para investigar. Todos nos reunimos no patamar do segundo andar, onde Jack e Jordan já esperavam, a câmera gravando, embora não desse para ver nada dali.

– O que aconteceu? – perguntei enquanto a gritaria continuava.

– O Isaac fez uma tatuagem enquanto todo mundo estava na festa de rua – sussurrou Jordan, tomado por um misto de surpresa e admiração.

– Que imbecil – disse Lee carinhosamente, balançando a cabeça. – É do quê?

– Não consegui ver direito antes do papai chutar a gente pra fora da cozinha – explicou Jack enquanto ajeitava os óculos –, mas é na escápula. A mamãe ficou chateada porque ele não deveria ter saído de casa, mas as coisas só esquentaram quando ela começou a dar um sermão nele sobre fazer alterações permanentes no corpo e tomar decisões das quais se arrependeria mais tarde. O Isaac disse com estas palavras: "Fica de boa, tia Kathy. Larga de ser uma fresca do caralho". O papai estava calmo até aí, mas então perdeu o controle.

George e Isaac ainda gritavam um com o outro quando alguém apareceu no pé da escada. Todos nós demos um pulo para trás, com medo de termos sido pegos bisbilhotando, mas era só Cole. Todo mundo relaxou ao vê-lo, menos eu. Não esperava que ele fosse chegar antes do jantar.

– Você viu? – perguntou Benny, pulando de um pé para o outro enquanto Cole subia a escada. – Viu a tatuagem? É legal? Pode falar pra gente o que é?

– Uma sereia cavalgando um narval – respondeu Cole, impassível.

– Nem ferrando – murmurou Alex baixinho.

– É – concordou Parker, se pronunciando. – Fala pra gente o que é de verdade!

– Vocês todos deveriam cuidar da própria vida – disse Cole, como se invasão de privacidade não fosse algo comum na casa dos Walter.

Eu teria denunciado sua hipocrisia – quantas vezes eu já havia sido espiada ou gravada sem minha permissão? – se não fosse pela postura rígida dele. A situação lá embaixo era mais séria do que parecia, então.

– Voltem para os quartos de vocês antes da mamãe chegar. Ela não está muito benevolente no momento.

– O que é um narval? – quis saber Zack, sem perceber a tensão latente.

Alex riu e bagunçou o cabelo do irmão carinhosamente.

– É um unicórnio-do-mar.

Lá embaixo, a cozinha ficou em silêncio. Se o aviso de Cole não fosse o bastante, o silêncio repentino com certeza era. Todo mundo soube que era hora de sumir.

– O Cole tá falando sério? – sussurrou Benny enquanto o grupo se dissipava.

– Eu duvido, carinha – respondeu Nathan, mordendo o lábio para conter um sorriso enquanto o conduzia. – O Isaac não parece ser do tipo que faria uma sereia.

As conversas diminuíram, as portas se fecharam com baques, e, de repente, eu estava sozinha com Cole. Meu coração disparou. Era isso: nós finalmente teríamos uma conversa muito necessária, mas, em vez de me sentir aliviada, me sentia uma criminosa marchando em direção à forca. Para minha sorte, Cole não percebeu o quanto eu estava nervosa. Passou uma mão pelo rosto e depois, em silêncio, a estendeu para mim. Se ele não me odiasse até o fim da noite, então nós dois precisaríamos estabelecer limites sérios. Mas, por ora, me permiti ser puxada contra seu peito. Ele soltou um suspiro, e a tensão se dissipou de seu corpo assim que colocou os braços ao meu redor.

– Você tá com cheiro de cloro – disse ele em tom de cumprimento. – Os pestinhas te enganaram pra você nadar com eles?

Estavam mais para criaturas malignas.

– Podemos dizer que sim – resmunguei.

Cole riu baixinho, e um arrepio de prazer me atravessou ao sentir seu torso esculpido tremer contra o meu.

– Se anima, Jackie. Nós todos já passamos por isso.

– Pois é – falei, me afastando dele. – Vocês todos têm uma vida inteira sabendo das coisas, mas alguém compartilha esse conhecimento comigo? Claro que não. Seria legal se alguém me desse um aviso pelo menos uma vez, em vez de estourar pipoca pra rir da minha cara.

– Mas como você aprenderia, senão na raça? – perguntou ele, me dando um peteleco no nariz. – Vem. Vamos pra um lugar mais reservado.

Fiz uma careta, mas o segui pelo corredor. Cole preencheu o

silêncio descrevendo com detalhes a tatuagem de Isaac. Nervosa demais para lhe dar toda a minha atenção, só entendi migalhas e trechos do que ele disse. Algo sobre penas. Ou talvez fosse fogo?

Quando chegamos ao ateliê, Cole se acomodou na minha cama. Ele deixou bastante espaço no colchão para eu me juntar a ele, mas precisava manter certa distância entre nós, então me sentei na cadeira da minha mesa. Se não fizesse isso, temia que a conversa não seguiria o curso que eu pretendia... outra vez. O que aconteceu no carro na noite anterior era prova mais do que suficiente de que meu cérebro desapareceria se Cole pusesse as mãos em mim.

– Você não vai ficar aqui comigo? – perguntou ele, colocando um braço atrás da cabeça.

– Estou bem aqui, obrigada – respondi, lutando para manter meu olhar em seu rosto, e não no alongamento delicioso de seu bíceps.

– Prometo que vou me comportar. – O tom aveludado de sua voz dava a entender outra coisa; portanto, balancei a cabeça. – Pode ficar à vontade, mas tenho notícias animadoras pra compartilhar e duvido que você vá conseguir ficar longe de mim quando eu contar.

Meu peito palpitou de leve, e quase soltei um gemido de frustração. Ele estava dificultando as coisas sem nem se esforçar.

– Tem uma coisa que eu preciso dizer antes – falei, me mantendo imóvel apesar da vontade incontrolável de me mexer.

– Tá, manda bala.

Me preparei e, em seguida, mergulhei no discurso que havia ensaiado.

– Cole, quero me desculpar pela forma como tratei você durante as férias. Devia ter te contado como eu estava me sentindo em vez de te deixar pra lá, mas...

– *Jackie*. – Ele parecia estar achando meu discurso engraçado e irritante ao mesmo tempo. – Já te disse: eu não preciso de uma explicação.

– Eu sei, mas é importante pra mim que você entenda. Se não... – Minha voz se esvaiu, trêmula conforme todas as palavras que eu ensaiei escapavam de mim.

As sobrancelhas dele formaram um V.

– Entender o quê, exatamente?

– Por que eu não posso ficar com você – sussurrei.

Um nó de culpa e arrependimento se formou em meu peito, mas eu sabia que essa era a coisa certa a fazer. Não só por mim, mas por nós dois.

Cole soltou uma gargalhada alta.

– Você é hilária – disse, mas, como não respondi, seu sorriso vacilou, e ele se endireitou. – Espera aí, tá falando sério?

Lágrimas não derramadas arderam em meus olhos, e eu assenti.

– Você sabe que eu sinto algo por você, Cole. Não posso mentir, mas... não estou bem. Queria deixar meu luto de lado e me concentrar em nós, mas ainda tenho ansiedade e pesadelos horríveis, e... nossa, às vezes dói até pra respirar. – Cole estava me observando com um olhar tão intenso que precisei desviar. – Eu... Eu não tenho inteligência emocional o bastante pra priorizar um relacionamento quando tem dias em que surto por qualquer coisinha. Não seria justo, e me importo demais com você pra fazer isso.

– Eu poderia te ajudar. – Ele pulou para fora da cama, agarrou minhas mãos e se ajoelhou na minha frente. – Nos dias difíceis. Quero te ajudar, Jackie. Você só tem que me deixar ajudar.

A sinceridade da oferta dele me tirou o fôlego e me atingiu em cheio no coração, tudo ao mesmo tempo. Eu conseguia lidar com um Cole cabeça-quente. Na verdade, esperava que ele desse as caras. Mas esse lado doce e suave? Me quebrou em pedaços, e as lágrimas que eu estava tentando controlar rolaram pelo meu rosto.

– Talvez ajudasse, mas isso é algo que preciso resolver sozinha – eu disse, afastando minhas mãos das dele. – Além disso, você vai para a faculdade esta semana, e eu tenho que me preocupar com Princeton. Não posso me distrair mais.

Ele ficou tenso ao ouvir essas palavras.

– Você acha que eu sou uma distração?

– Não foi isso o que... Quer dizer, não. Não totalmente. É só que... – Hesitei, sem saber como explicar de um jeito que não o machucasse.

Usar Cole como distração para o meu luto não era o mesmo que ele ser uma distração. Mas ele provavelmente não entenderia mesmo que eu reformulasse a frase, então mudei de direção.

– Lembra quando você disse, no começo do verão, que era como se nunca fosse a hora certa pra gente? – Funguei e enxuguei o nariz. – Ainda não é a hora certa, Cole.

Ele era uma pessoa inerentemente expressiva. Se alguma coisa o emputecia, suas narinas se dilatavam ou ele rangia os dentes. A animação fazia seus olhos brilharem, e a decepção, se ofuscarem. Seu normal era ser confiante e mostrar sorrisos maliciosos, então eu adorava como suas sobrancelhas se juntavam sempre que ele ficava confuso, me dando um vislumbre daquele lado mais suave e menos forçado, um lado que eu achava cativante. Portanto, ver todo vestígio de emoção sumir de seu rosto fez minha garganta se apertar.

– Se é assim que você se sente, tudo bem, então. – Ele se levantou rapidamente e se virou.

– Cole, espera! – Eu me levantei da cadeira tão rápido que quase caí de cara no chão. – A gente pode conversar sobre isso?

– Sobre o quê? – O tom frio de sua voz me fez parar no lugar. – Não tem mais nada pra dizer.

O silêncio enquanto todos se sentavam para jantar era perturbador.

Me acomodei no lugar de sempre e fingi não me importar quando Cole se moveu para o outro lado da mesa. Mesmo à distância, dava para sentir as ondas de fúria que emanavam dele. Com exceção de Nathan, que nos observava com as sobrancelhas franzidas, ninguém percebeu que havia algo errado. As crianças mais novas estavam exaustas depois de passar o dia na piscina, e o resto estava concentrado em Katherine. Havia uma tensão no olhar dela que nos deixou cautelosos.

Ninguém ousou olhar para Isaac, que estava afundado em seu lugar de sempre, entre Nathan e Alex, com uma expressão azeda.

A conversa começou devagar enquanto pratos eram passados de um lado para o outro, mas permaneceu contida, sem nunca atingir o nível habitual de cacofonia. Quando Cole pigarreou perto do fim da refeição, meu estômago se embrulhou. Eu não fazia ideia do que ele diria, mas tinha a sensação de que não seria nada bom.

– O aluguel do apartamento do Will termina esta semana – anunciou assim que conseguiu a atenção de todos.

Me lembrei de quando Cole arrumou suas coisas e foi embora durante a festa de formatura dele e de Danny. Depois do casamento, Will foi morar com Haley, já que ela tinha um apartamento melhor e mais espaçoso. Ele não queria o incômodo de encontrar um subinquilino por três meses, então ofereceu seu antigo apartamento para que Cole morasse durante o verão sem pagar nada. Parecia que tinha sido um acordo perfeito: Cole ficaria mais perto do trabalho na oficina, e o contrato de aluguel terminaria bem a tempo para o primeiro semestre dele na Boulder.

– Precisa de ajuda pra se mudar pro dormitório? – quis saber George.

– Sobre isso… – respondeu Cole. – Depois de pensar muito, decidi adiar minha matrícula. Não quero fazer um empréstimo estudantil e me endividar, mas não consigo pagar a mensalidade por enquanto. Estou ganhando um bom dinheiro agora que o Tony me promoveu pra ser gerente, então vou passar um ano trabalhando pra guardar dinheiro pra faculdade.

Katherine fez uma pausa, deixou o copo de água na mesa e assentiu com aprovação.

– Isso é muito responsável da sua parte, Cole. Está planejando renovar o contrato do apartamento?

Ele balançou a cabeça.

– Na verdade, esperava que eu pudesse me mudar de volta pra cá.

Quase me engasguei com um pedaço de bolo de carne. Eu tinha me esquecido completamente das palavras dele de mais cedo, mas agora elas ecoavam na minha mente em loop: "tenho notícias animadoras pra compartilhar... duvido que você vá conseguir ficar longe de mim quando eu contar...".

– Ah, querido! Isso seria maravilhoso – disse ela, efusiva. – Você é sempre bem-vindo aqui, e eu adoraria te ter de volta. Só preciso pensar no que fazer em relação aos dormitórios de vocês. – Já havia um olhar distante no rosto de Katherine enquanto contemplava o dilema. – Talvez o Lee e o Isaac possam voltar a dormir no mesmo quarto.

– O quê? – exclamou Isaac, quebrando o silêncio pela primeira vez na noite. – Que palhaçada! Eu finalmente tenho meu próprio quarto, mas ele pode mudar de ideia, voltar e roubar de mim? Isso é justo onde?

– Não teve nada de justo no jeito como você falou comigo e com a sua tia hoje à tarde – disse George, a voz carregada de um tom severo. – O que te faz pensar que merece um quarto só pra você agora?

Jack e Jordan, que estavam jogando ervilhas um no outro de maneira bem discreta, pararam para ouvir. Se Katherine não tivesse instaurado a regra de não usar a câmera na mesa, eu tinha certeza de que um dos dois a teria pegado e começado a gravar.

– E eu? – disse Lee enquanto espetava um bolinho de batata com o garfo. – Não fiz nada de errado.

A expressão no rosto de Katherine, de quem buscava uma solução para os problemas, se suavizou em um sorriso.

– Você tem razão, Lee. O Cole e o Isaac podem dividir, então.

– Não quero tirar o quarto do Isaac nem o do Lee – disse Cole. – Além disso, pretendo manter meu outro emprego na Central do Combustível, e geralmente é meu segundo turno. Não seria melhor se eu tivesse meu próprio canto? Senão, vou ficar acordando a pessoa com quem for dividir. Estava pensando em montar alguma coisa no porão, que tal?

Katherine hesitou.

– Não sei se fico confortável com você dormindo lá embaixo. A gente não tem uma janela de emergência.

– Mãe, o Cole pode ficar no quarto comigo e com o Benny! – disse Zack, pulando da cadeira.

– É muita gentileza sua se oferecer, Zack – disse ela ao filho mais novo –, mas acho que não tem espaço pra vocês três lá, e seu irmão está certo. Ele precisa do próprio canto.

A mesa ficou em silêncio enquanto todo mundo refletia sobre a situação, então Parker teve uma ideia:

– Ah, já sei! – Seus olhos se voltaram para mim, e ela abriu um sorrisinho. – Por que eu não divido com a Jackie? O Cole pode ficar com o ateliê, já que meu quarto é maior.

A expressão de Cole era indecifrável quando seu olhar encontrou o meu. Era a primeira vez que ele me olhava desde que se sentara para jantar, e me esforcei para não me contorcer na cadeira.

– Será que é uma boa ideia mesmo? – O tom dele sugeria preocupação, mas não acreditei nem um pouquinho. – A Jackie nunca teve que dividir quarto. Pode ser difícil pra ela. Além disso, ela é esforçada e se dedica muito nas coisas da escola. E se a Parker for uma *distração*?

Semicerrei os olhos.

– Eu dou conta.

– Humm... – Katherine inclinou a cabeça, pensativa. – Acho que pode funcionar. Tem certeza de que tudo bem por você, Jackie?

– É claro! – sorri para Parker. – Nós duas vamos nos divertir muito. Né, P-Walt?

Ela assentiu, animada.

– Podemos jogar *Mario Kart* todo dia antes de dormir, e eu posso te ensinar a arrotar o alfabeto!

A simples ideia era o bastante para fazer eu me arrepender da decisão, mas Cole estava me observando com um sorrisinho maroto, e eu me recusei a lhe dar a satisfação de voltar atrás. Além disso, se dividir o quarto com Parker tornava a situação mais fácil para Katherine, eu estava disposta a fazer esse sacrifício. Eu sentiria saudade do ateliê, mas, se realmente quisesse ser vista como parte dos Walter, não podia aceitar tratamento diferente do resto da família.

O jantar terminou logo depois disso. Eu ainda não tinha sido colocada de volta na rotação de limpeza, então, após deixar meu prato na pia, saí para tomar um ar fresco muito necessário e ficar em um lugar silencioso para me reconciliar com a noção de que havia perdido meu porto seguro. Enquanto andava de um lado para o outro, os pensamentos acelerados se dividiam em duas facções conflitantes: uma teimosa, determinada a ajudar Katherine e a bater de frente com Cole; a outra gritando "AimeuDeusaimeuDeusaimeuDeus, o que foi que eu fiz?".

A porta da frente se abriu bruscamente, e Cole saiu, com um sorriso discreto nos lábios. Em vez de fazer o caminho que imaginei que ele faria, Cole parou e respirou fundo, como se estivesse saboreando o momento.

– Quer um conselho? – disse ele, sem se dar ao trabalho de olhar na minha direção.

Mesmo sendo eu quem o observava, me assustei, pega de surpresa por ele saber que eu estava ali.

– Não precisa se matar pra agradar os outros. É irritante.

– Não sei do que você está falando – falei, educada, embora quisesse explodir.

Como ousava me chamar de irritante quando cedi meu quarto para ele? Cole deveria era me agradecer, mas, como eu havia dado um pé na bunda dele, estava dando piti. Me recusei a me rebaixar ao nível dele.

Cole arfou.

– Não se faz de boba, Jackie. Eu sei que não quer sair do seu quarto.

Meus dedos se fecharam em punhos.

– Bom, é claro que não! Mas sua mãe precisava...

– Exatamente – disse ele, com uma satisfação cruel. – Meus pais vão te apoiar, você puxando o saco deles ou não, então para de tentar tanto. – Ele curvou a cabeça para mim, zombando, quando fiquei de boca aberta; depois, saiu da varanda e foi em direção ao carro. – Aproveite sua nova toca – gritou por cima do ombro. – Eu sei que eu vou.

quatro

NA QUARTA-FEIRA À NOITE, a mudança foi oficializada.

Passei a segunda e a terça-feira empacotando e transportando a maior parte dos meus pertences de um canto da casa para o outro, mas, mesmo com Katherine reorganizando os móveis e conseguindo encaixar uma cômoda extra no quarto, não havia espaço o bastante para todas as minhas roupas. Depois de fazer uma seleção, me permitiram guardar no fundo do meu antigo armário, junto com a coleção de esmaltes de Lucy, tudo o que não cabia no novo quarto.

Além de perder minha privacidade, achei que a pior parte da situação era o velho beliche que George tirou do depósito para Parker e eu dividirmos. Até que Cole chegou com todas as suas caixas. Tudo aquilo parecia errado de alguma forma: vê-lo desempacotar as caixas no que havia sido meu refúgio na casa dos Walter, a ideia de ele dormir na minha cama.

Para completar, Cole tinha passado os dois últimos dias fingindo que eu não existia. Sempre que nos esbarrávamos no corredor, ele mantinha o olhar fixo à frente como se eu fosse invisível. Se eu entrasse no mesmo cômodo que ele, Cole fazia questão de ir embora. E na única vez em que tentei iniciar uma conversa, ele me lançou um olhar inexpressivo, depois desviou sem dizer uma palavra sequer.

Dormir era impossível. Tentei colocar a culpa da minha inquietação na luz noturna de Parker e no ronco monstruoso que eu ouvia através da parede que fazia divisa com o quarto de Lee, mas a verdade era que minha mente não conseguia desacelerar. Continuava pensando em Cole. Como era confuso ele estar ali em vez de ir para a faculdade, ou a forma como sua expressão se fechou quando falei que ainda não era a hora certa. Tomei a melhor decisão para mim mesma, mas meus pensamentos continuavam voltando para como foi bom ele me puxar para seu colo e me beijar na escuridão de seu carro.

Depois de me revirar na cama por mais de uma hora, tirei as cobertas e decidi preparar o remédio favorito de Katherine para insônia: um copo de leite morno com mel. Quase tropecei ao pé da escada quando notei uma luz acesa na sala; por uma fração de segundo, imaginei que encontraria Danny assistindo a uma de suas séries policiais favoritas, mas aí me lembrei de que ele estava lá em Nova York. Um nó se formou na minha garganta. Embora estivesse feliz por ele ter se adaptado à vida nova como um peixe dentro d'água, sentia falta de sua companhia agradável e das nossas conversas tarde da noite. Nos aproximamos durante as férias, e, mesmo que Nathan sempre fosse ser meu melhor amigo entre os Walter, Danny havia se tornado meu irmão.

Enfiei a cabeça pela fresta para ver quem estava acordado e abri um sorrisinho. Nathan estava estirado no sofá, com um braço atrás da cabeça e um pacote de salgadinho de queijo apoiado na barriga. A TV estava ligada na reprise de *Quem quer ser um milionário*. Fui até a cozinha, preparei minha bebida rapidamente e voltei cinco minutos depois com uma caneca fumegante em mãos.

– Vai pra lá. – Empurrei os pés dele para fora da almofada da ponta para abrir espaço para mim, mas, assim que me sentei, ele os colocou em meu colo. – Precisa disso mesmo?

Nathan abriu um sorrisinho e mexeu os dedos dos pés dentro da meia.

– Que foi? Eu cheguei aqui primeiro.

– Tá, mas, se eu tiver que aturar seus pés fedorentos, você vai ter que pagar um imposto de salgadinho.

Nathan entregou o pacote para mim.

– Não consegue dormir? – perguntou.

– Nem um pouco.

Peguei um punhado de bolinhas de queijo antes de passar o pacote de volta para ele. Minha mãe se recusava a ter besteira em casa, então, quando cheguei ao Colorado, perdi um pouco a mão e saí experimentando todas as opções que Katherine tinha na despensa. Esse de queijo era de longe meu salgadinho favorito.

– É estranho ficar no quarto da Parker.

– Quem é Howard Garns? – murmurou Nathan, com os olhos fixos na TV. Então, lançou um olhar para mim e disse: – Não acredito que você aceitou dividir o quarto com ela.

– Nem eu – falei para ele.

– Aceitou por quê, então?

– O Cole me provocou – confessei, o calor subindo por meu rosto.

Na tela, a resposta da pergunta foi revelada.

– Pra ceder seu quarto? – perguntou Nathan. – Como ele fez isso?

Em vez de responder, mostrei a língua e peguei o salgadinho de volta.

– Se vai comer o pacote todo, o mínimo que pode fazer é me contar. O que aconteceu entre vocês? E não vem dizer que não foi nada – acrescentou ele antes que eu pudesse protestar. – Eu vi como ele te olhou feio no jantar de domingo à noite. E ele tem te evitado desde então.

Enfiei um punhado da delícia de queijo na boca para fugir da pergunta. Eu deveria contar para ele ou não? A situação era complicada, mas, se havia uma pessoa na casa que ouviria sem julgamento, era o minissósia de Cole, por mais irônico que isso fosse.

– Tá bom – falei depois de engolir –, mas só se você me contar o que anda acontecendo com você.

Nathan ficou imóvel.

– Do que você está falando? Eu estou bem.

– Jura? – Joguei uma bolinha de queijo na cara dele. – Que estranho, porque você não veio comigo em nenhuma corrida matinal desde que eu voltei. O que rolou?

– Ah, droga! – Ele se sentou com dificuldade, os olhos arregalados e arrependidos. – Foi mal, Jackie. Eu superesqueci.

– De *correr*?

Aquilo não fazia sentido. Nathan já havia consolidado sua rotina de exercícios matinais muito antes de eu me mudar para o Colorado.

Ele deu de ombros.

– Não era a mesma coisa sem você, aí decidi dar um tempo.

A expressão dele era apologética, e talvez fosse verdade, mas algo nas palavras de Nathan não soava bem. Ele estava mentindo, mas sobre o que e por que eu não sabia, então decidi deixá-lo se esquivar por enquanto. Esperava que se abrisse comigo quando estivesse pronto.

– Bom, suas férias acabaram. – Limpei o pó de queijo das mãos, desdobrei as pernas e me levantei. – Vou voltar pra cama. Te vejo amanhã.

– Espera, você não ia me contar o que está acontecendo com Cole?

Lancei um sorriso maroto para ele.

– Decidi segurar essa história como um incentivo. Se quiser mesmo saber o que aconteceu, então melhor eu te ver na varanda amanhã, no nosso horário de sempre. Só companheiros de corrida recebem informações confidenciais.

– Café da manhã? – perguntei quando Nathan e eu chegamos ao topo da última ladeira da nossa corrida.

A casa voltou à vista, iluminada pelo sol nascente.

– Aham, e um galão de café – resmungou ele.

Depois de três meses deitado e dormindo até tarde, Nathan tinha perdido a forma. Não só cochilou durante o alongamento como mal conseguiu acompanhar meu ritmo na corrida. Tivemos de fazer uma pausa no meio do caminho para ele recuperar o fôlego, mas não me importei. Isso me deu a oportunidade para atualizá-lo sobre Cole.

Foi por isso que ele deu um passo para trás assim que chegamos à cozinha e descobrimos que Cole era a única pessoa acordada.

– Pensando bem, preciso de um banho – murmurou ele, virando-se antes que eu pudesse impedi-lo.

– Covarde – sussurrei, mas Nathan não hesitou antes de me abandonar.

No momento em que ele se foi, consegui sentir a tensão crescendo no cômodo, preenchendo o espaço entre Cole e eu. Como eu poderia morar com ele se esse era nosso novo normal? Não dava mais para aguentar, então respirei fundo para me acalmar e o encarei com um sorriso.

– Bom dia, Cole.

Ele estava recostado no balcão, usando apenas um moletom cinza e com o cabelo despenteado pela noite de sono, com uma xícara de café fumegando ao seu lado. Quando desviou o olhar do celular, a expressão de indiferença em seu rosto apagou a esperança que cintilava em meu peito de que desta vez seria diferente. Ele me observou por um instante antes de voltar ao que quer que estivesse fazendo, sem responder ao meu cumprimento.

Suspirei mentalmente. A atitude de Cole foi decepcionante, mas não inesperada. Eu torcia para que pudéssemos pelo menos ser educados um com o outro, se não amigos, mas teria de aguentar o gelo. Ao perceber que seria mais agradável tomar meu café da manhã na varanda, peguei um muffin e um copo térmico antes de me virar para a cafeteira, em frente à qual Cole ainda estava parado.

– Licença – falei, com mais cortesia do que ele merecia.

Foi como se eu não tivesse dito nada, porque ele não se mexeu.

– Cole – exclamei, perdendo a paciência. – Sai da frente.

Ele continuou me ignorando.

Então era assim que ia ser? Tá bom. Quando estendi a mão para pegar a cafeteira, fiz questão de dar uma cotovelada em suas costelas. Não muito forte, mas o bastante para que sentisse minha frustração. Ele soltou um grunhido baixo, mas, tirando isso, permaneceu quieto.

Assim que terminei de misturar o leite e o açúcar no meu copo térmico, Alex entrou na cozinha.

– Bom dia, Alex – disse Cole, animado. – Quer um café?

Nossa, que cretino.

Alex congelou no meio do caminho e se virou devagar para encarar o irmão. Levou sólidos três segundos para se recompor.

– Não, valeu – respondeu ele, abrindo a geladeira. Tirou alguns potes do caminho e puxou uma lata de energético. – Prefiro isto aqui.

Cole encolheu os ombros, sem dar muita bola para a resposta de Alex.

– Ei, tá ocupado no sábado?

– Por quê?

A resposta de Cole foi enigmática:

– A cachoeira.

Embora eu soubesse do que ele estava falando – já tinha ido até a cachoeira no outro extremo do terreno dos Walter algumas vezes –, a fala de Cole não tinha contexto o bastante para eu entender por que a havia mencionado. O que tornava a situação ainda mais frustrante era o fato de ele estar fazendo isso de propósito.

Mas Alex entendeu, porque inclinou a cabeça, ponderando.

– Quem vai?

– O Isaac e o Lee toparam, e tenho certeza de que a maioria dos monstrinhos também vem.

– Então basicamente todo mundo. – Ele abriu o lacre da bebida e tomou um gole enquanto pensava.

– Não. – Cole olhou para mim e depois desviou o olhar depressa, os lábios comprimidos em uma linha reta. – A mamãe disse que o Nathan tem consulta no neurologista.

As palavras "Jackie não vai" ficaram no ar. Ser excluída me magoou, mas me recusei a morder a isca, já que, da última vez, isso me fez perder o quarto.

Alex levou um tempinho para perceber o que estava acontecendo, mas, quando endireitei os ombros e me dirigi até a porta, seus olhos finalmente se iluminaram pela compreensão.

– Aham, claro – disse para Cole. – Vai ser legal. – Então, se virou para mim com um sorrisinho nos lábios. – Ei, Jackie, quer ir com a gente?

Dois dias depois, descobri que, no fim de todo verão, logo antes do início das aulas, os Walter planejavam um passeio até a cachoeira. Era a representação do último momento de liberdade que tinham antes de começar uma enxurrada de lições de casa, atividades extracurriculares e treinos intermináveis. Embora eu sempre tivesse visto a cachoeira como um pedacinho do paraíso, tinha a sensação de que aquele seria um dia simplesmente mágico. Havia algo no ar, um frenesi entre os filhos dos Walter que fazia com que me sentisse livre, leve e solta enquanto os observava correr pela trilha em direção à clareira.

A luz do sol irrompia pelas brechas das árvores que se erguiam sobre nós, dançando na superfície da água. Parei por um instante para admirar a vista e respirar o ar fresco do Colorado. Enquanto isso, Cole, Lee, Jack, Jordan e Parker eram um emaranhado de braços e pernas em movimento, arrancando as roupas e jogando as bolsas no chão. Lee foi o mais rápido, dando um grito de vitória ao mergulhar na água. Os outros seguiram o exemplo e soltaram suspiros de gratidão ao emergirem.

Era um dia sem nuvens, o céu azul se estendendo por quilômetros em todas as direções. O calor do sol era como seda quente na minha pele. Estendi uma toalha na beira da areia ao lado de Isaac, que, a contragosto, admitira que não poderia nadar por conta da tatuagem nova. Ele arregaçou as mangas da camiseta até os ombros, resmungou algo sobre não conseguir um bronzeado perfeito desse jeito e virou de bruços, o celular em mãos. Alex tinha convidado Kim, e os dois pombinhos estenderam suas toalhas na extremidade oposta da prainha para poderem flertar com mais privacidade.

Enfiei a mão na bolsa e a vasculhei em busca do meu exemplar de *Grandes esperanças*, que seria o primeiro livro da nossa matéria de literatura inglesa avançada deste semestre. Eu estava determinada a me adiantar antes do início das aulas, então havia mandado um e-mail para meu professor pedindo a ementa. Apesar de Isaac não ter dito nada, dava para ver que estava segurando uma provocação quando abri a primeira página. Só consegui ler algumas frases antes que um grito dramático chamasse a minha atenção para a água. Parker estava sendo içada no ar por Cole, que ria como um maníaco. Não consegui ignorar os músculos que se contraíam pelo esforço de segurar a irmã, que ria no alto.

De repente, minha boca ficou seca. Terminar as coisas entre Cole e eu foi a decisão certa, mas era difícil não o admirar à distância. O ar brincalhão em seus olhos contrastava fortemente com as carrancas que eu vinha recebendo nos últimos dias. Embora o calor de seu carinho não fosse dirigido a mim, fiquei feliz por vê-lo e mantive os olhos focados em Cole enquanto ele jogava Parker de volta na água. Jack e Jordan soltaram gritos de guerra altos e avançaram, cada um se agarrando a uma parte do corpo dele. Assim que Parker ressurgiu, um segundo depois, sua expressão indicava travessuras; ela se jogou em Cole, tornando aquela uma luta de três contra um. Mesmo sendo subjugado e arrastado para debaixo d'água, o rosto de Cole era pura alegria.

Ao ver aquilo, algo se agitou em minhas entranhas. Cole lidava muito bem com os irmãos mais novos – era brincalhão, mas paciente –, e eu estaria mentindo se dissesse que não achei sexy pra caramba.

Levei mais tempo do que deveria para perceber que a brincadeira havia parado. Cole me observava do outro lado da lagoa, embora não houvesse nenhum vestígio do sorriso caloroso que ele estava mostrando poucos segundos antes, e um calor inundou minhas bochechas. Desviei o olhar e me concentrei novamente no livro. O caos recomeçou logo depois, mas obriguei meus olhos a permanecerem nas páginas abertas.

Conforme o sol se movia pelo céu, eu me concentrava em ler e fazer pequenas anotações nas margens. As coisas tinham enfim se acalmado um pouco. Enquanto Jack, Jordan e Parker comiam biscoitos em formato de peixinho à beira da água, Lee boiava de costas de maneira preguiçosa, com os olhos fechados e o sol batendo em seu rosto. Ao meu lado, Isaac soltou um grunhido alto e finalmente se afastou da toalha, esticando os braços sobre a cabeça ao se levantar.

– Vou mijar – disse, adentrando a floresta devagar em busca de privacidade.

Ri baixinho para mim mesma – Isaac sempre teve jeito com as palavras – e mudei de posição, me deitando de costas em vez de permanecer sentada. Depois de ficar lendo por tanto tempo com as costas curvadas, era bom me esticar e relaxar. Eu tinha acabado de fechar os olhos quando uma sombra surgiu e o fundo de minhas pálpebras escureceu. Com um suspiro, abri um único olho. Cole estava acima de mim, bloqueando a luz do sol, com as pernas bem abertas e os braços cruzados sobre o peito. Nem mesmo seus músculos conseguiam me distrair da expressão fria que ele mostrava.

– É meio inapropriado ficar babando em cima de mim quando estou brincando com os meus irmãos. Você se esqueceu de que me deu um pé na bunda, tipo, um segundo atrás ou só tá desesperada por atenção?

A gente nem estava namorando, eu queria dizer, mas permaneci calada.

Suas palavras foram um lembrete doloroso de por que não era uma boa ideia entregar mais do meu coração a Cole Walter. Sua ternura me fazia sentir ilimitada às vezes, como se pudesse fazer qualquer coisa e ser quem eu quisesse. Mas, se eu não tivesse cuidado, o lado rancoroso de sua personalidade, que ele tantas vezes usava como arma, tinha o poder de causar danos duradouros.

O semblante dele só se fechou mais com a minha falta de resposta. Tive vontade de pedir desculpas, dizer que eu gostaria que as coisas fossem diferentes, mas sabia que isso só pioraria a situação.

– Tudo bem, pessoal? – Isaac estava a alguns metros de distância, com as mãos enfiadas nos bolsos.

Ele olhou de mim para Cole, sentindo a tensão no mesmo instante.

Cole revirou os olhos e se afastou em direção à água.

– Por favor, me diz que você não ouviu isso – falei baixinho.

Ele abriu um sorriso malicioso.

– Problemas conjugais assim tão cedo?

– Não é da sua conta.

– Ah, qual é – disse ele, se recostando na toalha. – O que aconteceu?

Minha cabeça se inclinou para o lado enquanto eu ponderava a respeito da pergunta dele. Dava para sentir a sinceridade nas palavras de Isaac, mas ele adorava me ver contorcer, então eu sabia que talvez usasse minha resposta como munição mais tarde. No fim, não consegui ignorar o nó em meu peito; o medo de compartilhar algo sério com ele só para ter isso jogado na minha cara era o bastante para eu manter o bico calado.

Após alguns segundos, Isaac deu de ombros.

– O Cole é um cuzão, e tenho certeza de que você sabe, mas você não merecia isso.

Eu poderia ter chorado com o comentário dele, mas mantive o controle ao respirar fundo algumas vezes.

– Valeu, Isaac.

Ele assentiu em resposta. Pensei que fosse o fim da nossa conversa, mas, no segundo seguinte, ele voltou a falar, a voz suave.

– Valeu por ter ido pro quarto da Parker. Eu sempre dividi quase tudo com o meu irmão e meus primos. É legal finalmente ter algo só pra mim.

Kim me encurralou logo que voltamos à casa dos Walter para nos arrumarmos para o jantar.

– Jackie? – chamou ela assim que todos saíram da caminhonete, exaustos, mas satisfeitos por terem nadado o dia todo. – Você tem um minuto?

Ao ouvir a pergunta dela, Alex ergueu os olhos da caçamba, de onde ajudava Lee a descarregar um cooler. Ele arregalou os olhos, o olhar firme, e assenti de leve para mostrar que havia entendido.

– Claro. – Coloquei minha bolsa no ombro e meneei a cabeça em direção à casa.

O ar-condicionado estava ligado no máximo quando entramos, e, depois de passar horas no sol, meus braços se arrepiaram.

– Vamos lá pra cima – falei, lutando para não estremecer de frio. – A gente pode se trocar e conversar.

Quando empurrei a porta do meu novo quarto em vez de levá-la ao ateliê, Kim franziu o cenho.

– O que estamos fazendo aqui?

– É uma longa história, mas agora divido o quarto com a Parker.

Joguei minha bolsa na mesa e me virei para encarar Kim. Ela estava parada na beira do tapete trançado – uma aberração laranja e azul-marinho que Parker se recusava a jogar fora –, os braços cruzados pressionados na barriga. Embora fosse uma das meninas mais altas do nosso ano, Kim conseguia parecer pequena.

– Imagino que você queira falar sobre o Alex? – perguntei.

– É, eu… – Seu olhar caiu para os pés.

Se eu já não soubesse que Kim era uma pessoa sincera, acharia que estava exagerando um pouco demais na culpa – afinal, ela havia passado o dia inteiro rindo e cochichando com meu ex –, mas, com base na explicação que nossos amigos me deram, ela havia agarrado a situação com Alex de um jeito meio só-se-vive-uma-vez. Era algo que eu ainda aspirava fazer mais, então não podia culpá-la por isso.

Kim respirou fundo e tentou outra vez.

– Todo mundo já me disse que você não tá brava por causa do nosso namoro, e eu agradeço por isso, mas me sinto uma pessoa horrível. Eu nunca deveria ter…

Levantei uma mão.

– Kim, vou te parar aí. Como você disse, já falei com o Alex e a Riley, a Heather e o Skylar. Eles explicaram o caso todo pra mim, e, sendo sincera, eu também me sinto mal. Se eu soubesse o que você sentia pelo Alex, jamais teria dado abertura pra ele – comentei. – Quero que vocês dois sejam felizes, então, contanto que esteja de bem comigo, eu adoraria que a gente pudesse deixar esse constrangimento pra trás.

A cabeça de Kim se ergueu de uma vez.

– Você tá falando sério?

– É claro. Tenho certeza de que o Alex era seu muito antes de eu conhecer ele, mas era burro demais pra perceber. – O sorriso que mostrei para ela era tão pesaroso quanto provocador. – Além do mais, só uma de nós consegue aguentar a obsessão dele por *GoG*, e com certeza não sou eu.

A risada que ela deu em resposta ainda trazia um nervosismo, mas que cedeu com a minha reafirmação.

– Você é demais, Jackie.

– Quer um abraço pra deixar isso de lado? – perguntei, dando um passo em sua direção com os braços estendidos. – Meio que parece que você precisa de um abraço.

– Nossa, sim.

Kim me apertou com força, como se tentasse me transmitir tudo o que ficou sem dizer: “obrigada”, “me desculpa”.

– Ai, você ainda está molhada de ter ficado nadando.

Torci o nariz e me afastei enquanto ela ria, desta vez de verdade. De frente para a cômoda, vasculhei as gavetas em busca de uma muda de roupa.

– Então, vai fazer aula de literatura inglesa avançada este ano? Ninguém mais se matriculou, e eu queria ter pelo menos uma amiga na turma.

cinco

As aulas começaram na segunda-feira, e, para minha surpresa, o primeiro dia do penúltimo ano transcorreu sem problemas. Além de ter uma aula com cada um dos meus amigos e duas com Alex, as pessoas não se importavam mais com o fato de eu ser novata. Melhor do que isso, só o fato de que Kim interveio quando Riley e Heather tentaram me pressionar para saber como as coisas estavam indo com Cole; um olhar frio e certeiro dela foi tudo de que precisaram para recuar.

Na sexta-feira, eu já havia me adaptado a uma rotina confortável e decidi que era hora de escolher uma aula extracurricular. Quando frequentava o Hawks, me envolvi em diversos grupos de atividades escolares, do clube de debate ao comitê do anuário. No ano passado, porém, a pedido do tio Richard, meu orientador escolar me proibiu de me juntar a qualquer clube, para que eu pudesse me adaptar à mudança e me concentrar no processo de luto. A primeira união do conselho estudantil do semestre estava marcada para depois das aulas, e imaginei que seria um bom pontapé. Quando cheguei ao auditório, Skylar estava esperando por mim do lado de fora.

– Nossa, olha só quem veio – falei, cruzando os braços.

No almoço, tinha perguntado para meus amigos se alguém estava a fim de entrar no clube comigo, mas todos deram risada.

– Estou surpresa de te ver depois de ter recebido uma rejeição daquelas. O que foi que você disse? Algo sobre não querer passar mais tempo na escola do que o necessário enquanto era forçado a trabalhar de graça com um bando de nerds?

Skylar nem tentou parecer envergonhado. Ele abriu um sorriso largo para mim.

– Talvez eu tenha mesmo dito algo desse tipo, mas posso mudar de ideia. Seria cruel da minha parte te deixar sozinha, ainda mais quando você está com uma cara tão abatida e patética.

– Ahaaam… – Revirei os olhos. – Por que será que eu não acredito em você?

– Depois de morar com os Walter, imagino que você deve ter desenvolvido um excelente detector de mentiras – disse ele, arrancando de mim uma risada.

– Verdade. Preciso disso pra me preservar. Mas, falando sério, por que mudou de ideia?

Ele enfiou as mãos nos bolsos.

– Porque ouvi o Chase falando que ia vir na reunião de hoje.

– Quem? – eu quis saber.

– Chase Kennedy. Ele é editor do jornal da escola. Às vezes, quando o fluxo de notícias está lento, ele publica um artigo do meu blog pra preencher espaço.

Me engasguei, fingindo uma ofensa.

– Então você vem por causa de um cara aleatório porque ele disse que *talvez* participe da reunião, mas não por sua amiga querida? Uau, entendi, então.

– Pra sua informação, o Chase é o veterano incrivelmente lindo por quem eu estive obcecado pelos últimos três anos – disse ele. – Desculpa, anjo, mas você não chega nem aos pés.

– Realmente. Que boba, eu.

Skylar sorriu e passou o braço pelo meu.

– Que bom que resolvemos isso. Vem. A gente vai se atrasar.

A reunião devia estar prestes a começar, porque, quando entramos no auditório, todos já estavam sentados e se viraram para nos olhar.

– O que *ela* tá fazendo aqui? – resmungou uma voz familiar, que segui até encontrar a fonte.

Cabelo longo e ruivo. Olhos doces e castanhos. Um rosto em formato de coração que reconheci no mesmo instante. Erin estava sentada em frente ao palco, cercada por um grupo de amigos que riram de sua pergunta. Eu sabia que deveria manter o queixo erguido e fingir que não a ouvi, mas, antes de voltar para o ano letivo, tinha decidido que não levaria desaforo para casa vindo de mais ninguém. Nem dos garotos Walter nem de Mary, e com certeza não da antiga peguete de Cole.

Encarei Erin de cima.

– Desculpa, estou na sala errada? Achei que aqui era o conselho estudantil, uma organização *estudantil* organizada por estudantes, e por acaso eu sou um deles.

Erin corou e desviou o olhar quando um número surpreendente de pessoas riu. Aceitei isso como uma vitória e segui Skylar até uma fileira vazia no fundo do auditório.

A hora seguinte passou em um borrão de informações chatas sobre administração e avisos sobre o início do ano letivo; o único momento digno de nota foi quando Erin ergueu a mão como uma das candidatas à presidência. Quando a reunião acabou, acrescentei meu nome na lista de inscrições para o comitê de boas-vindas enquanto Skylar se aproximava de um cara que parecia um príncipe da Disney em carne e osso:

cabelo preto penteado à perfeição, olhos azuis puxados para um tom lavanda e um nariz agressivamente aristocrático. Quando me virei, quase esbarrei em Erin.

– Só pra deixar claro – disse ela em um tom ameaçador –, se você acha que pode vir até aqui e sabotar minha campanha à presidência, fique sabendo que está muito enganada.

Meu Deus, essa garota era ridícula. Se eu não acabasse com essa briga unilateral agora, tinha a sensação de que ela tornaria insanas todas as reuniões dali em diante.

– Então quer dizer que, só porque um garoto de quem você gostava decidiu que estava mais a fim de mim, agora eu sou sua inimiga?

Erin me encarou boquiaberta.

– Quê?

– Olha, eu não estou aqui pra causar uma cena nem te sabotar ou o que quer que esteja pensando – falei. Se eu soubesse que Erin fazia parte do conselho estudantil, talvez tivesse escolhido um clube diferente para evitar esse drama. – Não tenho nenhum problema com você. Só quero participar de uma atividade extracurricular pra ajudar na minha inscrição pra faculdade e ser deixada em paz.

Minha confissão deve ter pegado Erin de surpresa, porque ela fez uma pausa. A amiga ao lado dela, contudo, zombou de mim.

– Por que não escolhe outro clube, então?

Dei de ombros.

– Porque o conselho estudantil é perfeito pra mim. Tenho ótimas habilidades de organização; cresci ajudando minha mãe a planejar festas, eventos beneficentes e desfiles de moda; e passei o verão estagiando numa grande empresa de investimentos. Além disso, não preciso da sua permissão pra entrar nele.

Isso calou a garota.

– Tá – disse Erin após pensar por mais um momento, sua expressão gélida se desfazendo. – Tem alguma chance de você aplicar essas habilidades numa campanha eleitoral?

Minhas sobrancelhas se ergueram de surpresa, mas reconheço seu gesto como uma oferta de paz.

– É, acho que eu consigo fazer isso.

Ela sorriu e estendeu a mão para mim.

– Então seja bem-vinda ao conselho estudantil, Jackie.

Quando fui para a cama naquela noite, já tinha um plano básico para eleger Erin como presidente do conselho estudantil, sujeito à aprovação dela.

Lista de tarefas para a campanha:

1. Brainstorm de slogans para a campanha
2. Design do logo (talvez Katherine possa ajudar?)
3. Imprimir, pendurar e distribuir cartazes/panfletos pela escola
4. Criar conteúdo para as redes sociais
5. Networking com outros grupos estudantis
6. Encomendar camisetas (deixar de surpresa?)
7. Ajudar Erin a se preparar para o debate
8. Rascunhar o discurso da vitória

A cozinha estava estranhamente lotada quando entrei para almoçar no sábado à tarde.

Nathan, Alex, Lee, Jack, Parker, Zack e Benny estavam sentados à mesa, o dinheiro do Monopoly dividido entre eles. Isaac estava atrás da ilha com um ralador erguido na altura da boca enquanto mostrava a caixa quase vazia com restos de pizza.

– Dou-lhe uma, dou-lhe duas… *Vendido* para Alex por seiscentos! – anunciou ele com uma voz exuberante.

– Qual é – grunhiu Lee, batendo a cabeça na mesa.

Alex se levantou com um salto.

– Que azar, cara. – Ele trocou a maior parte do dinheiro por duas fatias de peperoni. – Talvez você não devesse ter gastado tanto numa barra de granola.

– Como é que eu ia saber que estava vencida?

Deslizei para o lugar vazio ao lado de Nathan.

– O que é isso?

– O Jordan tropeçou e caiu da escada – explicou ele. Havia um pacote de sanduíches na frente dele, além de quatro notas de cem beges e uma nota de cinquenta azul. – Minha mãe teve que levar ele para o pronto--socorro e encarregou o Isaac de garantir que todo mundo almoçasse.

Bom, isso explicava o estrondo que eu tinha ouvido vinte minutos antes.

– Ele tá bem?

Nathan assentiu.

– Um dedo quebrado, mas ele vai ficar bem.

– Que surpresa, então.

– Como assim? – perguntou ele, a testa se franzindo. – O Jordan é durão. O dedo dele estava de lado, e ele nem chorou.

– Eu estava falando da sua mãe, não do Jordan. Imaginei que a situação devia ser séria, já que ela entrou em pânico ao ponto de deixar o Isaac no comando.

Isaac se endireitou, ganhando altura.

– Eu sou o mais velho aqui.

– E ainda assim… – comentei, inclinando a cabeça para o lado.

– É o menos responsável – concluiu Nathan, com um sorrisinho travesso nos lábios.

– Quem disse? Eu não estou só alimentando todo mundo como também estou garantindo que todos se divirtam no processo.

Olhei de soslaio para Jack, que estava comendo uma tigela de sorvete cheia até a borda. Estava coberta de calda de chocolate, chantili e, estranhamente, pimenta-jalapenho.

– É, tenho certeza de que era exatamente isso o que a Katherine tinha em mente – respondi, impassível. – Qual o lance do ralador?

– Esse é meu *microfone* – explicou Isaac, fingindo ter se ofendido. – Eu sou o leiloeiro.

– Não acha que podia ter escolhido algo um pouco mais, sei lá… cilíndrico? – Lancei um olhar para o suporte de cerâmica ao lado do fogão; havia nele uma infinidade de opções melhores, incluindo um batedor de ovos e uma colher de pau.

Os lábios de Isaac se curvaram em um sorriso malicioso.

– Posso te dar uma coisa mais cilíndrica.

– Eca – falei, torcendo o nariz. – Esquece que eu abri a boca.

O leilão continuou depois disso. Nathan gastou o resto do dinheiro em um Hot Pocket de presunto e queijo, que dividiu comigo, enquanto Parker cometeu o erro de comprar um item misterioso. Acabou sendo um pote de sobras que Isaac encontrou no fundo da geladeira. Normalmente, Parker era um buraco negro que sugava qualquer coisa comestível que estivesse a seu alcance, mas até ela teve ânsia quando os feijões cozidos mofados foram revelados. Só Zack e Benny ainda não tinham comprado nada, porque estavam com muito medo de gastar o dinheiro e suas apostas sempre eram ultrapassadas.

– Em seguida – anunciou Isaac ao puxar uma lata familiar de trás das costas –, temos um energético de limonada de morango!

– Ei! – Alex ergueu os olhos da pizza. – Você não pode leiloar isso. É meu!

Ergui um dedo.

– É, eu concordo.

Isaac zombou de mim com o olhar.

– Não precisa tomar partido, Jackie. Vocês não namoram mais.

– Eu não tomei partido de ninguém – respondi. – Acho que não é saudável dar esse tanto de cafeína para crianças de seis anos.

Eu já tinha lido as letras miúdas de um energético; era basicamente veneno enlatado, e todo mundo sofreria se um dos gêmeos do terror se transformasse no Taz, o Diabo-da-Tasmânia. Além disso, imaginei que Katherine não fosse considerar uma lata de energético uma refeição decente.

– Acho que não é saudável pra ninguém tomar esse tanto de cafeína – acrescentou Nathan.

– Não se preocupem tanto – disse Alex para nós. – Eu bebo um desse por dia e estou cem por cento bem.

– Bom, isso explica por que ele é tão imbecil – murmurou Lee. – Todos aqueles energéticos devem ter derretido o cérebro dele.

Alex se exaltou e fuzilou o primo com o olhar.

– Você sabe que eu estou te ouvindo, né?

Depois de discutirmos por um minuto, convencemos Isaac a deixar o energético para lá, e ele o trocou por outro item misterioso. Benny, que estava eufórico para enfim ganhar alguma coisa, caiu no choro quando Isaac revelou meia cebola e uma garrafa de molho de soja.

O caos se instalou rapidamente: a cadeira de Alex tombou quando ele se levantou de raiva em um pulo; Jack e Parker começaram a vaiar; e Lee jogou sua barra de granola intocada na cara do irmão. Tentei acalmar Benny, mas não importava o que eu dizia, ele continuava convencido de que não teria nada para almoçar.

– Não sei como acalmá-lo – falei, me virando para Nathan em busca de ajuda.

Pelo canto do olho, notei Cole. Ele estava parado na soleira da porta da cozinha, os pés descalços e o cabelo úmido pelo banho. Ele observou a cena com os olhos astutos antes de atravessar o cômodo e se agachar em frente ao irmãozinho.

– Ei, carinha. – Ele esfregou as mãos nos braços de Benny, para cima e para baixo. – O que foi?

– O I-Isaac tá fazendo um leilão – respondeu, o peito trêmulo –, mas todo mundo continua ganhando toda a comida boa, menos eu!

– Parece que seu primo tá sendo um bocó – disse Cole.

Isaac riu com desdém, mas Cole não lhe deu atenção.

– Sabe o que seria ótimo agora?

Quando Benny balançou a cabeça, Cole gesticulou com um dedo, pedindo para o irmão se aproximar, e então levou a mão ao canto da boca como se estivesse prestes a contar um segredo.

– McDonald's – sussurrou ele de maneira teatral.

Devia ser uma palavra mágica, porque Benny parou de chorar na mesma hora.

– Eu gastei todo o meu dinheiro em cebola.

– Não se preocupa com isso – disse Cole para ele, com um olhar suave. – Deixa que eu pago. Só pra você, pra mim e pro Zack Attack. O que você acha?

– Posso pedir um McLanche Feliz e um milk-shake?

Cole sorriu e bagunçou o cabelo de Benny.

– De chocolate ou baunilha?

seis

Eu não parava de pensar em Cole, não depois de ver como ele tinha sido carinhoso com Benny ontem à tarde. Eram momentos como aquele que me faziam desejar que as coisas fossem diferentes entre nós. Queria falar com alguém sobre isso, mas não confiava que meus amigos apoiariam minhas preocupações muito legítimas; em vez disso, me empurrariam de volta para os braços dele pelo simples motivo de ele ser Cole Walter. E tinha Nathan. Ele costumava ser um ouvinte direto ao ponto, mas com certeza estava escondendo algo de mim. Até eu descobrir o que era, não estava disposta a revelar mais nada a respeito dos meus sentimentos para ele.

Só me restava Danny, e eu estremeci. Não falava com ele desde que voltei para o Colorado, mas, se havia uma pessoa que conhecia Cole muito bem, era o gêmeo dele.

Havia pouca privacidade em meu novo quarto, então escapei pela porta dos fundos e subi a escada da casa na árvore. Assim que me aconcheguei na área verde onde sabia que nossa conversa não seria ouvida por outras pessoas, abri o contato de Danny e cliquei no ícone de videochamada.

Ele atendeu no primeiro toque.

– Oi, sumida. Estava começando a me perguntar se algum dia eu teria notícias suas.

Estava escuro onde quer que ele estivesse, mas ver o sorriso irônico de Danny me levou para casa, para os passeios tranquilos no Central Park, jantares demorados em nosso sushi bar favorito e conversas longas após cada espetáculo da Broadway que víamos. Me pareceu estranho como agora eu associava um dos garotos Walter à cidade onde cresci.

– Desculpa, mas as coisas andam bem intensas desde que eu voltei – comentei.

Danny se mexeu, então uma luz se acendeu. Ele estava deitado na cama, no que costumava ser o quarto de hóspedes do apartamento da minha família. Agora, eu pensava no quarto como sendo dele.

– Mesmo? Ou anda evitando falar comigo por causa do Cole?

Soltei um suspiro.

– Então você ficou sabendo o que aconteceu.

– Ouvi o lado dele. – Danny se encostou na cabeceira da cama. – Também passei o verão todo vendo você sofrer, então sei que tem mais coisa por trás disso além do que ele contou. E, antes que me pergunte, eu não vou te contar nada sobre a minha conversa com ele.

– Eu nunca esperaria isso de você. – Quando ele ergueu uma sobrancelha daquele jeito dele que dizia "continua" e com o qual eu fiquei tão acostumada, ri e acrescentei: – Tá, talvez eu tenha te evitado um pouquinho.

– Por quê? – perguntou ele. – Sei que a gente não se conhece há muito tempo, mas agora você é minha família, Jackie. Poderia partir o coração de Cole, e eu ainda atenderia cada uma das suas ligações. De dia ou de noite, eu juro. Mesmo se soubesse que você precisava de ajuda pra esconder um corpo ou algo nefasto assim.

– Caramba. Tem muita coisa pra destrinchar aí, mas a mais importante é: o Cole disse que eu parti o coração dele? Por que você ficaria de boa com isso?

– Ah, ah, ah! Sem perguntas sobre a minha conversa com o Cole, lembra? Falei que você *poderia* partir o coração dele, não que já partiu, e eu ficaria de boa com isso porque você não é uma pessoa má. Nunca iria *querer* machucar ele. Além disso, eu me sinto insultado. De todas as coisas que eu disse, essa foi a que você achou mais importante?

– Não, na verdade foi a parte de se livrar de um corpo se eu precisasse – provoquei. – Aposto que você seria um ótimo cúmplice depois de ver todas aquelas séries policiais.

Danny fez uma careta.

– É só pra isso que eu sirvo? Aula introdutória de *Como defender um assassino?*

Fingi pensar por um instante.

– Bom, você também é um ombro sensacional pra chorar.

E que usei, muitas e muitas vezes. Teria acumulado uma conta monstruosa na lavanderia se Danny usasse algo diferente de camisetas de algodão no dia a dia.

– Valeu, eu acho – disse ele, seco.

Meu coração se apertou no peito. Minha nossa, eu estava com saudade disso: das nossas conversas francas, do passe de bola fácil, do senso de humor sutil dele. Agora que estávamos a mais de 1.600 quilômetros de distância, eu desejava ter sido egoísta e atendido ao desejo de Cole para impedir que Danny se apaixonasse por Nova York. Se eu tivesse feito isso, talvez ele estivesse aqui comigo agora.

– Ei, Danny? – chamei em voz baixa.

– Sim?

– Você também é minha família.

Um sorriso suave se abriu em seu rosto.

– Então espero atualizações semanais.

– Digo o mesmo pra você – falei, passando o celular para a outra mão. – Se estava se sentindo de lado, por que não me ligou?

Foi a vez de Danny se sentir culpado. Ele fez uma careta e coçou a barba por fazer.

– Eu até queria, mas fiquei com medo de você se sentir pressionada, considerando o que aconteceu com o Cole.

– Por que eu me sentiria pressionada?

– Ele é meu *gêmeo* – respondeu Danny, como se aquela fosse a única explicação necessária. – Não seria estranho receber uma ligação do irmão do cara com quem você terminou? Não queria que pensasse que eu estava tentando te fazer mudar de ideia.

Bom, ele tinha razão. Mas eu também sabia que Danny não era desses.

– Você vai tentar me fazer mudar de ideia?

– Não, nunca!

Revirei os olhos.

– Então para de ser ridículo.

– Tá – disse ele, com as bochechas coradas. – Como você anda?

Uma pergunta e tanto. Morar com Cole nas duas últimas semanas não vinha sendo fácil. Embora eu entendesse a chateação dele, as coisas cruéis que saíam de sua boca quando estava ignorando minha existência machucavam. Como foi que, uma hora, ele disse que queria me ajudar a passar pelo luto, mas, na outra, foi capaz de me chamar de arrogante e me provocar? Se ele se importava de verdade, não iria querer o que fosse melhor para mim?

– Estou… indo. Aguentando firme.

Os olhos de Danny semicerraram.

– O Cole anda sendo um idiota de marca maior, né?

– Um pouco. Ele tem me dado um bom gelo, mas algumas coisas que me disse… quer dizer, entendo por que ele está bravo: eu deixei Cole me beijar e aí mudei de ideia. Considerando nosso histórico, poderia ser muito pior.

– Isso não é desculpa. – Ele soltou um suspiro e passou a mão pelo cabelo loiro-escuro. – Só porque Cole não conseguiu o que queria não é desculpa para ele soltar os cachorros.

Engraçado, eu tinha pensado *exatamente* a mesma coisa.

Para minha sorte, Danny conseguiu me dar alguns conselhos sobre como lidar com a situação. Nada inovador – ser eu mesma, chamar a atenção de Cole quando fosse longe demais, e aí, com o tempo, ele se acalmaria –, mas foi bom mesmo assim. Isso me deu coragem para confessar que, mesmo sendo um idiota, uma parte de mim ainda queria estar com ele. A gratidão que senti por Danny não reagir a isso fez meus olhos lacrimejarem.

– Claro que quer – disse ele, dando de ombros, como se estivéssemos falando sobre fatos: o céu é azul, a água é molhada, Jackie quer ficar com Cole. – Mas isso não significa que você tomou a decisão errada. Se for para ficarem juntos, tenho certeza de que tudo vai dar certo no final. Até lá, se concentra em você, mas não deixa ele te fazer sentir mal por se colocar em primeiro lugar.

– Obrigada, Danny – falei, enxugando uma única lágrima que escapou, porque era exatamente aquilo que eu precisava ouvir. – Chega de falar do Cole. Como você está? Como andam os ensaios para *Sonho de uma noite de verão*?

Se Cole não estivesse puto da vida comigo, ele aplaudiria com orgulho o que eu estava prestes a fazer.

Olhei por cima do ombro, mas nenhum dos meus professores de plantão no refeitório estava prestando atenção, então empurrei a porta e saí. Apenas os alunos do último ano tinham permissão para sair da escola durante o almoço, mas tanta gente ignorava essa regra que não me senti mal por quebrá-la. A caminhada até a LJD Impressões Personalizadas, uma loja de serigrafia local, levaria apenas cinco minutos, o que me dava tempo de sobra para voltar antes que começasse o período da tarde.

Enquanto andava, revisei minha lista de tarefas para a campanha e fiquei feliz ao perceber que já havia cumprido metade dela. Ontem de manhã, Erin aprovou o slogan no qual passei o fim de semana pensando, junto com o logo que Katherine fez. As tarefas das quais eu não estava cuidando pessoalmente, como as redes sociais e a criação e distribuição de cartazes e panfletos, tinham sido divididas entre os amigos mais próximos de Erin. Além disso, eu havia convencido Skylar a me ajudar promovendo a candidatura dela entre outros grupos de atividades, mas só se eu concordasse em incluir na lista o jornal da escola, para que ele pudesse flertar com Chase.

Eu estava confiante em nossas chances de vitória. Mesmo que o oponente de Erin fosse o tipo de cara que é amigo de todo mundo, ele só estava concorrendo com base no boca a boca e passava mais tempo fumando atrás das lixeiras com gente tipo Isaac e Jet. Mas, antes que eu pudesse voltar a minha atenção para o rascunho do discurso da vitória, queria mandar fazer camisetas para todos que estavam ajudando na campanha usarem na sexta-feira. Por mais estranho que parecesse, fiquei grata a Erin por me confrontar na primeira reunião do conselho estudantil. Do contrário, eu nunca teria tido a oportunidade de me envolver nisso. Ajudá-la com a campanha me mostrou o quanto eu sentia falta de planejar, organizar e fazer parte de algo.

Ao me aproximar da praça da cidade, uma placa anunciando uma cafeteria recém-inaugurada chamou a minha atenção: MISSÃO CAFEÍNA. Congelei no meio da calçada. Quais eram as chances de aquele lugar ser o que eu pensava que era? Quase nenhuma, provavelmente, mas atravessei a rua para conferir mesmo assim. Quando empurrei a porta e entrei, minha respiração ficou presa na garganta.

Eu amava meus pais, mas eles eram extremamente ocupados quando eu era criança. Sebastian e Angeline Howard eram exemplos brilhantes de profissionais dedicados, e foi isso o que os tornou tão bem-sucedidos. O lado negativo, porém, era que não tinham muito tempo para passar com Lucy e comigo. Compensavam isso nos levando todo domingo à tarde a uma cafeteria com jogos de tabuleiro que ficava no quarteirão do nosso apartamento. Se a agenda deles ficasse agitada demais para nosso ritual semanal, como quando meu pai estava em uma viagem a trabalho ou minha mãe se preparava para uma semana da moda, Lucy e eu íamos sozinhas, para nos sentirmos mais próximas a eles. Conforme fomos crescendo, fomos passando mais tempo lá só nós duas, até que, a certa altura, se tornou o nosso ponto de encontro.

A disposição dos móveis dessa cafeteria não era igual, mas me lembrava tanto da Missão Cafeína lá de casa que minhas mãos começaram a tremer. Tinha o mesmo estilo industrial – tijolinhos à vista e lâmpadas de filamento pendentes –, com um toque aconchegante pela abundância de vasos de planta, tapetes artesanais e poltronas macias, que eu imaginava ser tão confortáveis quanto aquelas em que Lucy e eu costumávamos acampar. Havia uma parede inteira com prateleiras de jogos de tabuleiro que os clientes podiam jogar, assim como grandes mesas de madeira para grupos se divertirem. O piso mosaico feito de peças de jogos era minha parte favorita: uma combinação incomum, mas criativa, de peças de Rummikub, dominó e mandalas coloridas em pedra.

O que encheu meus olhos de lágrimas, contudo, foi ver meu pedido favorito no cardápio: o Cai Não Cai Caramelo, um frapê de moca intenso com caramelo. Era bobeira chorar por causa de algo tão trivial quanto um café gelado, mas encontrar conforto e familiaridade tão distante de casa foi chocante da melhor maneira possível.

– Licença, moça? – O homem atrás do caixa, um sujeito mais velho e charmoso, com óculos e cavanhaque, estava me observando, a testa franzida. – Você tá bem? Quer pedir alguma coisa?

Dei uma risada e enxuguei os olhos.

– Não precisa se preocupar. É besteira minha. É só que esse café... ele me lembra de outro que significa muito pra mim – comentei, me aproximando do balcão. – Vou querer um Cai Não Cai Caramelo grande. Com leite integral, por favor.

– Ah, você tá falando da nossa loja no Upper West Side?

Ele apontou para uma foto na parede, mostrando a fachada de uma loja que eu conseguiria desenhar de cor. Quantas vezes eu já não tinha me sentado naquele exato banco laranja enquanto esperava Lucy chegar?

– Isso! – falei, balançando na ponta dos pés. – Não sei se você já foi lá, mas eu fui praticamente criada na mesa perto da cozinha. Eu não deveria admitir isso, mas minha irmã esculpiu nossas iniciais no tampo da mesa.

– Então você conhece a Jenny? – quis saber ele, colocando os ingredientes no liquidificador.

Jennifer Clive, proprietária e responsável pela Missão Cafeína, era uma barista extraordinária, entusiasta de jogos de tabuleiro e uma mulher poderosa, resumida em um metro e meio de muita energia. Com o passar dos anos, ela se tornou uma pessoa importante na vida de Lucy e na minha, uma tia divertida que me ensinou a jogar xadrez e sempre nos oferecia qualquer doce que tivesse em mãos.

– Desde os meus seis anos – confirmei. – Ela fechou a cafeteria e me levou para o hospital quando meu apêndice estourou.

O homem fez uma pausa e arregalou os olhos, me analisando.

– Eu sou Garrett, primo da Jenny. Desculpa se isso for muito pessoal, mas você é a Jackie?

– Você sabe quem eu sou?

Os lábios de Garrett se curvaram para cima.

– Você e sua irmã eram as clientes favoritas da Jenny. – O sorriso dele sumiu, e então acrescentou: – Ela ficou devastada com o falecimento da sua família.

Ignorando a pontada de dor causada por seu comentário, vasculhei minha mente em busca de memórias de um homem mais velho e bonito que era parente de Jenny, mas não encontrei nada.

– Desculpa se eu não lembro, mas a gente já se conhece?

– Não, mas você sabe como a Jenny é. Ela consegue tagarelar sem parar, então ouvi tudo a seu respeito. – Garrett ligou o liquidificador e aumentou o tom de voz para que eu pudesse ouvi-lo acima do barulho. – Eu fui engenheiro-chefe de uma equipe da NASCAR na maior parte da minha carreira, então passei mais tempo na estrada que na cidade.

Aquele parecia o tipo de trabalho que Cole acharia fascinante. Talvez eu pudesse perguntar mais sobre isso para Garrett em alguma outra hora, mas precisava correr se quisesse passar na gráfica e voltar para a escola antes da próxima aula.

– Copper Valley fica bem longe de Nova York – falei quando ele terminou de bater. – Não querendo ser invasiva nem nada, mas como veio parar aqui?

– Foi aqui que minha esposa cresceu. – Garrett serviu meu frapê em um copo para viagem e cobriu a parte de cima com chantili e caramelo. – Ela queria voltar pra casa quando eu me aposentasse, e eu precisava de algo pra me manter ocupado, então a Jenny sugeriu uma franquia. Leva um tempo pra se acostumar com a vida numa cidade pequena, mas não tem nada melhor do que a paisagem daqui.

O mundo nunca pareceu menor do que naquele momento.

– Sei exatamente o que você quer dizer – respondi, pegando a carteira enquanto ele deslizava minha bebida pelo balcão. – Ficou quanto?

Garrett recusou meu cartão estendido.

– É por conta da casa. Foi bom te conhecer, Jackie. Você é bem-vinda pra voltar quando quiser.

A caminhonete havia sumido do estacionamento quando a aula acabou na quarta-feira à tarde. A princípio, achei que os meninos tinham me deixado para trás, mas então Alex apareceu correndo, seguido por Lee e Nathan. Isaac foi o único que não deu as caras.

– Você teve notícias do seu irmão? – perguntou Alex para Lee.

– Não, por quê?

Alex gesticulou para a vaga onde tínhamos estacionado de manhã.

– Achei que fosse óbvio, mas a caminhonete sumiu.

Lee franziu a testa.

– Você deu a chave pra ele?

Como Danny foi embora e Cole tinha o próprio carro, a chave da caminhonete foi passada para o próximo Walter da fila, Isaac. Apesar disso, na última semana e meia, Alex vinha nos levando e trazendo da escola, porque Katherine tinha proibido Isaac de dirigir, como parte de seu castigo.

Alex corou e coçou a nuca.

– Aham, na hora do almoço, mas ele disse que voltaria antes das aulas da tarde. Não achei que fosse se mandar e deixar a gente na mão.

– Sério, Alex? – disparou Lee. – Você é tão burro.

– Foi mal, tá? Ele queria comida mexicana. Quem sou eu pra ficar entre um homem e um burrito?

Enquanto Alex e Lee continuavam a trocar insultos, Nathan pegou o celular.

– Vou ligar pro Cole. A Oficina do Tony não fica longe.

Dez minutos mais tarde, o Buick entrou no estacionamento às pressas, com as janelas abaixadas e a música estourando.

– Anda, criançada – disse Cole em tom de cumprimento. Ele estava usando seu macacão de trabalho e havia uma mancha de graxa em sua testa. – Vou gastar meu tempo de folga com isso.

Sem querer ficar presa com ele no banco da frente, me acomodei ao lado de Nathan no banco de trás. Assim que afivelei o cinto e me acomodei, olhei para cima, encontrei o olhar de Cole no retrovisor e percebi meu erro. Embora estar no banco de trás nos distanciasse, também colocava Cole em primeiro plano no meu campo de visão. *Como se ele já não morasse na minha mente sem pagar aluguel.* Os outros garotos se ajeitaram nos bancos enquanto eu xingava Isaac Walter em pensamento.

Mesmo exigindo que fôssemos rápidos, Cole parecia à vontade enquanto cantarolava junto com o rádio, seus dedos tamborilando o ritmo de uma música desconhecida no volante. As mangas dele estavam arregaçadas, e, embora eu tentasse resistir, meu olhar voltava para seus antebraços expostos. Ele deve ter sentido que eu o estava olhando, porque seu olhar encontrou o meu pelo retrovisor novamente.

Minha respiração vacilou. Pela primeira vez em mais de uma semana, Cole me lançava algo além de um olhar frio de desprezo. Eu não chegaria a chamar sua expressão de positiva – cautelosa seria uma descrição melhor –, mas havia um quê presunçoso na forma como seus lábios se contraíram. A tensão em meus ombros se dissipou; eu conseguia lidar com um Cole arrogante. Era a configuração de fábrica dele, algo com que eu vinha lidando desde o primeiro dia.

A viagem foi silenciosa para os padrões Walter, e eu não conseguia dizer se isso era um fator na tensão crescente entre Cole e eu enquanto trocávamos olhares furtivos pelo espelho retrovisor.

Ao meu lado, Alex pigarreou.

– Aumenta o volume do rádio? – pediu para o irmão mais velho.

Assim que Cole obedeceu, Alex me cutucou de lado. Seu olhar passou de mim para o banco do motorista, suas sobrancelhas erguidas em tom de pergunta.

– Tudo bem? – Suas palavras não ditas eram claras: *Tudo bem com vocês?*

Balancei a cabeça em concordância, tranquilizando-o. Embora não estivesse nada bem, não dava para falar sobre isso agora, não quando Cole estava preso no carro com a gente. Alex parecia querer empurrar o assunto mais adiante, então evitei seu olhar de propósito. Felizmente, ele entendeu a mensagem.

O carro ficou em silêncio outra vez, exceto pelo rádio, e passei o resto da viagem resistindo à vontade de olhar para Cole. Ele estava me observando, dava para sentir. Será que estava com aquele olhar de superioridade ou será que sua expressão tinha se tornado amarga outra vez? Só me permiti olhar para cima quando a casa surgiu à vista; se ele estivesse com uma carranca voltada para mim, eu poderia fugir assim que a gente chegasse. Mas Cole não estava me encarando. Sua expressão também não parecia presunçosa. Eu não conseguia decifrar o olhar dele, mas foi o bastante para me deixar com um nó no estômago.

– Jesus Cristo, deixa eu sair daqui – exigiu Lee antes mesmo de o Buick estacionar. – Essa tensão sexual toda é sufocante. Será que vocês não podem se comer logo? Já tá ficando chato.

Meu corpo inteiro congelou quando fui tomada pela vergonha. Todos saíram do carro rapidamente – Nathan até passou por cima de mim para tentar escapar quando não me mexi –, até que só eu e Cole permanecemos lá dentro. Após um longo momento, Cole saiu e empurrou o encosto de seu banco para baixo. Então, em um gesto que eu não esperava, estendeu a mão para mim. Apesar do meu constrangimento, coloquei a mão na dele e o deixei me puxar para fora do carro. Quando encontrei seu olhar, ele sorriu para mim. Era um sorriso pequeno e tenso, mas sem nenhuma arrogância.

– Vem. Eu te acompanho até a porta – disse ele, acenando com a cabeça em direção à casa, como se eu já não soubesse o caminho.

O gesto pareceu uma oferta de paz, então caminhei ao lado dele. Nenhum de nós disse nada, o silêncio realçado pelo barulho do cascalho sob nossos pés. Listei mentalmente assuntos em potencial para puxar conversa, mas fiquei com medo de dizer a coisa errada. Por fim, esperei Cole ser o primeiro a falar algo.

– Como tá sendo a volta às aulas?

– Boa – falei, soltando um suspiro de alívio.

Era um assunto seguro, fácil até. Talvez Cole se entediasse, mas eu podia falar sobre aulas, lições de casa e estudos até ficar sem voz.

– Entrei no conselho estudantil.

Ele ofegou.

– Não é surpresa pra ninguém, Pequena Miss Superdotada.

– A Erin está concorrendo à presidência, e eu sou gerente da campanha dela – retruquei. *Que tal essa surpresa*?

Cole se atrapalhou com a chave do carro, que estava girando no dedo.

– Você e a *Erin*?

Assenti.

– A eleição é nesta sexta.

– Bom – comentou ele um tempinho depois –, tudo o que eu posso dizer sobre isso é: ainda bem que me formei. Vocês duas vão acabar com a escola.

– Como é que é? – Parei no último degrau da varanda e me virei para encará-lo.

Mesmo com a altura extra que a escada me concedia, Cole ainda era maior que eu.

– Aposto que até o fim do mês vai ter uma regra do tipo proibido-falar-no-corredor pra prevenir o bullying e criar um ambiente propício ao aprendizado – respondeu Cole, os olhos brilhando enquanto segurava o riso. – Um monte de eventos beneficentes, um novo código de vestimenta, campanhas de saúde ou alguma merda desse tipo.

– Campanhas de saúde?

– É, tipo pilates obrigatório ou substituir os refrigerantes das máquinas por água com vitaminas.

Torci o nariz.

– Você é ridículo.

Ele afastou a franja do rosto e sorriu para mim.

– Tenho que voltar pro trabalho. Até mais tarde, Nova York.

Por um momento, deslumbrada pela visão de um sorriso autêntico de Cole Walter – os olhos enrugados nos cantos, uma covinha singular à mostra –, observei enquanto ele se afastava, sem me despedir de volta. Meu cérebro só voltou a funcionar quando ele já estava na metade do caminho, então mantive a boca fechada em vez de gritar um tchau com dez segundos de atraso.

Os últimos cinco minutos pareceram um sonho vívido ou uma breve janela para uma realidade alternativa em que Cole e eu ainda nos falávamos, porque de jeito nenhum tínhamos conversado de verdade. Já era difícil acreditar que Cole tinha sido um cavalheiro, me ajudado a sair do carro e me levado até a porta, mas falar palavras reais para mim? Impossível.

Caramba, a gente fez *brincadeiras*.

Foi extremamente chocante depois da raiva silenciosa com a qual ele vinha me tratando, mas, pensando nos últimos dias, percebi que a atitude de Cole em relação a mim tinha mudado um pouco. Embora não fosse nem um pouco amigável, ele tinha se mostrado significativamente menos frio quando nos esbarrávamos pela casa e até me passou o frasco de ketchup no jantar da noite anterior. O momento da mudança de Cole não passou despercebido; ter começado logo depois da conversa que tive com o irmão gêmeo dele não podia ser mera coincidência. Mas, no geral, importava mesmo se Danny fosse o responsável por isso? Se significasse que eu poderia parar de pisar em ovos perto de Cole, eu estava grata.

sete

COLORADO À NOITE, PRINCIPALMENTE na fazenda, não era nada como Nova York. Assim que a luz do dia ia embora, uma escuridão quase total englobava tudo. No passado, a ausência de postes de luz, letreiros neon e semáforos costumava me deixar nervosa, mas agora eu achava calmante.

Eu estava sentada em uma das cadeiras da varanda, com os joelhos dobrados contra o peito e um cobertor ao redor dos ombros, quando a porta da frente se abriu devagar. Uma pessoa se esgueirou pela fresta, e, em seguida, fechou a porta o mais silenciosamente possível.

Meus olhos estavam acostumados à escuridão, e, embora não desse para ter certeza, eu tinha uma boa ideia de quem estava saindo de fininho por conta da silhueta.

– Lee? – chamei baixinho.

O sujeito deu um pulo, e algo pesado caiu no chão.

– Puta merda! – sussurrou. – Jackie, é você?

– Aham, espera aí. – Acendi a lanterna do celular e vi Lee, cujo skate estava de cabeça para baixo aos seus pés, as rodinhas girando.

– Por que você tá aqui no escuro? – perguntou ele, o rosto franzido em uma carranca. – Isso é sinistro pra caramba.

Minha mente voltou à noite da festa de rua, quando Isaac me

assustou e eu respondi de uma maneira semelhante à de Lee. Eu estava até sentada na mesma cadeira que Isaac. Para minha sorte, Lee não tinha tacado o skate na minha cabeça.

– Só vim ficar aqui. Não consegui dormir.

O dia havia sido uma estranha combinação de bom e ruim. O resultado da eleição foi anunciado durante o conselho estudantil, e Erin venceu com folga. Todo mundo amou as camisetas que eu tinha encomendado, e eu estava orgulhosa pelo nosso sucesso, mas tive dificuldade de aproveitar quando me lembrei de que era o aniversário de casamento dos meus pais. Eu estava envolvida demais na campanha para me lembrar, mas, quando voltei da escola e vi a data marcada no meu calendário, o ar escapou dos meus pulmões como se eu tivesse levado um soco no estômago. A semana estava sendo a melhor em um bom tempo, porque, pela primeira vez desde o início de verão, eu estava voltando a me sentir como a antiga Jackie. Era isso o que havia tornado tão difícil lidar com o luto; não importava quanto esforço era gasto para seguir em frente, ele estava sempre à espreita, pronto para aparecer a qualquer momento e me deixar sem chão.

A luz da varanda acendeu antes que Lee pudesse responder. Ele pegou o skate e desapareceu na esquina da casa em um piscar de olhos. Logo em seguida, Katherine saiu de robe e chinelo, com cara de sono.

– Jackie? – disse em um bocejo. – Ouvi um barulho. Foi você?

– Aham, derrubei meu celular. – Segurei-o como prova. – Desculpa ter te acordado.

– Não tem problema, querida. Está tudo bem?

– Só um pouco de dificuldade pra dormir.

Ela franziu a testa. Quando me mudei para o quarto de Parker, Katherine fez questão de se certificar de que eu estava confortável com a troca de ambiente. Não só ia conferir com frequência se estava tudo certo como também me fez prometer que avisaria se eu tivesse algum problema com isso.

– Não é por causa da troca de quartos, é? – perguntou pela centésima vez. – Porque se...

– Não, eu juro. – A ruga em sua testa se aprofundou ainda mais, então lhe mostrei um sorriso com os olhos marejados e acrescentei: – Hoje é o aniversário de casamento dos meus pais. Estou bem, juro. Fiquei pensando neles, só isso.

A expressão de Katherine se suavizou.

– Você quer falar sobre isso?

Se Lee não estivesse se escondendo atrás da casa, talvez eu tivesse aceitado a oferta. Em vez disso, balancei a cabeça. Às vezes, tudo o que dá para fazer para aliviar a dor é passar um tempo com ela, contando as respirações, aceitando-a. Naquele momento, era disso que eu precisava.

– Tudo bem, mas estou sempre aqui pra te ouvir se você mudar de ideia. – Ela se inclinou e pressionou um beijo gentil em minha testa. – Boa noite, Jackie.

Assim que ela se foi, Lee reapareceu com um olhar agradecido.

– Valeu por me encobrir.

– Foi minha culpa você ter deixado o skate cair, então foi o justo – falei enquanto lutava contra um bocejo.

Decidindo que era hora de entrar também, me levantei e me espreguicei. O cobertor em volta dos meus ombros escorregou e se amontoou aos meus pés.

– Mas você estava indo pra onde? – perguntei, lançando um olhar para Lee.

Ele estava se demorando nos degraus da frente, verificando o celular várias vezes em busca de mensagens novas.

– Andar de skate com uns amigos – respondeu com um sorriso raro.

Olhei para meu celular e me surpreendi com o horário.

– À uma da manhã?

Os olhos dele brilharam com um quê de malícia.

– Sabe aquele novo loteamento que está sendo construído perto da pedreira? Uma das casas tem uma piscina aterrada gigante que ainda não encheram de água. É o lugar perfeito pra andar de skate. Achei que a gente deveria fazer isso de noite, por causa de todo esse rolê de invasão de propriedade. – Quando ele terminou a explicação, faróis apareceram no fim da entrada da garagem. – Bom, minha carona chegou.

– Divirta-se – desejei, me curvando para pegar meu xale improvisado. Sem ele, arrepios percorriam meu braço.

Lee parou no meio da escada e se virou para mim.

– Ei, Jackie?

– Oi?

– Não sei se o Isaac já disse alguma coisa, mas a gente agradece por você ter concordado em dividir o quarto com a Parker. Queria que soubesse que... – Ele parou e balançou a cabeça. – Deixa pra lá. Durma bem.

O primeiro jogo de rúgbi de Parker foi acompanhado por uma onda de ar fresco do outono – a primeira da temporada. As folhas começavam a mudar de cor, manchas amareladas e alaranjadas aparecendo em pontos que, dias antes, estavam totalmente verdes. Eu colocaria um cardigã aconchegante, mas Cole insistiu que eu usasse uma de suas antigas camisetas de gola redonda, com o nome Walter estampado atrás. Passei o caminho todo com o nariz enfiado nela, sentindo seu cheiro familiar.

Os Walter nunca saíam de casa com pouca coisa, mesmo para um jogo de rúgbi. Os dois carros estavam lotados de cadeiras de acampamento, coolers com bebidas, um estoque de cobertores e um saco enorme de sementes de girassol para beliscar. Descarregamos os carros, e procurei por qualquer sinal de Cole no campo. Como técnico, ele havia chegado mais cedo para comandar o aquecimento pré-jogo das meninas.

Não demorou para localizá-lo na beira do campo, suas mãos em concha ao redor da boca enquanto gritava algo para as jogadoras e elas faziam uma série de alongamentos. Ele olhou sobre o ombro um instante depois, os olhos encontrando os meus por menos de um segundo. Meus batimentos dispararam de antecipação. Cole gritou um último comando para o time e então deu uma corridinha em nossa direção, o apito ao redor do pescoço balançando de um lado para o outro com o movimento.

– Aqui, Jackie, pode usar a cadeira da Parker. É meio pequena, mas você cabe – disse Katherine ao meu lado, puxando uma cadeira de acampamento azul-escura do banco de trás do carro.

Sorri para ela, agradecida, e prendi a alça da cadeira em meu ombro.

– O que mais eu posso ajudar a levar?

– Só um cobertor, caso fique com frio.

Katherine mal tinha terminado de falar quando saiu correndo atrás de Zack e Benny, que tinham passado a viagem inteira discutindo sobre quem venceria um concurso de comer cachorro-quente: Kirby ou Salsicha. Agora, estavam jogados na grama, um lutando para prender o outro no chão.

– Posso te deixar aquecida. – A voz de Cole mal era um sussurro na minha orelha, mas foi o bastante para me fazer dar um pulo.

Com o coração acelerado, me virei para encará-lo com um olhar sem ânimo.

– Você deveria perguntar para o Isaac o que acontece com as pessoas que me assustam, Cole. Da próxima vez, meus instintos podem entrar em ação, e eu não vou me responsabilizar por qualquer dano causado ao seu rostinho lindo.

Ele abriu um sorrisinho com a minha fala.

– Você me acha lindo?

Revirei os olhos.

– Você se acha lindo.

– Eu acho você linda.

Um calor percorreu meu pescoço com suas palavras.

– Você provavelmente deveria voltar para o papel de treinador – falei, desviando a conversa de qualquer coisa que pudesse me deixar ainda mais corada.

Cole olhou para o campo, mas percebi que ele não estava preocupado com suas responsabilidades.

– Como eu poderia ficar longe se meu nome tá nas suas costas? – disse ele, estendendo a mão e puxando a gola da camiseta que havia me emprestado.

Cambaleei para mais perto, o que parecia ser seu objetivo.

Inclinando-se para mim, ele disse:

– A verdade é que eu vim aqui pra te parabenizar.

– Pelo quê?

– Pelo sucesso da campanha que você dirigiu.

Ele estava perto demais para eu conseguir assimilar qualquer coisa além do calor de seu corpo a poucos centímetros do meu. Mesmo com os olhos fixos em seus lábios, suas palavras eram um mistério para mim.

– A Erin teve sorte de você ter ficado do lado dela – ele continuou. – Aposto que ninguém teve a menor chance.

Ele soltou minha gola assim que eu finalmente entendi do que ele estava falando; em seguida, caminhou em direção ao campo. Me forcei a diminuir o ritmo da respiração. A lógica e o raciocínio tinham o péssimo hábito de me deixarem na mão quando se tratava de Cole. E quando ele me elogiava? Era como se meu cérebro virasse purê.

Bufando de irritação comigo mesma, tanto por reagir daquela forma como por permitir que ele se aproximasse tanto, me virei e me juntei de novo ao caos da família Walter. George e Katherine estavam tentando domar os meninos mais novos, embora fosse difícil manter os gêmeos do terror sob controle. Quando nos aproximamos do campo, Benny soltou um grito agudo alto o bastante para me fazer estremecer.

– Meninos – repreendeu Katherine, lutando para afastar Benny e Zack um do outro.

– Não consigo dar conta deles agora – murmurou Nathan, disparando para longe.

Fiz contato visual com Lee, que então lançou um olhar para Isaac. Parecia que todos concordávamos com Nathan: os meninos eram irritantes demais para conseguirmos ficar perto deles, e havia bastante espaço para cadeiras do outro lado. Acenei em despedida para Katherine, que meneou a cabeça em sinal de compreensão, e então seguimos Nathan.

Nós quatro nos sentamos na lateral da quadra e começamos a arrumar as cadeiras. Lee estava à minha esquerda; Nathan, à direita; e Isaac, do outro lado do irmão.

– Você poderia fazer parte da equipe de técnicos, Jackie. Tenho certeza de que o Cole abriria um espaço pra você no colo dele – disse Isaac, com um sorriso malicioso. – Não seria a primeira vez, né?

Cruzei os braços sobre o peito e soltei um longo suspiro.

– Não faço ideia do que você tá falando.

Lee riu com desdém.

– Ah, qual é. Vocês dois estavam quase se beijando um minuto atrás.

Mordi o lábio para não explodir e me virei para Nathan, esperando algum apoio. Ele estava com o olhar fixo no campo aberto à nossa frente.

– Você pode falar pra eles que estão sendo uns babacas? Nunca me dão ouvidos.

O rosto de Nathan se contraiu com o que parecia irritação, e a expressão que ele lançou para mim foi inesperada.

– Fala você – retrucou.

Em seguida, se virou e pegou o celular. Pela expressão severa em seu rosto, nossa conversa tinha terminado. A atitude dele me pegou desprevenida. Normalmente, Nathan era a melhor pessoa para quem pedir apoio, mas, ao longo da última semana, ele foi ficando mais impaciente. Até aquele momento, o mau humor dele nunca havia sido direcionado a mim. Eu queria ajudar a resolver o que quer que o estivesse incomodando, mas sempre que eu tentava falar sobre isso, Nathan me silenciava ou mudava de assunto.

Com um Walter me ignorando e os outros determinados a me provocar, concentrei minha atenção no campo. As garotas estavam alinhadas para o começo do jogo, cada time espalhado pelo lado do campo que defenderia. Parker e Cole tinham me contado tudo sobre rúgbi, e, embora eu entendesse algumas coisas, as regras pareciam incrivelmente confusas. O jogo começou ao soar do apito. Pouco depois, a bola foi chutada em direção ao time de Parker, e os dois lados colidiram com força.

De vez em quando, meus olhos pousavam em Cole enquanto ele corria de um lado para o outro na lateral do campo, gritando comandos para as jogadoras e comemorando quando elas iam bem. Não ajudava o fato de ele estar olhando para mim tanto quanto eu olhava para ele. Queria tirar aos socos aquela expressão satisfeita que ele mostrava sempre que se virava e me pegava o encarando.

À minha direita, Lee e Isaac comentavam o jogo. Os dois criavam um fluxo interminável de ruídos cuja maior parte aprendi a bloquear.

Isaac soltou um assovio baixo, tirando minha atenção de Cole.

– Cara, você viu a Parker tirar a número sete? Acho que eu estou meio que com medo dela – admitiu ele.

Lee concordou com o irmão e mencionou algo sobre uma violação de regra, mas eu já havia me distraído outra vez por conta de Cole. Ele estava gritando uma jogada, as mãos balançando de um lado para o outro enquanto tentava chamar a atenção das meninas. Do lado oposto do campo, a bola saiu pela linha. Cole se virou e cruzou o olhar com o meu

– Aposto vinte pratas que o Cole vai ser expulso por tirar a roupa da Jackie com os olhos do outro lado do campo – brincou Isaac. – É meio inapropriado num jogo infantil, não acha?

Apertei os dentes, frustrada, e me levantei de uma vez. Isaac e Lee gargalharam um para o outro enquanto eu me afastava na direção oposta, mais do que disposta a lidar com os Walter mais novos se isso significava não precisar ouvir suas provocações constantes.

Domingo de manhã chegou com duas opções de tarefas para fazer: ajudar George a limpar as baias dos cavalos ou limpar as frutas caídas do aglomerado de macieiras silvestres que ladeavam o quintal. Desde que me mudei para o Colorado, aprendi que administrar uma fazenda exige muito trabalho, incluindo tarefas nem um pouco agradáveis. A pior, na minha opinião, era limpar as baias, então foi uma escolha fácil de fazer.

Eu, Alex e Nathan recolhemos tudo em uma hora. Katherine estava no modo limpeza, então, em vez de entrar em casa e correr o risco de ela nos dar mais trabalho, nós três decidimos ficar na sombra sob a casa na árvore.

– Já volto – disse Alex quando Nathan se jogou na grama e abriu o aplicativo de sudoku. Ele correu em direção ao galpão.

Enquanto ele estava fora, me aventurei a subir a escada em busca de algum material de leitura – Alex deixava seus livros em qualquer canto – e encontrei um exemplar surrado de *O conde de Monte Cristo*.

Quando desci, Alex já tinha voltado com um taco de beisebol de plástico e estava tentando convencer Nathan a arremessar para ele.

– Qual é, Nate. Não quer passar um tempo com o seu irmão favorito?

Nathan bufou.

– O que te faz pensar que você tá perto do meu top três?

– Que tal assim? – respondeu Alex, ignorando o insulto. – Joga comigo por quinze minutos e, em troca, eu pego minha roupa pra lavar e tiro a louça suja da minha mesa?

– Ai, tá bom – concordou Nathan –, mas, se virar uma bagunça igual à da última vez, eu caio fora.

Não entendi o que ele quis dizer até Nathan escolher a maçã menos podre do carrinho de mão e jogá-la para Alex. O taco a acertou, e assisti com diversão enquanto a maçã voava por cima da cerca e caía no campo, onde não estragaria o cortador de grama. O segundo golpe, porém, fez a fruta explodir com o impacto e espalhou pedaços dela pelo gramado.

Uma porta de tela bateu.

– O que é que você pensa que tá fazendo?

Meu coração parou ao ouvir a voz enfurecida de Katherine. Por uma fração de segundo, achei que ela estivesse gritando com a gente, mas então vi Isaac descendo os degraus da varanda com os punhos cerrados e os olhos brilhando. Um Camaro velho subia a entrada da garagem com um ruído alto e Jet atrás do volante.

– Dando o fora daqui e ficando longe de você – gritou Isaac por sobre o ombro.

– Isaac, se você não voltar aqui agora mesmo...

– Aí o quê? – vociferou ele, virando-se para encarar a tia. – O que você vai fazer, *Katherine*?

Eu nunca tinha ouvido nenhum dos Walter se referir a Katherine pelo primeiro nome, muito menos com tanto veneno, e prendi a respiração. Uma mágoa genuína passou pelo rosto dela antes que conseguisse controlar a expressão.

– Talvez eu devesse ligar pro seu pai.

Uma única gargalhada sem humor escapou da garganta de Isaac.

– Liga. Não é como se ele pudesse fazer alguma coisa da Alemanha.

Sem esperar por uma resposta, ele arreganhou a porta do carro com um puxão, se jogou no banco do passageiro e na mesma hora ligou o rádio. Heavy metal ecoava pelos alto-falantes, interrompendo a conversa. Jet engatou a ré do Camaro, e o aromatizador de ambiente pendurado no retrovisor balançou com força. Enquanto saíam da garagem, Isaac colocou o braço para fora da janela e mostrou o dedo do meio para a tia.

Apesar do enorme sinal de desrespeito, ela permaneceu imóvel na varanda até eles desaparecerem de vista.

Assim que ela voltou para casa, Alex, Nathan e eu nos entreolhamos em choque. Nenhum de nós sabia o que dizer.

– Talvez seja só uma fase? – disse Alex, quebrando o silêncio.

Todos rimos da piada de mau gosto, mas rapidamente voltamos a ficar quietos.

– Algum de vocês sabe o que tá acontecendo com ele? – perguntei, por fim.

Alex soltou um suspiro, largou o taco e se jogou ao meu lado.

– Não tenho certeza, mas acho que tem algo a ver com o pai dele.

– O tio Pete veio fazer uma visita no começo das férias – acrescentou Nathan, sentando-se do meu outro lado. – O Isaac tá *desse jeito* desde que ele foi embora.

Franzi o cenho.

– O Isaac não ficou feliz ao ver ele?

Eu não sabia muito sobre os pais de Isaac e Lee, só que a mãe deles estava fora de cena e que Peter Walter, o irmão mais novo de George, era um oficial de alta patente do Exército que estava servindo no exterior. Eles raramente viam o pai, então presumi que a visita dele seria o ponto alto do verão.

– Essa é a parte estranha – respondeu Alex. – Ele nunca vai admitir, mas eu sei que o Isaac estava contando os dias no calendário para o pai dele ir embora. Deve ter acontecido alguma coisa, mas não perguntei o quê. Ele e o Lee são cautelosos com assuntos particulares.

Conversamos sobre Isaac por mais um minuto ou dois, tentando solucionar o mistério, mas rapidamente esgotamos o assunto. Alex começou a conversar com Nathan sobre estatísticas de beisebol, então abri o livro que eu havia pegado e comecei a ler. Quando voltei a ouvir, alguns minutos depois, a conversa havia mudado.

– ... é uma música ótima – dizia Alex.

– Ah! – Joguei o livro de lado e me concentrei em Nathan, o olhar ansioso. – Você escreveu algo novo? Eu queria muito ouvir.

Se havia algo que eu odiava no relacionamento de Alex e Kim era que Nathan sentia a necessidade de se esconder no sótão. Ele passava tanto tempo lá que eu nunca mais ouvia a música dele ecoando pela casa.

Nathan puxou um fio solto da camiseta.

– Foi mal, mas não.

– Ah. – Passei os dedos pelo pescoço e lancei um olhar para Alex, mas ele pareceu tão perplexo com a resposta do irmão quanto eu. – Hã, isso é um *não*, você não escreveu nada novo, ou um *não*, eu não posso ouvir?

– Estou trabalhando numa coisa, mas ainda não terminei – disse Nathan quando seu celular vibrou com uma mensagem recebida. Ele a leu, se levantou e limpou a grama das mãos e dos joelhos. – A gente se vê depois? Tenho uma coisa pra fazer.

Alex franziu a testa enquanto o observava ir embora.

– Foi só impressão minha ou isso foi estranho?

– Com certeza foi estranho – concordei.

Foi preocupante também. As corridas matinais que ele perdia, a atitude irritadiça e a falta de músicas novas, tudo isso indicava que algo estava errado.

– Tem alguma ideia do que anda acontecendo com ele? – perguntou Alex.

Lancei um olhar incrédulo para ele.

– Se alguém deveria saber, essa pessoa é você, que divide o quarto com ele.

Talvez Lee estivesse certo sobre todos aqueles energéticos estarem derretendo o cérebro dele.

– Tá – disse Alex, esfregando a nuca. – Acho que eu andei meio distraído pela Kim.

– Meio? – questionei, e então balancei a cabeça quando ele me lançou um sorriso tímido.

Se eu precisasse de mais uma prova de que Alex e eu realmente não combinávamos, aí estava: ele nunca estivera tão envolvido comigo a ponto de o mundo ao redor passar despercebido.

– Ela te faz feliz?

A resposta era óbvia, mas eu queria ouvir da boca dele.

– O mais feliz do mundo.

– Que bom – falei, assentindo com a cabeça de maneira decisiva. – Fico feliz.

– Então... hã... – Alex fez uma careta, como se não gostasse do que estava prestes a dizer. – Como andam as coisas com o Cole?

Não. Eu não vou falar disso. Preferia me jogar de uma escada sem fim a falar com Alex sobre minha relação com o irmão mais velho dele.

– Você quer mesmo saber?

Alex empalideceu.

– Prefiro comer prego enferrujado.

Perfeito. Estávamos entendidos, então.

– Foi o que eu pensei.

oito

MEU CELULAR VIBROU NA pia do banheiro assim que desliguei o chuveiro. Depois de me enrolar na toalha, olhei minhas mensagens.

SKYLAR

Comprei umas bebidas no Starbucks. Chego aí em 15 min.

Franzi o cenho. Por que ele estaria vin...? Ai, merda!

De algum modo, eu me esqueci completamente da reunião do conselho estudantil que Erin tinha marcado antes da aula. Sabendo que os Walter nunca sairiam tão cedo para ir à escola voluntariamente, Skylar tinha se oferecido para me dar uma carona, assim poderíamos ir juntos, mas não tinha como eu ficar pronta a tempo. Ainda encharcada, peguei minha bolsa e subi a escada até meu quarto.

Talvez eu devesse trançar o cabelo em vez de secar?, pensei enquanto abria a porta. Entrei no quarto e...

Minha mente entrou em curto-circuito e não consegui processar o que estava vendo: Cole deitado de costas na minha cama antiga, quase sem roupa e com a bochecha corada, o lençol perigosamente baixo na cintura e a mão se movendo sob o tecido fino.

Nossos olhares se encontraram, e seus olhos se arregalaram de choque enquanto ele se apressava para puxar o lençol para cima.

– Mas quê...?

– Ai, merda, desculpa – exclamei, cobrindo os olhos com a mão.

– Bom dia, Jackie – disse Cole, seu tom de voz mudando para algo leve e casual, como se eu não o tivesse flagrado se masturbando.

– É tudo culpa da Erin! – soltei. – Ela marcou uma reunião do conselho estudantil antes da aula, mas me esqueci de mudar meu alarme, então agora estou correndo contra o tempo...

– Jackie.

– ... e ainda preciso escolher uma roupa, secar o cabelo e arrumar a mochila, então não pensei e corri pra cá no piloto automático, e agora...

– *Jackie!*

Parei de vomitar as palavras e dei uma espiada em Cole. Seus lábios estavam cerrados enquanto ele tentava não rir.

– Tá tudo bem, ok?

– Eu... Quê?

– Não precisa surtar. Não é... nada demais – me assegurou Cole. – Mas, hã, se pudesse fechar a porta depois que sair, eu agradeceria.

Pisquei para ele, sem entender o que estava dizendo.

– A menos que prefira ficar e... – Ele parou de falar, e sua mão voltou a se mexer sob o lençol.

O ruído involuntário que escapou do fundo da minha garganta foi tão constrangedor que eu sabia que agonizaria por conta disso horas a fio. Cole riu baixinho, e eu corri para fora do quarto, sem dizer mais nada, batendo a porta atrás de mim.

Passei o resto da manhã paralisada de vergonha. Nem mesmo o *latte* que Skylar me entregou quando entrei no jipe ajudou. A reunião era sobre o baile de boas-vindas, mas eu estava distraída demais para prestar atenção. Enquanto caminhava para a sala de aula, a única coisa de que me lembrava era de Chase Kennedy ter perguntado sobre o planejamento da música – aparentemente, o DJ que tinha se apresentado no baile de primavera do ano anterior era péssimo –, e Erin ter mencionado que contrataria o grupo vencedor da batalha de bandas da festa de rua. De qualquer forma, eu não ligava. Só conseguia pensar em como nunca mais conseguiria encarar Cole.

Passei o horário de almoço escondida na biblioteca. Precisava escrever uma redação para a aula de literatura inglesa avançada até o fim da semana, e imaginei que conseguiria parar de pensar no *incidente* se me atolasse de trabalho. Depois de me sentar no meu cantinho de estudos preferido, liguei o notebook, peguei meu exemplar de *Jane Eyre* e abri minhas anotações. Já estava terminando o parágrafo inicial quando ouvi o nome dele.

– O Cole ainda trabalha lá? Achei que ele tivesse entrado na faculdade.

Congelei no meio da frase, meus dedos pairando sobre o teclado.

– É, com uma bolsa de estudos de *futebol americano* – respondeu alguém. – Aposto que ele não teve condições de pagar depois que perdeu.

O motivo pelo qual eu adorava aquele cantinho em particular? Ficava escondido logo atrás da seção de referências que ninguém usava, o que significava que poucas pessoas sabiam da existência dele. O mais silenciosamente possível, deslizei do assento e me arrastei até o final da fileira. Quando espiei pela beirada da estante, avistei duas garotas da minha aula de história dos Estados Unidos: uma de cabelo loiro e com um físico de jogadora de vôlei e uma de cabelo castanho cacheado com um óculos vintage cheio de strass, cujo nome eu tinha quase certeza de ser Savannah. Estavam sentadas em uma das mesas de estudo, com as cabeças unidas enquanto fofocavam.

– Faz sentido – disse Savannah, enquanto rasgava devagar uma folha de papel em pedacinhos.

– Os Walter têm um milhão de filhos. Aposto que não têm dinheiro pra mandar ninguém pra faculdade.

– Mas eles não acolheram aquela tal de Jackie? – perguntou a amiga. – Ouvi dizer que ela é ricaça.

Há! Como se Cole, e principalmente Katherine e George, fossem me deixar pagar por qualquer coisa. Por mais que precisassem de dinheiro, os Walter nunca aceitariam um centavo meu. Eram orgulhosos demais para isso.

– Acho que sim, mas ela namorava o Alex, e você sabe o quanto ele e o Cole se detestam.

A loira fungou.

– Ela provavelmente não iria querer ajudar ele.

Tapei a boca com a mão para abafar a risada. Se a implicação não fosse tão ridícula, eu teria me sentido ofendida.

– É ruim dizer que eu não me importo? – perguntou Savannah. – O Cole sempre achou que era melhor que todo mundo. Já era hora de a vida fazer ele penar um pouquinho. Além disso, eu amo ter algo bonito pra olhar enquanto espero a troca de óleo do carro.

A diversão que eu estava sentindo desapareceu. Sem dúvida, Cole era cheio de si. Mas não era o tipo de pessoa que desprezava os outros por prazer. Com certeza, ele gostava de provocar, mas era sempre de um jeito brincalhão. Claramente, aquelas meninas não o conheciam tanto quanto eu. Fiquei surpresa ao me sentir, de repente, tão na defensiva por conta dele, e pensei em sair de trás da estante para dizer o que eu achava.

– Jackie, você tá aí! – disse alguém antes que eu fizesse besteira.

Gritei e virei a cabeça para trás de uma vez. Riley estava parada ao meu lado, com um sorriso largo no rosto.

– Não chega nas pessoas de fininho desse jeito – falei, dando um tapa no braço dela. – Você quase me matou de susto.

– Desculpa – respondeu ela, sem parecer nem um pouco arrependida enquanto balançava de um pé para o outro. – Eu te procurei por todo lado! Você nunca vai imaginar o que aconteceu. O Marcus, amigo do Alex, me chamou pra ir ao cinema com ele hoje à noite. A gente é parceiro na aula de física, então andei flertando com ele a semana toda, mas achei que não ia dar em nada.

– O cara da guilda de *GoG*? – Eu só o tinha encontrado uma vez, na festa de fim de ano letivo dos Walter, mas Marcus me deu arrepios.

– Quê? Ah, não. Você tá falando do Malcolm. São pessoas totalmente diferentes. O Marcus e o Alex jogam beisebol juntos.

– Não sei quem é, mas, se você está feliz, então eu também estou.

Talvez, se tivesse um namorado, Riley também ficasse distraída demais para me importunar por conta de Cole.

Riley soltou um suspiro de satisfação.

– Estou *mais* do que feliz. Espero que ele me chame para o baile de boas-vindas se tudo der certo. Será que eu posso fuçar seu guarda-roupa depois da aula? Preciso achar o look perfeito.

– Bom, eu tenho um monte de lição...

– Por favorzinho? – Ela fez um biquinho. – Minha mãe me deu um vale-presente para aquela nova cafeteria de que você gosta. Se me deixar ir, eu te pago um caramelo gelado delicioso.

– Tá, combinado.

– Hum, que estranho – falei, estreitando os olhos quando Riley estacionou o carro ao lado da caminhonete.

– O que é estranho?

Apontei através do para-brisa, onde Lee estava balançando para a frente e para trás no balanço da varanda com uma apostila em mãos.

– *Aquilo*.

– Hã... tá. – Riley me lançou um olhar desconfiado antes de abaixar o quebra-sol para dar uma olhada no espelho. – Vocês não têm permissão pra usar o balanço ou algo assim? Minha mãe também tem umas regras estranhas dessas. Tem um sofá chique na nossa sala de estar que a gente não pode usar porque é importado da Europa.

– Não – falei, sacudindo a cabeça. – Ele tá fingindo estudar.

– O que te faz pensar que ele tá fingindo? – questionou ela, enquanto destampava um tubo de gloss, e então aplicou uma camada generosa nos lábios.

– Porque é uma apostila de química.

– E daí?

– O Lee é do nosso ano. – Soltei o cinto de segurança e agarrei uma das alças da minha mochila, que estava enfiada entre meus pés. – A gente só tem física.

– Ah – disse Riley. – Talvez ele goste muito de ciências?

Aquilo era bastante improvável. Pelo que observei, Lee era preguiçoso na escola. Não tanto quanto Alex, mas preferia passar o tempo andando de skate em vez de estudar e fazer lição de casa. Eu não me lembrava de uma única vez em que o tivesse visto tocar em uma apostila. No entanto, o que notei foi que Lee ficava desviando o olhar do livro, e, de todos os lugares para se sentar na varanda da frente, aquele era o melhor para ficar de olho na garagem. Parecia que ele estava esperando por alguma coisa.

– Vem. – Abri a porta do carro e coloquei a mochila no ombro ao sair. – Vamos falar com ele.

– Posso ajudar vocês com alguma coisa, meninas? – perguntou Lee quando me aproximei dele.

– Pode contar pra gente o que você tá tramando – respondi.

O canto da boca dele se ergueu.

– Não vai rolar, Jackie. Mas, se eu fosse você, usaria a porta dos fundos.

– Tem algum motivo pra isso?

– Confia em mim – disse ele. – Vai se arrepender se não me ouvir.

Bom, aquilo era sinistro. Houve um tempo em que eu teria debochado do aviso de Lee e feito o oposto, sem confiar em uma palavra do que ele estava dizendo, mas decidi que seguiria seu conselho. Depois de assentir em sinal de agradecimento, guiei Riley pela lateral da casa. Normalmente, era possível encontrar pelo menos um Walter no quintal a essa hora do dia – se divertindo no balanço, nadando na piscina, brincando de maneira energética no gramado –, mas não havia ninguém à vista, e, quando abri a porta de vidro de correr e entrei na cozinha, o cômodo estava vazio.

A casa estava completamente silenciosa.

– O que você acha que tá rolando? – quis saber Riley, a voz baixa.

– Definitivamente alguma travessura – sussurrei de volta. – Por que você não sobe e começa a procurar uma roupa enquanto eu investigo?

Depois de lembrar Riley de que eu estava em um quarto novo – à esquerda no fim da escada, segunda porta à direita –, peguei um pacote de salgadinho de queijo da despensa e fui procurar por qualquer tipo de arte que estivessem fazendo. Quando passei pela sala de jantar, que era mais usada para jogar tralhas e fazer lição de casa, avistei Jordan agachado junto ao aparador, a câmera focada na porta da frente. Um balão de água do tamanho de uma bola de futebol estava preso com fita adesiva logo acima da janelinha superior.

Sorri, sabendo que eu estava certa.

– Bela reviravolta no truque clássico do balde de água em cima da porta – falei, me abaixando ao lado dele para não revelar seu esconderijo. – A gente vai pregar uma peça em quem?

– Isaac. – Ele cuspiu o nome do primo como se fosse um palavrão. – Ele fez a Parker chorar ontem. Acho que ela não chorava desde que era bebê. A gente quer vingança.

Pelo amor de Deus, Isaac, pensei. *Tem alguém que você não esteja disposto a irritar?*

– O que ele fez desta...?

Um estalo familiar me interrompeu.

– Lee para Parker. Na escuta, Parker?

– Afirmativo, Lee – respondeu Parker, e foi só então que notei o walkie-talkie preso no passante de cinto da calça de Jordan. Era igual ao que Nathan guardava no sótão.

– QTH? – perguntou Lee.

– Em posição. Câmbio.

– O imbecil de jaqueta de couro chegou – ele informou. – Repito, o imbecil de jaqueta de couro chegou.

– QSL.

Tudo ficou quieto por um instante, e então a porta da frente se abriu. Parker, que devia estar escondida na esquina, pulou e mirou o estilingue no balão estufado. Ele estourou assim que Alex atravessou a soleira, só que não havia água dentro. Uma gosma espessa e bege atingiu a cabeça dele e se espalhou pela entrada da casa. O ataque-surpresa fez Alex congelar no lugar, e Katherine se chocou contra suas costas ao entrar atrás dele.

Jordan e eu não ficamos por ali esperando a reação deles; nós dois optamos por subir a escada correndo, para, com sorte, ficar a salvo da culpa, mas deu para ouvir Katherine gritando sobre a bagunça e o dinheiro desperdiçado. Pelo visto, a substância misteriosa era pudim de tapioca, que seria o lanche do time após o próximo jogo de rúgbi de Parker.

– Que merda foi essa, Lee? – sibilou Jordan no walkie-talkie. – A gente falou que o alvo era o Isaac, não o Alex.

Outro estalo.

– Você não achou mesmo que eu ia pregar uma peça nele, né? Irmão antes de primo, sempre. Câmbio e desligo, otários.

Xingando baixinho, Jordan largou o aparelho na escada e desapareceu no quarto.

Peguei o walkie-talkie e apertei o botão de falar.

– Lee, você ainda tá aí?

– Quem é? – perguntou.

– A Jackie. Valeu pelo aviso.

– Tranquilo – respondeu ele. – Achei que te devia uma pela outra noite.

Quando me juntei a Riley no meu quarto, ela já tinha terminado de olhar minhas roupas. Havia três possíveis looks dispostos na minha cama, mas, assim que terminou de experimentá-los, decidiu que não eram o que ela estava procurando. Algumas das minhas blusinhas mais elegantes tinham ficado guardadas no outro quarto, então, com um suspiro, me resignei a voltar até o ateliê, embora eu corasse só de pensar. Cole só saía do trabalho na hora do jantar, então pelo menos não estaria lá.

Quando entrei no cômodo, desviei o olhar da cama e fui direto para o guarda-roupa, com Riley me seguindo, e então rapidamente me ocupei em procurar o lugar exato onde eu havia deixado as roupas.

– Uuh, o que é isso? – Riley ergueu uma capa protetora de roupa.

Um nó se formou na minha garganta.

– O vestido de formatura da minha irmã – falei para ela.

Minha mãe o tinha desenhado para a própria Lucy, e eu o trouxe de Nova York pela remota hipótese de ser chamada para ir a algum baile.

Riley abriu o zíper com cuidado e soltou um suspiro.

– Ai, meu Deus! Jackie, é deslumbrante. Você tem que usar no baile de boas-vindas. Não vou aceitar um não como resposta.

Naquela noite, Cole e eu fomos pareados para lavar a louça do jantar. Enquanto todos levavam seus pratos para a pia, fiquei parada na beira da cozinha e tentei não me engasgar com a sensação de pavor que subia pela minha garganta. Eu não tinha falado com Cole desde aquele momento pavoroso em que o peguei no flagra, e não achei que encontraria coragem para isso tão cedo.

Cole, pelo contrário, parecia perfeitamente à vontade, brincando com Jordan enquanto jogava no lixo as sobras de comida de um prato. Assim que o cômodo se esvaziou, ele analisou a tarefa em questão – havia pratos para lavar, sobras para guardar e bancadas para limpar – antes de assentir para si mesmo e aumentar o volume do antigo aparelho de som que ficava sob o armário de temperos.

– Não se importa, né? – perguntou ele em seguida.

As músicas de Katherine para o jantar tinham uma má reputação, mas não porque ela tivesse mau gosto. No começo dos anos 2000, ela tinha gravado um CD com os artistas que ouvia sempre, como Ella Fitzgerald, Louis Armstrong e Frank Sinatra, só que, em algum momento da última década, o leitor de CD tinha quebrado. Então, até hoje, o mesmo CD continuava preso lá dentro, se tornando a única trilha sonora da cozinha.

Balancei a cabeça em negativa. Minha mãe amava jazz, então ouvir as músicas de Katherine no jantar me lembrava dela.

– Que bom – disse ele, arregaçando as mangas. – Eu lavo, você seca?

Dava para fazermos assim, então assenti para ele, e começamos a trabalhar. Me esforcei ao máximo para focar a tarefa, mas não demorou para perceber que secar louça requeria pouquíssima concentração. Isso liberou bastante espaço na minha mente para pensar demais. Com Cole ao meu lado, era impossível não reviver o momento humilhante em que interrompi seu tempo sozinho. Mantive a cabeça baixa e os olhos fixos no prato em minhas mãos, a lembrança constrangedora o bastante para fazer minhas bochechas esquentarem. Para piorar, Cole estava agindo completamente normal. Balançava-se para a frente e para trás enquanto cantava com a música, o ombro roçando de leve no meu. O breve contato foi o bastante para fazer meus pensamentos girarem ainda mais em espiral, e me vi agarrando um prato com força.

A cantoria de Cole ficou cada vez mais alta. Em pouco tempo, sua voz se tornou tão teatral que não consegui resistir a dar uma olhadinha. Água com sabão escorria pela espátula que ele estava usando como um microfone improvisado, e levei vários segundos para perceber que Cole estava me fazendo uma serenata com utensílios de cozinha. Observei, estupefata, incapaz de formular uma resposta adequada enquanto ele enfiava a mão na pia e espirrava água em mim. Quando as gotículas atingiram meu rosto, soltei um suspiro assustado, que logo se transformou em um sorriso de boca aberta. Cole pareceu satisfeito com a reação e, no momento seguinte, estava me puxando para longe da pia em uma dança repentina, as mãos molhadas segurando as minhas enquanto nos guiava pela cozinha.

– Você tá de bom humor hoje – comentei, surpresa com a facilidade com que as palavras saíram.

De alguma forma, ele tinha conseguido afugentar meu pânico com a cantoria terrível e alguns movimentos rápidos.

Cole olhava para mim enquanto nos movíamos ao som da música, sua expressão intensa me envolvendo em uma onda de calor. Meu constrangimento se transformou rapidamente em um tipo diferente de inquietação, que me fez tremer por dentro.

Ele me puxou para mais perto e passou os braços em volta da minha cintura.

– Eu tive um dia ótimo – disse em meu ouvido.

Tentei acalmar a respiração quando fui invadida pelo cheiro dele.

– Vai me contar como foi?

– Um cliente novo entrou na oficina hoje querendo reformar o motor – explicou. – Ele é piloto de corrida em pista de terra. Não é famoso nem nada, mas compete em todas as corridas locais. Acho que o mecânico dele se demitiu do nada, então ele me contratou pra fazer isso.

– Imagino que você esteja animado.

– Aham, sinto falta de trabalhar no meu carro. Geralmente, tudo o que faço no Tony é trocar óleo ou pastilhas de freio.

Embora eu não conseguisse ver seu rosto, dava para perceber que Cole estava sorrindo.

– Então o que envolve uma reforma de motor? – eu quis saber.

Apoiei a cabeça no peito dele enquanto Cole se aprofundava nas complexidades de refazer um motor. Embora fosse quase impossível acompanhar seu raciocínio, a intensidade das palavras me dizia tudo o que eu precisava saber. Trabalhar em carros o deixava feliz, e a paixão em sua voz continuava aliviando a tensão em meu corpo. Não foi surpresa quando um medo que andava me atormentando havia semanas – será que conseguiríamos mesmo ser só amigos? – despertou novamente dentro de mim. Minha mente sabia que eu tinha tomado a decisão racional, mas outra parte de mim queria Cole Walter. Embora eu tenha dito para mim mesma que foi melhor assim, não conseguia ignorar como me sentia quando estava perto dele.

Enquanto continuávamos a girar pela cozinha, nos imaginei no ginásio da escola, eu com o vestido da minha irmã, e Cole com uma camisa social branca, os primeiros botões abertos. Ele estava lindo sem se esforçar, como sempre, o cabelo bagunçado e os olhos brilhantes. Só de pensar em nós dois indo juntos ao baile de boas-vindas, eu me enchia de expectativa, embora já tivesse garantido que isso não aconteceria. Fui invadida pela noção de que eu havia estragado tudo, e apaguei a bela imagem que estava pintando de nós dois.

A voz de Alex me tirou de meu devaneio.

– Jackie? – chamou ele, aparecendo na porta da cozinha com uma apostila em mãos. – Me ajuda com o exercício de física? Acho que não estou fazendo direito.

Levou um segundo para eu recobrar os sentidos. Cole e eu nos entreolhamos, e senti uma vontade inegável de me aproximar mais dele, embora Alex estivesse logo ali. Um longo silêncio tomou conta da cozinha.

Por fim, Cole disse, a voz provocante:

– Pode ir, Nova York. Eu termino a louça sozinho. – Ele soltou minha mão e deu um passo para trás. – O Alex precisa do máximo de ajuda possível.

Assenti, embora a última coisa que eu quisesse fosse me afastar de Cole, mesmo que isso significasse me livrar da louça. Respirando fundo, mostrei um sorriso de despedida para ele e segui Alex. Dava para sentir o olhar intenso de Cole às minhas costas, e não consegui resistir a dar uma última olhada por cima do ombro. Nossos olhos se encontraram, meu coração se contorcendo ao ver a expressão de desejo em seu rosto. Me permiti um breve momento para sentir o mesmo desejo antes de reprimi-lo e dar meia-volta.

Na semana seguinte, só se falava do baile de boas-vindas: quem chamou quem, como era o vestido de tal pessoa ou como planejavam arrumar o cabelo, onde as reservas para o jantar seriam feitas e em qual *after* queriam ir depois. Até os Walter estavam fazendo planos para sábado à noite. Alex e Kim obviamente iriam juntos, e Nathan iria com um grupo de amigos. Mesmo Lee, o rei dos rabugentos, de alguma forma tinha conseguido um par. A única pessoa que não estaria presente era Isaac; o castigo havia se estendido depois de ele ter desrespeitado Katherine.

Achei exaustivo aquele foco constante e obsessivo no assunto, ainda mais porque meus amigos continuaram me importunando para ir. Todos tinham um par, e eu não queria ficar de vela. Heather se ofereceu para me apresentar seu primo, mas, por mais atenciosa que sua sugestão fosse, só havia um garoto para quem eu conseguia me imaginar usando o vestido de Lucy. Eu queria ir com Cole, mas não conseguia me convencer a convidá-lo. Fazer isso agora não seria justo – não depois de tê-lo afastado repetidas vezes. Foi uma verdade difícil de engolir, perceber que eu tinha fugido dele desde o momento em que nos conhecemos. É claro, isso não me impedia de me lembrar da sensação de estar em seus braços enquanto ele me girava pela cozinha. Essas memórias indulgentes me levaram a uma ideia deliberadamente burra: a de que eu conseguiria apagar da cabeça a imagem de nós dois juntos se experimentasse o vestido de Lucy.

Depois da escola, fui direto para o ateliê. Foi estranho bater no que costumava ser a porta do meu quarto, mas aprendi do jeito mais difícil a lição sobre entrar em cômodos sem avisar. *Duas vezes.*

– Oi? – disse uma voz grogue.

Congelei no lugar; não estava esperando uma resposta. Cole sempre trabalhava às quintas-feiras, então por que é que ele estava em casa? Pensei que conseguiria entrar furtivamente, pegar a capa protetora de roupa e sair sem que ele sequer percebesse. Com o plano arruinado, considerei por um momento recuar sem dizer nenhuma palavra, mas as molas do colchão rangeram de repente e, dois segundos depois, Cole estava abrindo a porta enquanto enfiava uma camiseta pela cabeça. Estava escuro lá dentro, mas a luz do corredor inundou o quarto, destacando a roupa de cama emaranhada.

– E aí? – disse ele em meio a um bocejo.

O cabelo da parte de trás de sua cabeça estava espetado em direções diferentes, e ele passou os dedos pela confusão de fios, tentando alisá-la.

Meu estômago se revirou ao vê-lo tão desgrenhado. Naquele momento, tive vontade de empurrar Cole de volta para a cama e apertar meu corpo no dele.

– Desculpa – falei, minhas bochechas esquentando. – Não queria te acordar, mas posso pegar uma coisa no seu guarda-roupa?

Ele estendeu a mão em sinal de que eu podia entrar e abriu passagem.

– Fica à vontade.

Sem querer que ele notasse a expressão de desejo em meu rosto, tentei manter o olhar baixo enquanto entrava, mas meus olhos ficavam se voltando para ele. Quando o canto de seu lábio se ergueu, soltei um suspiro irritado.

– Que foi?

– Gostei da estratégia, só isso.

– Estratégia? – ecoei. – Do que você tá falando?

– Não precisa se fazer de desentendida, Jackie. – Ele se aproximou de mim e puxou delicadamente o cacho que emoldurava meu rosto. Lutei contra um arrepio quando ele o colocou atrás de minha orelha. – Você deixou umas roupas suas aqui de propósito pra ter uma desculpa pra me visitar.

Fiz uma careta e dei um tapa na mão dele.

– Não preciso de desculpa, Cole. Eu literalmente te vejo todo dia.

– Ainda assim, é isso que você tá fazendo – provocou. – Eu sou tão irresistível assim?

– Não, você é um pé no saco.

Cansada da conversa, fui marchando até o guarda-roupa e acendi a luz. Por conta de meus pertences e dos de Cole, o móvel de tamanho médio estava lotado. Tive de me arrastar por entre uma pilha de caixas de mudança e passar por cima de um cesto de roupa suja transbordando para alcançar o fundo.

Cole veio atrás de mim.

– O que tem na capa? – perguntou quando a tirei do cabide em que estava pendurada.

– Um dos vestidos da Lucy.

O rosto dele ficou inexpressivo.

– Para o baile de boas-vindas – concluiu.

– Acho que não vou, mas estava pensando – engoli o nó na garganta – que minha mãe que fez. Eu deveria experimentar pelo menos uma vez. – Coloquei a capa de roupa no ombro. – Volto mais tarde pra guardar.

Ele estendeu a mão para me impedir.

– Não. Eu espero lá fora pra você se trocar.

Antes que eu pudesse protestar, Cole foi para o corredor e fechou a porta. Levaria mais tempo para fazê-lo desistir dessa ideia do que para me vestir ali, então abri o zíper da capa, tirei minhas roupas e coloquei o vestido decotado com as costas nuas.

Mesmo com a luz do guarda-roupa, o quarto estava escuro, então acendi o abajur antes de ir até o espelho. Encarei meus pés por alguns segundos – experimentar as roupas de Lucy sempre me fazia sentir como uma criança brincando de se arrumar – antes de encontrar coragem o bastante para encarar meu reflexo.

O ar congelou nos meus pulmões. Todo mundo sempre me disse o quanto Lucy e eu éramos parecidas, mas eu nunca tinha acreditado até então. A garota – não, a jovem mulher – que me olhava de volta era a cara da minha irmã. Tudo o que conseguia fazer era encarar, as lágrimas pinicando meus olhos enquanto, por um momento, eu fingia que não havia espelho, que Lucy estava parada ali, na minha frente.

Uma batida na porta acabou com minha fantasia.

– Jackie? Tudo bem aí?

Meus lábios se separaram, mas nenhum som saiu. Havia tantos sentimentos atravessando meu corpo – surpresa, alegria, melancolia, angústia – que me afastei do espelho antes que eles pudessem me dominar e abri a porta.

Cole estava sorrindo como se planejasse fazer um comentário provocativo, mas, quando me viu, o divertimento se dissipou, e o peito dele se contraiu. Ele ficou quieto por um instante antes de engolir em seco e limpar a garganta.

– Você precisa ir ao baile – falou, a voz baixa e grave. O som fez meu estômago embrulhar.

– Não tenho alguém pra ir comigo.

Com os olhos brilhando, ele invadiu meu espaço pessoal e agarrou meu braço com gentileza.

– Você sabe que isso é *mentira*.

Arrepios percorreram minha pele, emanando de seu toque.

– Isso é...? Quer dizer, você tá me convidando?

– Depende – disse ele cuidadosamente. – Você vai aceitar?

Estávamos tão próximos que dava para sentir o calor de sua respiração em meu rosto.

– Eu... Sim – sussurrei. – Acho que vou.

– Então eu serei seu alguém, Jackie.

nove

Eu nunca tinha participado de um baile de boas-vindas do Ensino Médio.

Frequentar um internato só para garotas dificultava conhecer garotos, e, embora bailes fossem realizados junto com o Colégio St. Clement, a versão masculina da nossa escola, eu era tímida demais para ir sozinha. Minha confiança havia aumentado desde que me mudei para o Colorado, mas ainda assim seria meu primeiro baile acompanhada de um garoto, e eu estava brincando com o colar de minha mãe enquanto Cole estacionava o Buick. Ele saiu, contornou a frente do carro e abriu a porta para mim antes mesmo de eu ter tirado o cinto. Quando sorriu para mim, com o olhar caloroso e os lábios curvados daquele jeito encantadoramente repreensível dele, meu coração disparou. Lá no fundo, eu sabia que não estava nervosa porque meu par era um garoto mais velho: eu estava assim porque meu par era *ele*.

– Aqui – disse ele, me oferecendo a mão. – A calçada é irregular, e esse salto parece perigoso.

– Que cavalheiro – respondi enquanto ele me ajudava a sair do carro. – Quem diria?

Provocar Cole me ajudou a me concentrar em algo que não meus batimentos, que estavam a mil por hora. Ele era uma daquelas pessoas fotogênicas, lindas sem se esforçar, mesmo quando usava jeans surrado e camiseta desbotada. Então, naquela noite, ao arrumar o cabelo e vestir um terno e uma gravata que combinava com a cor de seus olhos... Ele ficou deslumbrante.

Cole levou a mão ao peito, os olhos arregalados por uma falsa afronta.

– Minha deusa, você me magoou! Meu cavalheirismo será atacado por palavras espinhentas? Uma adaga mortal disfarçada de elogio?

Mal consegui me conter para não cair na gargalhada, afinal que tipo de romance de época era *aquele*? Talvez eu não fosse a única que estava nervosa.

– Você tá bem? – perguntei, tentando pressionar as costas da mão na testa dele. – Acho que essa foi a coisa mais cafona e dramática que já ouvi sair da sua boca.

– Caramba, Jackie – disse ele, inclinando-se para longe de mim. – Quando foi que você ficou tão malvada?

– Pouco depois de me mudar para o Colorado – brinquei. – Tem tanta gente desagradável por aqui que eu aprendi a ser durona rapidinho. Mas tenho certeza de que você gosta de mim desse jeito.

Os cantos de seus lábios se curvaram com a insinuação.

Mesmo no fim do estacionamento, dava para sentir o *tum-tum-tum* do baixo vindo do ginásio da escola. Estava em sintonia com o ritmo do meu coração enquanto Cole me observava, os olhos percorrendo meu rosto de um lado para o outro. Por um breve instante, achei que ele fosse se inclinar para a frente e me beijar, mas a batida da porta de um carro a algumas vagas da nossa interrompeu o momento.

– Ei, Walter! – chamou um cara da sala de Isaac do qual eu me lembrava vagamente. Ethan sei lá de quê? – Que bom te ver, cara. Tá fazendo o que aqui?

Cole sustentou meu olhar e abriu um sorrisinho.

– A Jackie me chamou pra vir ao baile com ela – explicou, e então ergueu o olhar para se dirigir ao Possivelmente Ethan enquanto me aninhava ao seu lado. Minhas bochechas coraram no mesmo instante. – Foi *tão* querido da parte dela, e eu não podia perder a chance de...

Um pequeno *ai* escapou da boca de Cole quando meu cotovelo acertou suas costelas.

– Salto perigoso, lembra? – sussurrei. – Se você não calar a boca, vou enfiar ele no seu pé.

– Malvada *e* violenta? Eu tive uma baita sorte, hein? – Cole arqueou as sobrancelhas, mas felizmente me deu ouvidos. – Ei, Evan. Nós vamos entrar, mas a gente se fala mais tarde?

O baile tinha começado havia mais de uma hora, mas Cole não podia sair do trabalho tão cedo sem aviso prévio, então, quando entramos, o saguão já estava praticamente vazio. Com exceção de um casal que estava discutindo baixinho no canto e de um monitor entediado analisando a estante de troféus, a única outra pessoa presente era Erin. Ela estava sentada à mesa para conferir os ingressos, o olhar fixo no celular enquanto rolava a tela. O som dos meus saltos deve ter chamado a sua atenção, porque ela olhou para cima, com um sorriso amigável se espalhando por seu rosto enquanto se preparava para receber os recém-chegados.

Até que nossos olhares se encontraram. Ela olhou de mim para Cole, o sorriso vacilando. Nosso relacionamento havia melhorado desde que ela tinha sido eleita presidente, mas a ausência de Cole era uma parte crucial dessa trégua.

Isso seria *constrangedor*.

– Oi, Erin – cumprimentei da maneira mais cordial possível quando chegamos à mesa.

Três segundos intermináveis se passaram antes que ela soltasse um suspiro profundo.

– Oi, Jackie. Oi, Cole. – Sua boca se curvou, assemelhando-se à expressão amigável de antes. – Estão com os ingressos?

Cole enfiou a mão no paletó e os entregou sem dizer uma palavra sequer, o rosto inescrutável. Quase dei outra cotovelada nele para que parasse de ser tão rude, mas não queria tornar as coisas mais desconfortáveis do que já estavam. Queria saber o que se passava na cabeça dele. Geralmente, era impetuoso em situações desconfortáveis. Era estranho vê-lo em silêncio.

– Precisa de ajuda? – perguntei, deixando de lado meus pensamentos sobre Cole, em uma tentativa de ser educada. – Não me importo de ficar aqui para poder te dar uma folga.

Ignorei o leve resmungo vindo da direção de Cole.

– Muita gentileza a sua se oferecer – responder Erin –, mas o Mateo vai chegar já, já pra ficar no meu lugar. Está tudo certo por aqui. Aproveite o baile.

– Está bem, a gente se vê.

Me virei para ir embora, Cole me puxando em direção ao ginásio como se tivéssemos de nos afastar o mais rápido possível, mas então Erin me chamou.

– Ah! Jackie, espera! Esqueci totalmente de te falar: a vocalista da banda está te procurando. O nome dela é... Paula, eu acho?

Franzi a testa, sem saber por que alguém de quem eu nunca tinha ouvido falar queria conversar comigo.

– Ela disse o motivo?

Erin balançou a cabeça.

– Não, mas estão fazendo uma pausa agora, então pode perguntar pra ela. Tenho quase certeza de que estão no pátio.

– Como ela é? – perguntei.

– Relaxa – disse Erin, um sorriso sincero voltando ao seu rosto. – Você vai saber quando encontrá-la.

Depois de me deixar na entrada do pátio, Cole prometeu voltar em cinco minutos e foi colocar o papo em dia com Evan. A banda formava um círculo e estava compartilhando um baseado quando cheguei. Dos quatro membros, só um parecia ser uma garota, e na mesma hora entendi o que Erin quis dizer: o cabelo dela era curto e roxo, na altura do queixo, e estava preso com um conjunto de presilhas de borboleta; ela estava com um colete sobretudo verde-limão cheio de alfinetes; e, nos pés, usava Crocs brilhantes.

– Oi, você é a Paula? – perguntei ao me aproximar.

A garota torceu o nariz com a minha pergunta.

– Infelizmente, é Paulette – respondeu. – Meu sobrenome é Cooper, então a maioria das pessoas me chama de Coop, mas pode me chamar como preferir. Você deve ser a Jackie.

– Como você sabia?

Paulette sorriu e deu de ombros.

– O Nathan sempre te descreveu como a pessoa mais legal do mundo, e você tem uma aura boa.

Ela conhece Nathan? Ah, essa deve ser a banda de que ele tinha falado, a Miami Bay! Eu não sabia que os amigos dele tinham vencido a batalha de bandas da festa de rua.

– Então... – falei, sem saber direito como responder ao comentário dela. Depressa, decidi ignorar. – A Erin disse que você tava me procurando.

– Aham, mas deixa eu te apresentar a todo mundo primeiro. Esses são Kevin, Otis e Moby – ela disse, apontando para cada um de seus colegas.

O primeiro cara, Kevin, estava de coque e tinha os dois braços fechados de tatuagens. Ele assentiu, mas não disse nada.

– Beleza? – disse Otis, o cara mais perto de mim. Ele tinha cara de que trabalhava em uma loja de roupa alternativa.

– Prazer – falei, apertando sua mão estendida.

Moby, que era o menos punk rock de todos, mais com cara de adolescente comum, soprou uma nuvem de fumaça enquanto me olhava de cima a baixo.

– Você é a irmã adotiva do Nathan?

Meus olhos se arregalaram.

– Não, os Walter não me adotaram. Só estão com a minha guarda.

Otis assentiu.

– Faz sentido. O número treze dá azar.

– Hã... tá. – Me virei para Paulette. – Sobre o que você queria falar comigo mesmo?

– Ah, verdade! – As sobrancelhas dela se juntaram. – Queria saber se viu o Nathan. Ele deveria estar aqui, e eu sei que vocês são próximos, então pensei que, se alguém fosse saber onde ele estava, seria você.

– Foi mal – falei, balançando a cabeça. – Não o vi. Ele deveria ter vindo?

Paulette murchou.

– Não necessariamente, mas eu estava torcendo pra que viesse.

– Não liga pra isso, Coop – disse Moby, passando o braço por cima do ombro dela e a apertando de maneira carinhosa. – Ele provavelmente precisa de mais tempo pra resolver as coisas. Aposto que não tem nada a ver com você.

– Tá tudo bem? – perguntei.

O comportamento de Nathan vinha me preocupando havia semanas, e agora parecia que os amigos dele também estavam preocupados. Talvez tivessem uma ideia melhor do que estava acontecendo com ele.

Infelizmente, a resposta que recebi não resolveu nenhum mistério. Paulette explicou que o guitarrista principal da banda havia saído fazia duas semanas e que, desde então, ela vinha tentando agressivamente – palavras de Otis, não dela – convencer Nathan a entrar no lugar dele.

Ela achava que ele era um cantor e compositor sensacional, e a banda precisava desesperadamente de alguém assim. Nathan, por outro lado, andava indeciso e não lhe dava uma resposta. Quando falei que talvez ele não estivesse a fim porque preferia uma carreira solo, não esperava que todos fossem cair na gargalhada.

– O Nathan te disse isso? – perguntou Paulette quando se acalmou o bastante para falar.

Assenti, confusa, e isso a fez rir novamente.

Moby passou o baseado para Otis, que tragou antes de esclarecer:

– O cara tá mentindo pra você.

Kevin balançou a cabeça em concordância.

Inflei as bochechas de frustração e, então, soltei o ar que segurava.

– Não dá pra entender.

– O Nathan tem um baita medo de palco – explicou Paulette, com um sorriso torto, revelando o grande espaço entre seus dentes da frente. – Tocar pra uma plateia deixa ele desesperado.

– A gente faz shows o tempo todo – acrescentou Otis. – Por isso ele não sabe se quer entrar ou não.

O sorriso de Paulette sumiu quando ela mordeu o lábio.

– Achei que o Nathan pudesse se sentir mais confortável tocando pra um público menor, com gente que ele conhece, então o convenci a fazer um teste com a gente hoje à noite. Pelo menos, achei que tivesse convencido – disse ela. – Talvez eu tenha sido insistente demais e assustado ele.

Não, tem alguma coisa errada. Nathan não marcaria um compromisso se não fosse comparecer. Não era do feitio dele.

– Ele não respondeu a nenhuma das suas mensagens?

Ela pegou o celular para conferir.

– Não.

Estranho. Me lembrei do início da noite, enquanto observava os

Walter saírem de casa, um por um. Mesmo de castigo, Isaac havia escapado pela porta dos fundos e pegado a caminhonete sem que Katherine percebesse. Lee saiu pouco depois, em uma SUV tocando música eletrônica no último volume. Alex foi o último a sair; Skylar passou para pegá-lo, e foi estranho vê-lo sair com todos os meus amigos.

Ao repassar a tarde na cabeça, percebi que não tinha visto Nathan sair para o baile.

A porta do pátio se abriu bruscamente.

– Jackie?

Olhando por cima do ombro, avistei Cole me esperando.

– Estou indo – gritei para ele, e então me voltei para Paulette. – É estranho o Nathan não estar respondendo e não ter vindo, mas vou fazer o seguinte: se eu tiver notícias dele, você vai ser a primeira a saber.

Nos despedimos e eu me juntei a Cole, com Nathan no topo da minha lista mental de prioridades. Esse era um problema que eu precisava resolver o mais rápido possível.

– Se divertindo? – perguntou Cole, me entregando um copo de limonada da mesa de refrescos.

Voltei o olhar para ele quando uma das luzes estroboscópicas do palco iluminou seu rosto. Estava quente na pista de dança, e, em dado momento, Cole tinha tirado a gravata e desabotoado o colarinho. O breve lampejo de luz revelou um brilho de suor em sua testa, e percebi que seu cabelo havia começado a enrolar em volta das orelhas.

– Aham – gritei por sobre a música –, mas seria bom fazer uma pausa. Esses saltos estão me matando.

O olhar dele caiu para meus pés enquanto eu terminava minha bebida.

– Me surpreende você não ter tirado ainda, sério mesmo. Todo mundo já tirou.

Ele estava certo; a maioria das garotas na pista de dança estava descalça ou tinha trocado o salto por um calçado baixo. Eu achava estranho ficar descalça no ginásio e não tinha pensado em trazer uma troca de sapato. Além disso, boa parte de mim detestava a ideia de estragar o look ao tirar o salto. Eventos formais eram raros por ali, ao contrário de Nova York, onde minha família e eu costumávamos ir a bailes beneficentes ou premiações. Na fazenda, eu usava jeans e tênis na maior parte do tempo. Não havia nada de errado com isso – eu havia me adaptado e até aprendido a amar o estilo casual dos Walter –, mas sentia falta de me arrumar.

Por fim, a dor venceu meu sentimentalismo.

– Se eu não tirar isso nos próximos dois minutos, talvez você tenha que amputar meu mindinho – falei para ele.

Cole riu e colocou a mão na minha lombar.

– Não podemos deixar isso acontecer. Vamos. Acho que vi o idiota do meu irmão e uns amigos seus.

Encontramos Alex, Kim, Skylar, Chase, Riley e Marcus sentados nas arquibancadas do outro lado do ginásio.

– Graças a Deus – sussurrei depois de me afundar no banco e arrancar o sapato. – Cadê a Heather?

Os lábios de Riley se contraíram, divertidos, enquanto ela me observava massagear os dedos do pé para que voltassem à vida.

– Dançando, ainda. Por que você demorou tanto pra tirar o sapato?

– Foi o que eu disse. – Cole se sentou atrás de mim e, passando o braço pela minha cintura, me puxou para o espaço aberto entre suas pernas. – Pelo visto, ela é masoquista.

– Achei que a gente tinha combinado que essa era a sua praia, e não a minha? – falei, inclinando a cabeça para trás e dando uma boa olhada nele.

Atrás dele, notei o logo enorme pintado na parede acima das arquibancadas. Era uma versão falsificada do tigre dos Sucrilhos, cercado pelo nome da nossa escola.

– Ei, por que o nome da escola é Valley View? – perguntei enquanto observava o design. – A maioria das escolas de Ensino Médio não tem o nome da cidade?

Skylar seguiu meu olhar e então franziu o cenho.

– Acho que a questão principal é: por que nosso mascote é um tigre?

– Porque é mais imponente do que as cabras-da-montanha de Copper Valley? – sugeriu Alex, que estava deitado em uma fileira da arquibancada, a cabeça no colo da namorada.

– Com certeza é – disse Kim, passando distraidamente os dedos pelo cabelo dele –, mas tigres não são nativos do Colorado. Por que não escolher algo como um urso-negro ou uma onça-parda?

– Amor, a gente jogou contra o Alpine Heights hoje. O mascote deles é uma onça-parda – disse ele, brincando com um dos cachos soltos dela. – Se todo mundo escolhesse uma espécie nativa, teria, tipo, cinco animais legais pra escolher.

– Sempre gostei do tatu-galinha – disse Chase para ninguém em particular.

– Mas mascotes não precisam ser animais, né? – continuou Kim. – Por que não pode ser algo histórico, tipo um minerador de ouro? Poderia ter até uma picareta no nosso logo.

Alex abriu e fechou a boca.

– Você nunca ouviu falar do Forty-Niners?

– Ah, já sei! – comentou Riley, seu rosto se iluminando. – Que tal Valley View Golden Nuggets?

Isso fez Alex e Marcus grunhirem em uníssono.

Com uma risada, Skylar passou o braço por cima do ombro de Riley.

– Você não é muito fã de basquete, né?

Cole se inclinou, roçando minha orelha com a boca.

– Quer saber a resposta pra sua pergunta? – sussurrou ele enquanto todo mundo continuava a debater. – Posso te contar, mas primeiro você precisa vir comigo.

Assenti, ansiosa, mas hesitei ao considerar como seria doloroso calçar o salto outra vez. Não tinha como enfiar meus pobres dedos de volta lá dentro, então os deixei no chão e aceitei a mão estendida de Cole. Ninguém percebeu quando nos afastamos do grupo e saímos do ginásio.

– Para onde você tá me levando? – quis saber enquanto nos esgueirávamos por um corredor ladeado de armários.

Eu não tinha certeza de se era porque as luzes estavam apagadas ou porque não havia alunos no corredor, mas parecia errado estar ali.

– Para um passeio. – Seu tom era provocador, e eu sabia que ele gostava demais de esconder informações e, portanto, não me daria uma resposta direta.

A antiga Jackie teria se recusado a seguir sem saber, mas Cole tinha o hábito de me levar em miniaventuras, então confiei nele desta vez.

Isso foi até ele me levar para o vestiário masculino.

– Cole! – Ofeguei, puxando de volta a mão que ele estava segurando. – Eu não deveria estar aqui!

– Relaxa – disse ele, acendendo a luz. – O time de futebol americano foi pra casa há horas. Só estamos fazendo uma parada pra pegar umas coisas, e aí a gente segue nosso caminho.

O piso estava escorregadio em alguns pontos, provavelmente por causa do banho dos jogadores após a partida, então mantive os olhos no chão enquanto seguia Cole, sem querer pisar em uma poça. Deixar meu sapato para trás foi um erro dos grandes. Passamos por fileiras de armários antes de chegarmos a uma salinha de janela ampla. Pelas frestas das persianas de alumínio, consegui distinguir uma escrivaninha e alguns armários de arquivo. Cole estendeu a mão para pegar a maçaneta.

– Você acha mesmo que...? – interrompi quando a maçaneta girou sem esforço.

Com um sorriso, Cole deu um leve empurrão na porta e a abriu.

– O treinador sempre deixa a sala destrancada pros jogadores poderem pegar a chave e ir pra sala de musculação quando quiserem. Não é um grande segredo.

– Ele não poderia ser demitido por isso? – perguntei, observando-o vasculhar a primeira gaveta da mesa.

Pior: e se alguém se machucasse? Quanto mais eu pensava nisso, mais minha testa se franzia.

Cole deu de ombros, claramente despreocupado.

– Ele confia na gente pra... Ahá! Achei. – Ele ergueu uma argola de prata cheia de chaves diferentes, mas, antes que eu pudesse protestar contra o roubo, Cole saiu da sala, e não tive escolha a não ser segui-lo.

– Tem certeza de que é uma boa ideia? – Pelas minhas contas, estávamos quebrando pelo menos três regras diferentes da escola, e a confiança que eu depositava em Cole diminuía cada vez mais.

Ele revirou os olhos.

– Só precisou de uns meses de volta em Nova York, hein?

– Só precisei de uns meses em Nova York *pra quê*?

– Para se esquecer do meu conselho sobre viver um pouco. – Ele balançou a cabeça como se estivesse decepcionado comigo.

Ah, aquilo. Bufei em resposta, mas deixei o assunto para lá ao sairmos do vestiário.

Quando subimos para o segundo andar, fiquei intrigada para saber aonde Cole estava me levando. Não havia nada de interessante lá em cima, só as salas de artes liberais e de línguas estrangeiras, mas eu duvidava que estávamos indo para qualquer uma delas. Quase perguntei de novo o nosso destino, mas então Cole parou em frente a uma porta que eu nunca tinha notado. Ele a destrancou e gesticulou para eu ir primeiro. A temperatura caiu assim que passei pela soleira, mas não percebi o porquê até subir o último lance de escadas.

Um suspiro escapou da minha boca quando saí no terraço da escola. Estava frio o bastante para ver minha respiração, e, mais uma vez, amaldiçoei minha decisão de ficar descalça.

– Toma – disse Cole, tirando o paletó e o colocando sobre meus ombros.

Ele continuou o gesto, tirando os sapatos.

– Parece meio grande pra mim – falei, dançando para a frente e para trás nas pontas dos pés, na tentativa de diminuir o contato da minha pele com o concreto gelado.

– Bom, ou é isso, ou eu te carrego. – Um sorriso malicioso acompanhou a ideia de Cole, mas *não*.

De jeito nenhum ele me carregaria, então calcei seus sapatos antes que ele pudesse seguir com essa opção.

Cole me guiou pelo terraço, e caminhei ao lado dele, tentando não tropeçar, com os sapatos fazendo barulho ao bater no chão. Me senti ridícula, mas meu constrangimento foi esquecido quando a vista se estendeu à minha frente. De onde estávamos, dava para ver a cidade inteira, as luzes brilhando na noite como brasas de uma fogueira.

– Tá vendo aquele pico ali? – perguntou Cole, apontando para uma das montanhas que cercava Copper Valley. – Tem uma estação de ski abandonada mais ou menos na metade. Atraiu multidões de turistas nos anos 1970 e 1980, então a população aqui era muito maior naquela época. Chegou uma hora que abriram mais uma escola secundária pra acomodar o tamanho da comunidade.

– Ah – falei, assentindo. – Já até vi onde isso vai dar.

– A escola original era o Colégio Copper Valley. Já a segunda foi construída no ponto mais alto do vale e consequentemente dava para a melhor vista da cidade. Por isso o nome Valley View; significa "vista do vale" – respondeu Cole enquanto enfiava a mão por baixo de seu casaco, acariciando minhas costas nuas com um leve toque.

– E depois, o que aconteceu? – eu quis saber, tentando ignorar seus dedos, mas cada toque suave parecia queimar minha pele, e estremeci.

Cole deve ter pensado que eu estava com frio, porque abraçou minha cintura antes de continuar a explicação.

– O alojamento pegou fogo, e os donos nunca o reconstruíram. Mas isso foi antes de eu nascer, então não sei os detalhes. Resumindo, menos turistas significava menos empregos, e com o passar do tempo a cidade não precisava mais ter duas escolas secundárias.

– A história é meio triste, mas o nome faz sentido – falei. – A vista é realmente boa.

– Pena que está nublado. Numa noite clara, dá pra ver a Via Láctea daqui – comentou ele, e inclinei a cabeça para trás a fim de olhar o céu.

Nem mesmo a lua estava visível por trás das nuvens, mas dava para ver que aquele lugar seria perfeito para observar as estrelas.

– Então acho que vamos ter que voltar quando o clima estiver mais favorável.

Da próxima vez, com um cobertor, lanches e sapatos adequados.

– Esse é o seu jeito de me chamar pra sair de novo?

– De novo?

– É, *de novo* – disse ele, passando os nós dos dedos pelo meu quadril. – Você não se lembra de aparecer no meu quarto, experimentar esse vestido pecaminoso e me implorar pra vir com você?

– Quê? – balbuciei e me virei para encará-lo. – Não foi *isso* que aconteceu.

– O que aconteceu, então?

A respiração dele acariciou meu rosto, e de repente percebi o quanto estávamos próximos. Se eu ficasse na ponta dos pés, nossos lábios se tocariam. O olhar de Cole caiu sobre minha boca como se ele ouvisse meus pensamentos, e seus olhos ficaram sombrios. A mão que estava apoiando na minha lombar deslizou pela coluna até se enroscar na base do meu pescoço.

Outro arrepio percorreu meu corpo.

– Eu... A gente... – *A gente se convidou ao mesmo tempo* era o que eu queria dizer, mas meu cérebro parou de funcionar, e as palavras não saíram.

Um sorriso voraz surgiu no rosto de Cole.

– A gente o quê, Jackie?

Em vez de responder, segui a curva ascendente de seus lábios. Não percebi que estava encarando sua boca até ele agarrar meu queixo e inclinar minha cabeça de leve para trás. Cole abaixou o rosto e, desta vez, tive certeza de que me beijaria. Fechei os olhos, o coração agitado em antecipação, mas, antes de seus lábios encontrarem os meus, uma sirene estridente nos assustou.

– Que merda é essa? – perguntei, cobrindo os ouvidos enquanto olhava ao redor em busca da fonte do barulho.

Cole espiou por cima da grade e franziu a testa.

– Acho que é o alarme de incêndio.

De fato, quando olhei para baixo, todos os participantes do baile estavam saindo do prédio em direção ao estacionamento. Ninguém parecia em pânico, mas isso não significava que estivéssemos fora de perigo.

Umedeci os lábios.

– A gente deveria ir – falei, envolvendo o braço de Cole com a mão.

Mesmo que não houvesse fogo, meus amigos provavelmente estariam se perguntando sobre nosso paradeiro.

– É – concordou ele, desviando o olhar da cena lá embaixo. – Vamos descobrir o que aconteceu.

dez

LÁBIOS ROÇARAM MEU OMBRO nu.

– Cole – falei em tom de advertência.

Renegar minha sessão de estudos com Riley foi um grande erro. Originalmente, tínhamos feito planos de passar o domingo nos preparando para a prova de física na Missão Cafeína, mas acordei com o som da chuva batendo na vidraça e mudei de ideia na mesma hora. Nem ferrando eu iria para a cidade com aquele tempo. O problema era que todos os Walter também estavam presos dentro de casa, e isso significava que o ambiente estava barulhento. Bom, mais barulhento que de costume. Não ajudava que Parker não tivesse noção do significado da palavra *silêncio*. Eu estava prestes a jogar o PlayStation dela na parede quando Cole bateu à nossa porta e me convidou para passar a tarde com ele, enrolada nas cobertas. Não sei por que achei que conseguiria trabalhar em qualquer coisa enquanto estivesse enclausurada no quarto dele.

Dedos calejados fizeram a alça da minha regata deslizar pelo ombro. Quando ele pressionou os lábios contra a pele recém-revelada, fechei os olhos e me forcei a não reagir.

– *Cole* – chamei a sua atenção outra vez.

– Uhum? – Outro roçar de seus lábios.

Com o maxilar cerrado, fechei minha apostila com força.

– Vou procurar outro lugar pra estudar.

– Não mesmo, eu não vou deixar. – Cole me prendeu em seus braços e enterrou o rosto na lateral de meu pescoço. – Agora, você é minha prisioneira.

– Você prometeu que não iria me distrair – resmunguei de frustração.

Ele respirou fundo.

– Mas seu cheiro é tão gostoso.

– A física não se importa com o meu cheiro – retruquei. – Essa prova vale vinte por cento da minha nota. Se não parar com isso agora mesmo, esta prisioneira vai se revoltar.

Para provar que falava sério, puxei um dos pelos da perna dele, que não paravam de me pinicar.

– Ai! – Ele puxou a perna para longe, derrubando um travesseiro da cama sem querer. – Jackie, isso dói.

– Tem muito mais de onde isso veio – falei para ele enquanto colocava a alça da minha regata de volta no lugar. – Eu sou malvada, lembra?

– Aff, tá. – Cole me soltou e desabou contra a cabeceira da cama.

Meia hora se passou antes que ele recomeçasse. Naquele momento, eu estava tão imersa na resolução dos exercícios que mal notei quando os nós de seus dedos roçaram minha coxa. Só quando ele começou a mexer na barra do meu shorts de academia foi que percebi o que estava fazendo.

– Cole! – exclamei quando seus dedos deslizaram por baixo do tecido e subiram devagar.

Ele soltou um suspiro alto e profundo.

– Por acaso tá sem nada aí embaixo, Nova York?

Antes que eu pudesse responder, a porta do ateliê se abriu.

Katherine e George não tinham muitas regras em relação ao tempo que eu passava com os filhos deles, mas, se estivesse sozinha em um quarto com qualquer um deles, as portas deveriam permanecer abertas. Nos afastamos, assustados, mas felizmente era só Alex.

– Que merda é essa? – exclamou Cole, lançando um olhar fulminante na direção do irmão. – Você não pode ir entrando sem bater. Cai fora!

Alex nos olhou de relance, com uma expressão envergonhada, antes de fixar a atenção na janela.

– Foi mal, mas nem a pau eu perco isso. – Ele atravessou o quarto em alguns passos largos. – Você tem a melhor vista. Quer dizer, segunda melhor, mas todo mundo já tá amontoado no quarto do Jack e do Jordan.

– Vista pra quê? – perguntei, deixando de lado minhas anotações.

– Vem cá e dá uma olhada. Acho que estão prestes a sair de casa. – A voz dele soava estranha, quase como se estivesse horrorizado e fascinado ao mesmo tempo.

Cole e eu trocamos olhares confusos. Sem querer perder o que quer que estivesse prestes a acontecer lá embaixo, nós dois saltamos da cama e nos juntamos a Alex na janela.

A viatura estacionada ao lado do Buick me fez ofegar. Eu estava com um mau pressentimento a respeito do motivo de a polícia ter vindo até ali, ou, mais especificamente, atrás de quem tinham vindo. Conhecendo Isaac, se ele estivesse presente, também apostaria em si mesmo como culpado. Meu palpite se confirmou menos de um minuto depois, quando dois policiais o escoltaram, algemado, para fora da varanda em direção ao carro que o aguardava.

– Puta merda – disse Cole, esticando o pescoço por cima do meu ombro para ver melhor. – O que vocês acham que ele fez desta vez?

– O Lee estava na cozinha quando a campainha tocou e ouviu parte da conversa antes da mamãe mandar todo mundo embora – respondeu Alex, os olhos fixos no primo enquanto um policial abria a porta de trás e outro colocava a mão na cabeça de Isaac e o guiava para dentro.

– Ao que tudo indica, estavam fazendo perguntas sobre o incidente do alarme de incêndio no baile.

– Ele acionou *de propósito*? – perguntou Cole, de queixo caído.

Na noite anterior, depois de sairmos do terraço às pressas, voltamos para o que havia restado do baile no estacionamento da escola. A maioria das pessoas tinha saído mais cedo para ir para algum *after*, mas ainda havia uma quantidade considerável de gente esperando para ver o que havia acontecido. Encontramos Alex e meus amigos assim que o caminhão de bombeiros chegou, mas eles estavam tão alheios à situação quanto nós. Cole e eu não ficamos muito tempo depois disso.

Mordi o lábio.

– Se foi ele, então isso não vai ser nada bom.

Os dois policiais ficaram do lado de fora do carro por um tempinho, discutindo alguma coisa, mas a conversa não durou muito, por conta da chuva. Os dois entraram e bateram as portas.

Alex, que até então parecia estar se entretendo com a situação, finalmente percebeu que Isaac devia estar em apuros. Seus olhos se arregalaram enquanto observávamos o carro da polícia fazer a volta, os faróis varrendo a penumbra do jardim da frente antes de seguir para a entrada de carros. Se eu apertasse os olhos, conseguiria discernir a cabeça de Isaac, cheia de cachos pretos bagunçados, sentado no banco de trás.

– Nem um pouco bom – disse Alex, o olhar deslizando até mim.

Cole correu a mão pelo cabelo e soltou um suspiro.

– Tão pouco que quase chega a ser crime.

– Não sei bem como são as leis daqui, mas, em Nova York, isso pode dar até um ano de cadeia – falei quando o carro da polícia desapareceu de vista. – Mas o Isaac é menor de idade. Imagino que nunca tenha sido acusado de nada antes, então a maior pena que ele deve receber é fazer serviço comunitário e pagar uma multa. Talvez liberdade condicional.

Minha resposta fez as sobrancelhas de Alex se erguerem.

– Você surpreendentemente sabe muito desse assunto. Tem alguma coisa que não contou pra gente, Jackie?

– Queridinha dos professores de dia, gênia do crime à noite – provocou Cole.

– O melhor amigo do meu pai é juiz – falei, provavelmente soando defensiva, porque os dois perceberam e trocaram sorrisinhos.

Era bizarro vê-los se divertindo pelo mesmo motivo, ainda mais porque viviam de cara feia um para o outro.

– Você tem até um juiz na equipe? – Cole assobiou. – Sua operação é impressionante, Nova York.

– Algum dos seus subordinados consegue livrar o Isaac dessa? De preferência com um suborno, mas não sou contra um pouco de intimidação física, se funcionar – acrescentou Alex.

Lancei um olhar furioso para os dois, embora eu não estivesse brava de verdade.

– Se não tomarem cuidado, mando um dos meus subordinados acabar com vocês dois quando estiverem dormindo.

Apesar da gravidade da situação, tanto Alex como Cole deram risada. Mesmo às minhas custas, o som me fez sentir mais leve. Os dois eram muito importantes para mim, mas, depois de tudo o que aconteceu entre nós três, além da tensão crescente entre eles, nunca pensei que fosse possível algo tão simples quanto aproveitarmos a companhia um do outro.

Eu sabia que não duraria. Cole e Alex voltariam a se evitar assim que o momento passasse, mas, por enquanto, meu coração estava quentinho e pleno, e me permiti desfrutar o momento.

Como eu não tinha recebido minha dose de caramelo ontem, convenci Alex a parar na Missão Cafeína antes da escola na segunda de manhã, com a promessa de dar uma olhada na redação dele sobre *Um conto de duas cidades*. Também fui pressionada a pedir café para ele, Nathan e Lee, mas foi um preço pequeno a se pagar. O sono não tinha vindo fácil na noite passada; fiquei me revirando na cama até umas duas da manhã, preocupada com o que aconteceria com Isaac. Aos poucos, todos os membros da família Walter estavam conquistando meu coração, até os mais irritantes.

A fila para fazer o pedido estava quase chegando à porta, então peguei minhas anotações de física para passar o tempo enquanto esperava. Uma única revisão antes da prova não faria mal, ainda mais depois das tentativas de Cole de me distrair no dia anterior. Conforme estudava os exercícios sobre a terceira lei de Newton, não pude deixar de ouvir a conversa à minha frente.

– ... no carro do Luke Snyder!

– Isso não é surpresa nenhuma. *Quem* não foi parar no banco de trás dele? A essa altura, é quase um rito de passagem. Não, a bomba de verdade é que o sr. Piper flagrou o Alex Walter e a Kim Henderson se pegando na salinha do zelador.

Levantei a cabeça de repente. As mesmas duas garotas que eu tinha visto fofocando sobre Cole na biblioteca – Savannah e a amiga loira do vôlei – estavam paradas bem na minha frente na fila.

– Nossa, quanta classe – disse a garota sem nome, com uma risadinha.

Sem querer ser pega bisbilhotando a conversa alheia, enfiei o rosto nas anotações, mas continuei ouvindo.

– É, aquela família toda é uma bagunça – respondeu Savannah, e não consegui evitar que meus ombros se tensionassem. – Você ouviu o boato sobre o Isaac? – continuou a dizer. – Estão comentando que ele tá por trás do incidente com o alarme de incêndio e foi preso ontem!

Mordi a língua para me impedir de brigar com a garota. *Como* ela sabia? Nenhum dos Walter espalharia fofoca sobre um deles, e Katherine e George não nos contaram se Isaac estava sendo acusado de alguma coisa.

A loira deu uma risadinha.

– Será que eu sou péssima por achar isso sexy? Ele só precisava de uma temporada no reformatório e uns problemas com o pai pra se tornar o Walter mais gato.

– Mais gato que o Cole Walter? – zombou Savannah. – Na moral, Megan. Você tá doida. Viu ele no sábado à noite? Aquele garoto é a definição de gostoso.

Ahá! Então esse era o nome dela. A fila andou enquanto eu adicionava Megan ao meu catálogo mental de alunos do Valley View.

– É, você tem razão. – Ela soltou um suspiro melancólico. – A namorada dele é tão sortuda.

– Acho que eles não estão namorando – disse Savannah, em um tom conspiratório. – Ouvi dizer que ele tá saindo com a gerente da Central do Combustível. Pelo visto, ele fica lá o tempo todo.

Antes que minha mente absorvesse as palavras dela, deixando um rastro de destruição dentro de mim, Megan respondeu e me salvou de entrar em uma espiral de pensamentos.

– É, porque ele *trabalha* lá. Estou te falando; ele namora a Jackie. A Teagan falou com a Heather, e aqueles dois viraram amigos quando ela se mudou para o Colorado.

– Mesmo que você esteja certa, não acha que é estranho? Quer dizer, eles moram juntos.

O comentário dela fez minhas bochechas queimarem. Sem querer ouvir mais nada, espiei por cima do meu caderno para ver quanto faltava para eu chegar ao início da fila. Felizmente, só havia uma pessoa na frente das gêmeas fofoqueiras: uma senhorinha com a bolsa tão volumosa que fiquei impressionada por ela não ter tropeçado naquilo.

– Quem liga? – disse Megan. – Eles não são parentes.

– Tá, mas os Walter a acolheram porque ela não tinha pra onde ir. Não é meio confuso namorar alguém que é parte da sua meio que nova família?

– Próximo! – gritou a pessoa atrás do caixa.

Quando as garotas se moveram para a frente a fim de fazer seus pedidos, não consegui evitar que as palavras de Savannah ecoassem em minha cabeça. Queria ignorar o que ela tinha dito. O pouco que eu sabia sobre elas estava longe de ser lisonjeiro, então eu não estava disposta a levar a sério nada do que disseram. Só que, por mais que eu tentasse racionalizar, uma parte de mim se perguntava se ela estava certa.

– Isto é um sequestro?

Era terça-feira depois da escola, e eu estava parada ao lado da caminhonete, esperando Alex chegar e destravar as portas. Trinta segundos antes, um carro preto familiar havia parado no espaço vazio ao meu lado. Cole começou a abaixar o vidro e me disse para entrar antes mesmo de falar oi.

A resposta dele foi, como sempre, vaga, sem revelar qualquer informação importante.

– Não, é uma missão.

– Ah, é? – Ergui uma sobrancelha. – E o que isso envolveria, exatamente?

Minha pergunta foi recebida com o sorrisinho típico de Cole.

– Isso é segredo.

Claro que era. Eu sabia quando escolher minhas batalhas, e Cole à beira de uma aventura não era um desses momentos, então soltei um suspiro e contornei o Buick sem perguntar mais nada.

– Ei, Jackie! – gritou alguém quando abri a porta do passageiro. – Aonde você vai?

Lancei um olhar para cima e vi Alex atravessando o estacionamento, com Nathan e Lee em seu encalço. Isaac provavelmente estava em casa. Além de um bocado de serviços comunitários e uma multa dolorosa, ele havia recebido uma suspensão de uma semana pelo alarme de incêndio.

– Vai saber – falei, dando de ombros.

Será que a resposta importava mesmo? Meus lábios se contraíram em um sorriso leve quando percebi que não, não importava. Eu entraria no carro e iria com Cole, independentemente da explicação dele.

– Até mais tarde, gente – me despedi.

– Avisa pra mamãe que a gente volta antes do jantar – acrescentou Cole enquanto eu entrava.

Ele mexeu em um botão no painel e, assim que o ar quente começou a circular pelo carro, saiu de ré da vaga e navegou com maestria pelo trânsito pós-aula.

Dirigimos por dez minutos antes de pararmos em um prédio comum de tijolinhos à vista, com uma placa enigmática que dizia simplesmente O PORTAL.

– Bom, isso não é nada sinistro – comentei, lançando um olhar para o que parecia ser uma vitrine enquanto Cole estacionava o carro. O fato de não haver qualquer indicação sobre que tipo de loja era aquela me pareceu uma péssima estratégia de negócio.

Cole deu risada enquanto tirava a chave da ignição.

– Prometo que você vai curtir.

Conforme o seguia para fora do carro, mais de uma possibilidade do que o Portal poderia ser passou pela minha cabeça, uma mais ridícula que a outra: um bar de jogos no estilo fliperama com temática espacial; uma fachada suspeita de lavagem de dinheiro; uma fenda no tecido da realidade que levava para um universo alternativo... mas um brechó não era uma delas. Um sino acima da porta tilintou quando entramos, e minha primeira impressão foi que tínhamos caído no set de um filme peculiar em vez de um lugar de verdade que existia na vida real. A loja era mal iluminada e estreita, com só três corredores longos que se estendiam para além da penumbra. Em uma primeira inspeção do ambiente, avistei uma escultura do busto do Shrek, um aquário antigo cheio de bichos de pelúcia e uma coleção de abajures com meias arrastão. Recostado ao lado da caixa registradora, havia um gato malhado laranja, e outro dormia pacificamente em cima de um velho relógio de pêndulo.

– Por aqui – disse Cole, segurando minha mão e me levando para as profundezas daquela zona.

Não havia lógica nenhuma na organização das prateleiras; depois de livros, vinham utensílios domésticos e então eletrônicos. Por fim, chegamos ao fim do corredor, que se abria para uma seção de vestuário mofada, com araras de roupas, mesas de acessórios e cestos abarrotados de sapatos.

– Perfeito – disse Cole, apoiando as mãos na cintura e observando o cômodo com a satisfação de um pai quarentão admirando a grama recém-aparada. – Ninguém chegou ainda. – Ele lançou um olhar para mim. – O que acha?

– Que este é o sequestro mais estranho do mundo – respondi, ainda incerta a respeito de por que estávamos ali.

– Você recebeu algum convite hoje? – perguntou ele, casualmente.

Minha boca se abriu de surpresa.

– Como você sabe *disso*?

No almoço, Chase apareceu na mesa do refeitório em que meu grupo estava. Essa atitude não era incomum – ele e Skylar começaram a sair uma semana antes do baile –, mas a distribuição de envelopes pretos fechados com lacres de cera de verdade era definitivamente algo novo. O que ele me entregou tinha meu nome escrito na frente, com uma caligrafia dourada perfeita. Dentro, havia um convite para uma festa à fantasia.

– O Chase leva o Halloween muito a sério – explicou Cole, indo em direção à mesa dedicada ao feriado. Uma grande variedade de máscaras, perucas e adereços estava disposta ali. – A festa dele é a única que chega perto de rivalizar com a nossa de fim de ano, mas isso é porque os pais dele são cheios da grana e deixam ele exagerar na decoração e no bufê. Eu só fui uma vez, mas geralmente ele distribui os convites depois do baile de boas-vindas.

– Certo – falei devagar, embora ele tivesse evitado responder minha pergunta. Sabendo do histórico de Cole, alguma menina que ele pegava devia ter mandado uma mensagem para ele hoje, perguntando se queria ir. – Por que estamos aqui?

Ele pegou uma estola de penas e enrolou ao redor do pescoço com um floreio.

– Pra achar a nossa fantasia, é óbvio. Quero escolher antes de todo mundo já ter pegado.

– *Nossa* fantasia?

Mesmo sendo extremamente presunçoso da parte de Cole presumir que seria meu acompanhante, meu coração disparou. A suposição dele estava cem por cento correta, mas isso não me impedia de pegar no pé dele.

– E se eu quisesse levar o Nathan, e não você?

– Você quer?

– Não.

– Então por quê…?

– Porque – disse, lançando um olhar de *dã* para ele – não me lembro de a gente ter falado sobre isso.

Com um suspiro dramático, Cole desenrolou o cachecol felpudo do corpo, jogou-o sobre a mesa e se virou para mim, os olhos arregalados e implorando.

– Jackie, posso, por favorzinho, ir à festa do Chase com você? Deixo você escolher qualquer fantasia cafona de casal que quiser.

Me inclinando, arranquei uma pena do cabelo dele.

– *Qualquer* fantasia?

Ele hesitou, mas depois assentiu.

– Bom, como posso dizer não a isso? – Sorri e deslizei a pena pela ponta de seu nariz. – Obrigada por perguntar, Cole. Eu adoraria que você fosse comigo.

Ele afastou minha mão com um tapa.

– Sabe, quando eu te conheci, não esperava que alguém tão recatada e formal fosse ser uma ameaça tão grande.

– É porque eu não era – falei, fungando. – É um reflexo que desenvolvi depois de passar tanto tempo com você e a sua família. Fui corrompida.

Uma risada baixa escapou dele.

– Você diz corrompida, mas acho que a gente trouxe à tona sua melhor parte – respondeu, dando um puxãozinho no meu rabo de cavalo de maneira carinhosa. – Amo sua ousadia.

Corei.

– A gente não deveria estar procurando uma fantasia?

– Você tem razão.

Ele se voltou ao mostruário de Halloween e, após pensar por um momento, pegou um capacete prateado de espuma e um escudo combinando.

– Tenho certeza de que a gente encontra uma tiara aqui em algum lugar. O que você acha de ser uma princesa? Posso ser seu…

– Cavaleiro de armadura brilhante? – terminei a frase por ele. – Não me faça rir. Você tá mais pra príncipe pomposo.

Mas Cole não estava ouvindo. Ele avistou algo que o fez se animar e jogar o capacete e o escudo de lado.

– Ei! O Alex tinha um desse quando a gente era criança – disse, pegando um sabre de luz verde de uma caixa de armas de plástico. Ele dobrou os joelhos em posição de luta e então balançou a espada. – Acho que passei em cima dele com a bicicleta e quebrei – acrescentou. – A gente devia ir de Luke e Leia. Você pode usar aquele biquíni dourado sexy.

Ah, nem a *pau*.

Cole deve ter percebido minha reação. Antes que eu pudesse abrir a boca para repreendê-lo, ele se adiantou. Endireitou os ombros, ergueu um dedo e, fazendo uma péssima imitação minha, disse:

– Primeiro de tudo, eu me recuso a usar uma roupa tão sexual que vai me objetificar como um pedaço de carne. Em segundo lugar, a festa é em outubro, Cole! Você quer que eu morra de frio? E terceiro… – Ele parou de reclamar e franziu a testa, mas, depois de alguns segundos, continuou a falar com a própria voz. – Na verdade, não consigo pensar em uma terceira coisa.

Disfarcei um sorriso.

– Os dois argumentos são excepcionais, mas o que eu ia falar é que seria estranho se a gente fosse como uma dupla de irmãos.

Ninguém sabia sobre a conversa que eu tinha ouvido entre Megan e Savannah. Não queria contar para ninguém porque não queria fazer uma tempestade em copo d'água. Cole e eu não éramos irmãos postiços, e não havia qualquer relação sanguínea entre nós, mas o comentário de Savannah sobre como era estranho que a gente namorasse não tinha saído da minha cabeça desde a manhã anterior.

– Do que você tá falando? – perguntou ele.

– Nossa fantasia deveria ser de casal, e Luke e Leia são gêmeos – expliquei. – O interesse romântico dela é o Han Solo, que não usa sabre de luz.

Ele revirou os olhos.

– Então tá, nerd.

Calma. Desde quando era crime lembrar o enredo de uma franquia de filmes famosa que o irmão *dele* me forçou a assistir?

– Bom, pelo menos eu não tenho gostos tão fetichistas – falei, tentando provocá-lo. – Dor e incesto, sério?

Funcionou. Cole piscou para mim, perplexo, e então lentamente guardou o sabre de luz ao perceber o que eu tinha dito.

– Que língua terrivelmente afiada a sua. – Ele deu um passo em minha direção. Havia um brilho malicioso em seu olhar. – É melhor você ficar esperta.

– Ou o quê? – Mostrei a tal língua afiada para ele.

– Isso. – Cole segurou meu pulso, me puxou para perto e grudou a boca na minha.

Não foi um beijo doce. Foi quente e exigente, e, quando ele me empurrou contra a mesa, os dedos cravados em meu quadril, algo rolou da beirada e atingiu o chão com um baque. Respondi na mesma proporção, afundando uma mão no cabelo da nuca dele e puxando. Alguém pigarreou, e, se não fosse pela interrupção, provavelmente teríamos nos empolgado.

Me afastei de Cole rapidamente, com o coração aos pulos, e vi um cara de vinte e tantos anos usando uma camiseta do Pearl Jam e jeans desfiado. Ele estava parado na porta do estoque, segurando uma xícara de café fumegante. Sua expressão era neutra, mas, pelo modo como seus lábios estavam apertados, ele parecia se esforçar para não rir.

– Posso ajudar vocês com alguma coisa? – perguntou.

– Não, tudo certo – disse Cole, parecendo completamente à vontade. Eu, pelo contrário, enterrei o rosto em sua camisa para esconder o constrangimento. – Só estamos procurando fantasias de Halloween.

– Está bem, então – respondeu o cara. Lancei-lhe um olhar furtivo, e ele gesticulou em direção à frente da loja com a caneca. – Se precisarem de ajuda, estarei lá na frente, no caixa.

Assim que ficamos sozinhos de novo, Cole tentou me puxar para outro beijo, mas passei por baixo do braço dele e me afastei, dizendo-lhe em termos vagos que não continuaríamos de onde paramos. Daquele jeito, eu não conseguiria encarar o atendente na hora de pagar. Cole riu, mas felizmente sugeriu que voltássemos à tarefa em questão: encontrar algo que pudéssemos usar na festa de Chase.

Acabou sendo mais fácil falar do que fazer.

– Como vamos olhar tudo isso? – perguntei.

Depois de trinta minutos, tínhamos vasculhado apenas um quarto da seção de roupas. A quantidade de coisas era assustadora.

– Dividir e conquistar?

– Tá – concordei, assentindo. – Você fica com as mesas e os cestos. Eu fico com as araras.

Começando pelo outro lado da sala, rapidamente dei uma olhada nas roupas masculinas, mas as únicas peças com potencial que encontrei foram uma camiseta tie-dye desbotada que parecia pequena demais para Cole e um robe vermelho que me passava a vibe do dono da *Playboy*, então absolutamente não.

Depois de outra meia hora vasculhando em silêncio, Cole ergueu um estetoscópio.

– O que acha de médico e enfermeira?

– Ultrapassado – falei, pulando a seção de roupas infantis e indo para a parte feminina.

Assim como o resto da loja, todas as roupas estavam desorganizadas. Casaco de pele. Próxima. Camisa polo verde-limão. Próxima. Saia de bolinhas. Próxima.

– Que tal piratas? – perguntou Cole dez minutos depois.

Quando me virei para olhá-lo, ele estava com uma barba preta e encaracolada – daquelas baratas, presas com elástico – que cobria a metade inferior de seu rosto.

– Encontrei um tapa-olho, uma mão de gancho e um daqueles chapéus pontudos triangulares.

De jeito nenhum eu o beijaria naquela monstruosidade.

– Passo.

– Astronauta e alienígena?

– Ééé, acho que eu não ficaria bem de verde.

Cole soltou um suspiro.

– Bom, você tem alguma sugestão? Estou ficando sem ideias.

Peguei um vestido skater rosa de cintura baixa que estava entre uma saída de banho e um colete acolchoado. Não era perfeito – havia uma pequena mancha perto da bainha –, mas tinha potencial.

– O que acha de Baby e Johnny? – sugeri, erguendo o vestido para ele inspecionar. – Você só precisa de uma blusa preta e calça social.

– Quem? – perguntou ele, uma ruga surgindo em sua testa.

– O casal de *Dirty dancing*?

Ele deu de ombros.

– Nunca vi.

Com um suspiro, coloquei o vestido de volta no lugar.

– Que tal isso? – Quando olhei para cima, Cole mostrou um par de pompons brilhantes, fazendo um gesto que conhecia da escola. – Sempre achei que eu ficaria sexy de *cropped* – brincou ele, impassível. – Você pode ser o quarterback da minha líder de torcida.

Uma imagem de Cole vestindo o uniforme de líder de torcida de Erin passou diante dos meus olhos, e comecei a gargalhar instantaneamente. Quando passei para a arara seguinte, algo chamou a minha atenção com o canto do olho, e parei de rir. Em cima de uma mesa coberta de cintos e fivelas, havia uma xícara de chá índigo decorada com um padrão espiralado de estrelas douradas. Minha respiração ficou presa na garganta. Alguém devia ter abandonado ali depois de perceber a lasca minúscula na borda, mas o defeito não me incomodou. Tudo o que vi foi o quanto Lucy adoraria acrescentá-la à nossa coleção. O design era único – na maioria das vezes, xícaras de chá eram decoradas em tons pastéis e com flores –, e seria o presente perfeito para...

A animação que vibrava em meu peito morreu no momento em que a realidade alcançou meus pensamentos. Eu não precisava comprar nada para o aniversário de Lucy este ano, porque nunca mais poderia dar um presente para ela. A pontada repentina de tristeza me fez perder o fôlego, e a pequena xícara chacoalhou no pires quando minha mão começou a tremer.

Respira, Jackie, lembrei a mim mesma.

O ar escapou pelos meus lábios quando soltei o fôlego que estava segurando.

– Jackie? – Cole devia saber que havia algo de errado, porque a cabeça estava inclinada para o lado, e ele me observava com os olhos atentos. – Tá tudo bem?

Apesar da dor que apertava meus pulmões, a preocupação dele era reconfortante. Estávamos nos divertindo tanto, e eu odiava que tudo o que queria fazer agora era voltar para a fazenda e me enrolar debaixo das cobertas. Me lembrando de como eu estava rindo momentos antes ou do que senti quando Cole me pressionou contra a mesa, percebi como eu facilmente deixava algo tão simples quanto uma xícara estragar nossa tarde juntos. Desta vez, eu não deixaria meu luto vencer.

– Encontrei uma coisa que me lembrou da Lucy, e isso me pegou meio de surpresa – admiti, colocando a xícara onde a havia encontrado. – Mas tudo bem.

– Tem certeza?

Forcei um sorriso no rosto.

– Vai ficar. – *Estou com você.*

– Que bom, porque acho que encontrei nossa fantasia. – Ele levantou um chapéu fedora bege e uma boina de lã. – Já que você dá tanto trabalho, acho que a gente deveria ir de Bonnie e Clyde.

Naquela sexta-feira, Cole me levou para uma corrida em pista de terra. Eu não sabia os detalhes exatos do que aquilo significava – presumi que assistiríamos a algum tipo de veículo motorizado correndo em uma estrada de terra –, mas, contanto que estivéssemos passando tempo juntos, eu ficaria feliz em fazer qualquer coisa.

Tudo o que eu sabia sobre *qualquer* tipo de corrida se resumia a isto: embora a Fórmula 1 fosse a categoria mais popular do mundo, a NASCAR reunia o maior número de seguidores nos Estados Unidos; os fãs dela se ofendiam com piadas sobre fazer curvas à esquerda sem motivo aparente; e a Indy 500 era uma corrida famosa, geralmente realizada no fim de semana do Memorial Day.

Quando admiti para Cole meu escasso conhecimento, ele desligou o rádio e passou a viagem toda me educando. Os primeiros quinze minutos foram dedicados aos vários tipos de automobilismos, mas depois ele começou a falar sobre diferentes modalidades – algo sobre corrida de circuito *versus* rali. Foi aí que eu me embananei toda.

Não é que eu não conseguisse acompanhar o que Cole dizia, mas estava distraída demais por *ele* para entender as palavras que saíam de sua boca. Ele falava a mil por hora, e, se suas mãos já não estivessem ocupadas, uma no volante e a outra segurando a minha, imaginei que as usaria para ajudar na explicação. De vez em quando, lançava um olhar para mim, os olhos brilhando, para garantir que eu estava ouvindo. Apesar do meu desinteresse pelo assunto, sua paixão era cativante, e não pude deixar de sorrir feito uma idiota durante o caminho todo.

A pista ficava em um condado no meio do nada, e, quando chegamos, já estava anoitecendo. Se não fosse pela placa de neon indicando CIRCUITO ELWOOD e pela fila de carros esperando para entrar em uma estrada de cascalho, com as lanternas traseiras acesas e a seta piscando, teria pensado que estávamos perdidos. Não havia um estacionamento de verdade, era só um gramado infinito onde um adolescente com um daqueles bastões de sinalização de aeroporto dava instruções para os motoristas.

A primeira coisa que notei ao sair do Buick foi que a temperatura havia caído significativamente durante a viagem. Estava frio, mas não de maneira desconfortável – era o clima perfeito para usar um suéter. Antes de fechar a porta, estendi a mão para o banco de trás e peguei um moletom com capuz que estava jogado de qualquer jeito no assento. Eu tinha guardado o que Cole me deu no jogo de rúgbi de Parker, mas este tinha o bônus adicional de ter o cheiro dele: seu perfume e um toque de almíscar, quase todo ofuscado pelos cheiros que pairavam no ar ali: pipoca, gasolina e folhas caídas.

– Ei, ladra! – protestou Cole, mas a expressão satisfeita em seu rosto enquanto me observava vesti-lo era reveladora.

– Ah, para com isso – falei, arregaçando as mangas compridas demais. – É óbvio que você adora quando eu uso suas roupas.

– Óbvio, né?

– É, você fica com esse quê selvagem no olhar.

Cole me agarrou pela cintura.

– Se quiser, a gente volta para o carro, e aí eu te mostro o que é selvagem. – Ele abaixou a cabeça, e uma corrente elétrica correu pelas minhas veias quando seus lábios desceram da minha orelha até a clavícula.

– Ah, não! – brinquei. – Vou perder uma corridinha boba pra ficar com você? Que horror.

Ele recuou, o lábio superior se curvando.

– Corridinha boba... Você tá de *palhaçada* comigo? Me recuso a acreditar que você disse isso.

– Banco da frente ou de trás? – perguntei, piscando para ele.

– Não. – Ele balançou a cabeça. – Nem ferrando. A gente tem uma corrida pra assistir.

Bufei quando ele pegou minha mão e me guiou para longe do carro, onde nos juntamos ao fluxo de pessoas que se dirigiam ao portão principal. Mais cedo, eu havia passado um tempo absurdo pensando no que vestir. Por fim, optei por uma salopete de veludo, uma blusa de manga longa por baixo, meia-calça e minha bota favorita. Ao ver a roupa estendida na minha cama, Parker riu e me disse para usar jeans. Quando entramos na fila para comprar os ingressos, fiquei grata pela sua ajuda. Sem ela, eu estaria arrumada demais, considerando que a maioria das pessoas ali usava roupas com estampa de camuflagem, flanela e outros tipos de roupa pesada, como casacos e jaquetas.

A entrada custou apenas dez dólares, o que parecia irracionalmente barato, ainda mais se considerássemos o quanto a pista parecia degradada. Se aumentassem o preço, talvez o quiosque de lanches conseguisse pagar por uma pintura nova. Mais preocupante que isso era a velha arquibancada de madeira, tão desgastada pelo tempo que me perguntei se uma farpa entraria na minha pele ao me sentar nela. Mas a decadência do local desapareceu quando nos sentamos; havia uma energia no ar que era impossível de ignorar. Embora a audiência fosse uma mistura estranha de famílias com crianças pequenas e homens de meia-idade com camisetas da NASCAR tomando cerveja, todo mundo parecia animado, e a sensação era contagiante.

– Essa primeira corrida é chamada de bateria – explicou Cole enquanto um grupo de carros coloridos entrava na pista. O percurso oval e inclinado, feito de barro marrom, era menor do que eu imaginava. – É uma etapa qualificatória. As posições de largada para a prova são determinadas pelos tempos das baterias.

– Quem você acha que vai ganhar? – perguntei quando ele passou o braço pelas minhas costas.

– O número 12 – disse ele, apontando para um carro vermelho e dourado perto da frente. – Ele é bem bom pra um piloto local. Costuma ficar no pódio e fez uma turnê regional uns anos atrás.

– Legal, mas estou torcendo para o número 88 – comentei, escolhendo o único carro pintado da minha cor favorita.

Cole arqueou uma sobrancelha.

– Por quê?

– Porque é roxo.

– Essa – disse ele, os olhos brilhando com diversão – é uma estratégia *terrível.*

Dei de ombros, sem me preocupar se o carro escolhido venceria ou perderia. Essa acabou sendo uma boa atitude, porque o carro 88 sofreu um acidente espetacular assim que a corrida começou, rodopiando e batendo de frente no muro.

– Falei – disse Cole, rindo, mas fingi não ouvi-lo em meio ao ruído dos motores.

Ver os carros completarem o percurso era mais divertido do que eu esperava, mas minha empolgação rapidamente diminuiu devido à quantidade excessiva de terra. Sempre que os carros passavam pelas curvas, levantavam uma nuvem daquela poeira, e, quando a primeira bateria acabou, uma névoa pairava no ar como fumaça. Apertando os olhos, me perguntei como eu sobreviveria ao resto do evento se meus olhos já estavam coçando depois de uma corrida.

– Tudo bem? – quis saber Cole, com a testa franzida de preocupação.

Franzi o cenho e pisquei tentando afastar a sensação desconfortável.

– Não sei. Era pra eu ficar com o rosto cheio de terra sempre que os carros dessem a volta na pista?

– Toma. – Ele tirou algo do bolso do moletom.

Minha careta desapareceu quando percebi que eram óculos de proteção. Havia duas opções: óculos de segurança e um daqueles que parecia com os que usávamos na aula de química.

– Estamos fazendo um experimento científico? – perguntei, mas escolhi a segunda opção, porque tinham uma vedação de espuma.

Eu ficaria com cara de pateta, mas era um sacrifício que estava disposta a fazer para manter a terra longe dos olhos. Quando os coloquei, meu cabelo se enroscou na tira.

– Deixa eu ajudar – disse Cole, afastando minhas mãos gentilmente.

Ele soltou meu cacho e, em seguida, ajustou os óculos para que ficassem rentes ao meu rosto.

– Bom… – comecei a dizer, olhando para ele. – Como eu estou?

Ele mordeu o lábio inferior para conter um sorriso.

– Adorável.

Revirei os olhos.

– Ah, com certeza.

– Não, sério. Pra mim, os óculos ficaram ótimos. Se a próxima bateria não fosse começar, eu ficaria completamente selvagem.

Apesar das provocações, os óculos foram uma dádiva, e pude aproveitar o resto da noite sem sentir que precisava arrancar os olhos do rosto. Continuei escolhendo meus favoritos com base nas cores, e Cole continuou a pegar no meu pé quando eles inevitavelmente perdiam. O único desvio que fiz da minha estratégia foi quando Cole apontou para o piloto do carro cujo motor ele havia reformado – número 20, um carro todo preto de aparência agressiva que lembrava um pouco o Batmóvel –; ele terminou em quarto lugar na bateria. Não foi terrível, mas Cole estava com esperanças de que se sairia melhor na corrida principal.

Finalmente, já era hora.

– Foi uma corrida fenomenal – disse Cole, em uma voz divertida que mesclava euforia e decepção enquanto o público nos arrastava em direção ao estacionamento. – Mas, caramba! Ele estava *tão perto*.

O número 20, que descobri se chamar Carter, quase tinha garantido a vitória depois de batalhar no meio do pelotão até a liderança. Cole e eu passamos as três últimas voltas da prova gritando a plenos pulmões, mas, apesar de o sósia do Batmóvel ter cruzado a linha de chegada junto com o líder, ficou claro que Carter tinha ficado em segundo lugar.

Sorri e balancei nossas mãos entrelaçadas para a frente e para trás. Apesar da terra, de o piloto de Cole não ter vencido e de as marcas dos meus óculos de proteção terem ficado estampadas na minha testa, tinha sido uma noite sobre a qual eu pensaria por meses a fio.

– Obrigada por ter me trazido. Eu adorei.

– Cole! – gritou alguém antes que ele pudesse responder. – Ei, Cole. Espera aí!

Olhei ao redor e avistei um homem corpulento acenando com o braço sobre a cabeça. O desconhecido provavelmente estava na casa dos quarenta, com um emaranhado de cachos bagunçados e muitas sardas, que lhe davam um ar juvenil. Ele usava um macacão de corrida que parecia a roupa de trabalho de Cole, e as mangas estavam amarradas na cintura.

– Você conhece? – perguntei, apontando para o homem.

– Aham, é o Carter. Vamos lá. Vou te apresentar. – Cole mudou de curso, cortando o fluxo de espectadores que se afastavam, e segui em seu encalço para não nos separarmos. – Desculpa, licença.

Quando nos aproximamos, um sorriso espontâneo se abriu no rosto de Carter.

– Cole, rapaz! Obrigado por vir.

Os dois apertaram as mãos e, depois de uma rápida apresentação para eu me situar, começaram a dissecar a corrida. Cole queria saber se o motor estava rendendo melhor no fim das retas – será que ele estava jogando palavras aleatórias? –, e a resposta rápida de Carter veio cheia de termos que não entendi, então apenas sorri educadamente e fingi que sabia do que estavam falando. Só tinha certeza de que Carter estava radiante pelo desempenho; Cole comentou sobre como era lamentável que a reforma não tivesse garantido a vitória dele, mas Carter nem quis saber.

– Pare de ser tão duro consigo mesmo – disse ele, dando um tapinha nas costas de Cole. – Essa foi minha melhor corrida. Eu nunca tinha subido no pódio, e não teria conseguido sem você.

– Certeza? – perguntou Cole, com uma pontada de dúvida na voz.

Carter assentiu.

– Absoluta. Pode esperar uma ligação minha na próxima vez que eu precisar de ajuda.

Sorri para mim mesma quando Cole se endireitou de leve.

– Mal posso esperar – respondeu. Suas bochechas estavam rosadas de satisfação.

– Bom – disse Carter, lançando um olhar para o relógio. – Preciso arrumar meu trailer, mas me avise da próxima vez que vier para uma corrida. Vou ver se consigo pra vocês alguns passes para a área dos boxes.

– Seria incrível – disse Cole, trocando outro aperto de mão com ele.

Antes de nos afastarmos, levantei meu celular.

– Querem tirar uma foto juntos?

onze

Eu estava evitando a conversa que precisava ter com Nathan. Depois de conversar com Paulette e descobrir que ele tinha dado um bolo na banda sem aviso prévio, a preocupação que eu sentia com ele desde que voltei para o Colorado se transformou em uma ansiedade generalizada. Havia algo de errado, e eu precisava descobrir o que estava acontecendo... mas Nathan andava de mau humor desde sábado, saindo toda manhã para correr como se fosse uma punição, esquivando-se de tentativas de conversa com respostas curtas e se escondendo no sótão sempre que possível; portanto, decidi que daria um tempo para ele se acalmar.

Já fazia uma semana, e eu ainda não tinha dito nada.

Ao sair para correr, disse para mim mesma que já tinha sido o bastante. Não importava o quanto Nathan estivesse irritadiço quando aparecesse; eu precisava confrontá-lo e descobrir o que estava acontecendo. Feita a decisão, comecei a me alongar e esperei que ele se juntasse a mim.

Cinco minutos se passaram. Depois, dez. Às sete em ponto, eu soube que ele não viria.

Um calor subiu pelas minhas bochechas. Me levantei em um salto e entrei em casa, a porta de tela batendo atrás de mim. Se Nathan não queria mais correr comigo, o mínimo que podia fazer era dizer isso na minha cara. Eu estava oficialmente cansada de ele me deixar esperando. Além de ter lhe dado bastante espaço, falei para ele sobre meus problemas com Cole, e, embora Nathan não me devesse nada em troca, nossa amizade estava começando a parecer unilateral. Isso me fez pensar se eu havia feito algo para irritá-lo.

As chuteiras de alguém bateram no assoalho ao caírem degraus abaixo enquanto eu subia às pressas, mas não me virei para recolhê-las. Adentrei o quarto de Nathan, brava demais para me importar com a possibilidade de Alex acordar também. O sol já passava pelas frestas da cortina, então consegui ver que Nathan ainda estava dormindo; fui até a cama dele e puxei as cobertas.

– Hora de acordar – anunciei. Mesmo furiosa, mantive a voz calma.

Ele resmungou e se virou na cama.

– Jackie? O que tá fazendo aqui?

Apoiei as mãos na cintura.

– Acordando você, é claro. Você está atrasado pra nossa corrida.

– Eu não vou – disse ele, puxando o edredom de volta.

– Vai, sim. – Vasculhei sua cômoda e escolhi uma camiseta de manga comprida e uma calça de corrida; depois, joguei as roupas para ele. – A gente precisa conversar sobre algumas coisas.

Nathan se sentou bruscamente e me lançou um olhar furioso.

– Você ainda não entendeu?

Minha coragem vacilou diante de seu tom de voz.

– Qual é, Nate – implorei. – Sou eu. Você pode me falar qualquer coisa.

– Já parou pra pensar que talvez eu não queira? – Ele cuspiu cada palavra como se tentasse contê-las, mas fossem venenosas demais para manter dentro de si por mais tempo. – Você é tão autoritária, Jackie. Para de tentar agir como minha irmã. Já tenho irmãos mais velhos o suficiente que acham que sabem de tudo. Não preciso de mais um.

Uma dor aguda e cortante percorreu meu peito, e, por uma fração de segundo, não consegui respirar. Além do zumbido nos meus ouvidos e do ronco suave de Alex, o quarto estava em completo silêncio. Engoli em seco, e minha garganta estalou.

– Nossa, tudo bem – falei, piscando para conter as lágrimas. – Agora eu entendi.

Alex e eu estávamos indo para a caminhonete quando o Buick avançou pela entrada aos trancos. Cole estacionou atrás da van de Katherine, desligou o motor e saiu devagar. Sua perna devia estar incomodando – às vezes, travava quando passava muitas horas trabalhando –, porque ele fez uma careta de dor e parou para massagear a coxa.

– Você tá bem?

Cole ergueu a cabeça ao ouvir minha voz. Quando me viu com Alex na entrada de casa, franziu o cenho.

– Vou ficar. – Ele parou por um momento, o olhar nos avaliando. – Vocês vão pra algum lugar?

Me senti culpada no mesmo instante. Não por causa de Alex – Cole não tinha o poder de ditar com quem eu andava –, mas porque não tínhamos passado tempo juntos desde sexta-feira, na corrida. Faltava pessoal na Central do Combustível, então Cole estava fazendo hora extra, e, à noite, eu andava trabalhando em um projeto para a aula de história dos Estados Unidos. Além de um rápido "olá" de manhã e dos jantares com a família toda, não tínhamos nos visto durante a semana.

– Pro O'Brady's – respondeu Alex, mencionando o nome do pub onde encontraríamos meus amigos.

Quando não deu mais detalhes, acrescentei depressa:

– É noite de trivia sobre *Harry Potter*. A Kim implorou pra gente ir.

Alex lançou um olhar para seu celular e então de volta para mim.

– Já tá na hora.

– Tudo bem se eu for junto? – quis saber Cole.

A pergunta me fez congelar. Eu estava tão acostumada com a forma como Cole e Alex se evitavam, circulando pelos cantos da vida um do outro como ímãs se repelindo, que não tinha pensado em convidá-lo.

– Você... quer sair? – perguntou Alex. O *comigo* estava bem ali, implícito.

Cole deu de ombros.

– Por que não? – Seu rosto estava inescrutável, mas o tom de voz parecia sincero o bastante. – Não tenho nada melhor pra fazer. Só me dá uns cinco minutos pra eu trocar de roupa.

– Tá bem – disse Alex, hesitante –, mas vai logo, tá? A gente tá atrasado.

Em circunstâncias normais, toda aquela civilidade entre os dois teria me deixado de queixo caído, mas eu estava me esforçando ao máximo para agir de modo casual.

Dividir o mesmo carro devia ser o limite que Cole não cruzaria, porque fez uma careta.

– Podem ir na frente – disse, gesticulando para o irmão. – Vejo vocês lá.

Para ser sincera, eu não podia culpá-lo. Da última vez em que nós três ficamos em um carro sozinhos foi quando Alex e eu ainda estávamos namorando. Nós tínhamos ficado presos em uma tempestade depois do jogo de beisebol dele, e Cole foi obrigado a nos buscar. Eu nunca tive coragem para perguntar sobre aquilo, mas tinha quase certeza de que Cole tinha visto a gente se beijando. Estremeci ao me lembrar de como o trajeto de carro depois disso tinha sido desconfortável.

Cole me deu um beijo rápido na testa – ele estava com cheiro de suor e escapamento de carro – e então desapareceu dentro de casa.

– Vamos, Jackie? – perguntou Alex.

– Acho que vou com o Cole.

– Você que sabe.

Enquanto Alex entrava na caminhonete, me sentei nos degraus da varanda para esperar por Cole. Ele apareceu cinco minutos depois com roupas limpas e o rosto sem graxa. Seus lábios se curvaram em um leve sorriso ao me ver.

– Valeu por esperar – falou, estendendo a mão para me ajudar a levantar.

Em vez de me soltar quando fiquei de pé, ele apertou minha mão suavemente e me guiou para fora.

Franzi a testa quando ele soltou um longo bocejo.

– Tem certeza de que quer vir? – perguntei. – Parece que você teve um dia longo, e acho que trivia não é muito a sua praia. Além disso, a Kim está focada em ganhar hoje à noite. Ela pode puxar sua orelha se você dormir na mesa.

– O que eu curto – disse ele, abrindo a porta do carro para mim – é passar o tempo com *você*, mesmo que isso signifique sofrer em uma noite nerd de trivia. Se a Kim achar problema nisso, então ela que me dê um Avada Kedavra. – Ele acrescentou a última parte com um sorrisinho satisfeito, como se estivesse orgulhoso por conhecer *Harry Potter* o bastante para fazer a piada, mesmo que fosse terrível.

O O'Brady's estava desconfortável de tão lotado quando chegamos quinze minutos depois, e Cole riu baixinho enquanto eu me espremia entre um grupo de pessoas de trinta e poucos anos com vestes de Hogwarts enquanto procurava meus amigos. Finalmente os localizei em um lugar privilegiado do pub: uma das mesas enormes no fundo do salão, que comportava todo o nosso grupo. Alguém, provavelmente Kim, devia ter chegado muito tempo antes para guardar lugar, e sobras de um mix de entradas – um único anel de cebola, um potinho de molho marinara quase vazio e alguns talos de aipo intocados – reforçavam minha suspeita.

As meninas estavam discutindo sobre possíveis nomes para a equipe quando Cole e eu nos acomodamos nos dois lugares restantes. Heather gostava de Roonil Quizlib e Neville Veste Prada, mas Kim estava inflexível sobre Tudo Pelo Nosso Aluado. O tempo todo, Riley dava ideias inapropriadas que faziam Alex e Skylar gargalharem – Malfoy e Já Voltou ou Murtinha da Silva –, mas as outras duas nem davam ouvidos.

– Que tal Dumbledoidos? – murmurou Cole baixinho quando um atendente apareceu para entregar uma folha de pontuação e um lápis. – Parece apropriado, considerando...

Kim o interrompeu no meio da frase e virou a cabeça devagar em direção à ponta da mesa, os olhos perigosamente semicerrados.

– Não me lembro de ninguém ter pedido a sua opinião.

– Foi mal, achei que a gente estivesse escolhendo o nome da *equipe*. – Ele puxou a folha de papel para si antes que alguém pudesse reivindicá-la e mostrou um sorriso provocador para Kim, girando o lápis entre os dedos. – Equipe é um grupo de pessoas que se juntam para atingir um objetivo em comum, caso você não saiba.

– Eu sei o que é uma... – Ela se interrompeu, abrindo um sorriso de desgosto. – Por que você tá aqui?

Cole passou o braço por cima do meu ombro.

– Privilégio de ser o namorado – disse ele, e um arrepio percorreu meu corpo. Ainda não tínhamos definido um status para o nosso relacionamento, mas ouvi-lo dizer a palavra em voz alta me fez perceber o quanto eu queria ser a namorada de Cole. – Tenho outra sugestão de nome, se preferir. Que tal Abortos Amargurados? Você parece o tipo de criança que chorou quando não recebeu uma carta no aniversário de onze anos. Por que não está lá brincando de se fantasiar junto com aqueles nerds? – Ele gesticulou para o grupo sentado na mesa alta que contornamos mais cedo.

Com um suspiro baixo, enfiei a mão embaixo da mesa e belisquei seu joelho. Será que seria pedir demais que ele se comportasse perto dos meus amigos? Cole respondeu entrelaçando os dedos nos meus e os guiando mais para cima por sua coxa. Recolhi a mão rapidamente, e seu corpo tremeu com um riso silencioso.

O rosto de Kim ficou mais severo.

– O nome disso é cosplay, e... Espera, você sabe o que é um aborto?

– Claro. É uma pessoa sem magia que tem pelo menos um genitor bruxo. – O lábio superior de Cole se curvou enquanto ele lutava contra o sorriso presunçoso que eu sabia que queria tomar conta de seu rosto. – Todo mundo sabe disso, né?

Foi cômico o jeito como ela ficou de queixo caído, mas o que realmente me fez rir foi a expressão de Alex: uma combinação de admiração e *o que foi que você fez com o Cole Walter de verdade?*

– Que foi? – disse Cole para o irmão, que o encarava. – O Danny ouve os audiolivros direto antes de dormir. Todos. Os. Dias. Diz que nada consegue niná-lo melhor do que a voz de Jim Dale, então é claro que eu aprenderia uma coisa ou duas.

– Acho que você pode ficar, então – disse Kim, relutante, depois de recompor sua postura. Em seguida, se lançou sobre a mesa e arrancou a folha das mãos de Cole. – Mas nada de escolher o nome da nossa equipe.

Um *tum-tum* amplificado soou pelo pub. Alguém na frente do salão – era impossível ver quem, pelo tamanho da multidão – chamou a atenção pelo microfone. A trivia começaria em cinco minutos, e todos que quisessem participar foram instruídos a formar equipes se ainda não estivessem em uma. Heather passou cada segundo do tempo livre entrevistando Cole como se estivéssemos em um talk show, fazendo perguntas inapropriadas e intrusivas. Ele aceitou a ousadia dela com naturalidade, e suas explicações honestas até demais me deixavam corada. Só quando ele abriu um sorriso, os olhos seguindo a vermelhidão que ia das minhas bochechas até a gola da blusa, foi que percebi que estava fazendo isso de propósito para me irritar. Me afundei no assento quando o quiz finalmente começou, grata pela trégua.

Como eu só tinha visto os três primeiros filmes, me acomodei para assistir ao jogo sabendo que não teria como ajudar em nada. Kim se comportou da maneira esperada, rabiscando respostas depressa como se fôssemos ganhar pontos extras se respondêssemos primeiro. O que ela não sabia, o restante da equipe respondia. A única vez que Cole se pronunciou foi para corrigir a resposta de Kim sobre qual espécie de dragão guardava os cofres de alta segurança de Gringotes.

Ele estendeu a mão e bateu com o dedo calejado na folha de pontuação.

– Tá errado.

A cabeça de Kim se ergueu bruscamente.

– Como assim?

– A resposta correta é Barriga-de-Ferro Ucraniano. O Rabo-Córneo Húngaro foi o dragão do Harry no Torneio Tribruxo.

Alex lançou outro olhar de *quem é você?* para Cole enquanto Kim franzia a testa, pensativa. Após um breve momento, ela murmurou algo baixinho, riscou o que havia escrito anteriormente e anotou a resposta correta.

No fim, nosso time perdeu por um ponto para os cosplayers porque Kim confundiu o cânon oficial com algo criado pelos fãs. Isso deu a Alex uma desculpa para encher o saco de Kim por ler histórias demais sobre bruxos gays dos anos 1970, o que a fez começar uma palestra de doutorado sobre a importância das *fanfics*. Depois de cinco minutos, a maior parte da mesa já havia dado as costas para ela e se envolvido em conversas mais curtas, exceto Alex. Ele continuava assentindo para as falas dela como um namorado obediente, embora estivesse claro para qualquer um, pela expressão de dor no rosto dele, que havia se arrependido do próprio comentário. Aproveitei a oportunidade para colocar o papo em dia com Riley, que vinha passando o tempo todo com Marcus desde o baile. Enquanto conversávamos, Cole se recostou e ouviu em silêncio, seu polegar traçando círculos na minha perna. Eu estava tão absorta em nossa conversa que quase me esqueci de que ele estava ali.

– Nick? – disse Cole de repente, me dando um susto.

Seguindo seu olhar, localizei o amigo dele parado perto do balcão secundário da recepção, na entrada dos fundos. Ele desviou olhar do celular ao ouvir o próprio nome.

– Fala, Cole! – Nick caminhou até nossa mesa. Ele não pareceu surpreso ao me ver quando passou os olhos por nosso grupo, mas ergueu as sobrancelhas ao avistar Alex. O que era justo. – Isso parece... divertido – acrescentou antes de se voltar para Cole. – Pena que eu não sabia que você estava na cidade este fim de semana. A gente podia ter visto o jogo juntos.

A expressão de Cole estava leve e tranquila, mas o comentário de Nick fez sua mão parar de repente na minha coxa.

– Bom, me avisa da próxima vez que voltar pra casa. Eu não vim visitar. Decidi deixar a faculdade para o ano que vem.

– *O quê?* – exclamou Nick, seu olhar encontrando o meu por um breve momento. – Por quê?

– Preciso economizar dinheiro pras mensalidades. Nem todo mundo tem pais cirurgiões. – O tom que Cole usou foi de brincadeira, mas achei o comentário desnecessariamente direto.

Por outro lado, eu não sabia muito sobre a amizade deles, apenas que eram do mesmo time de futebol americano. Talvez esse fosse o jeito de brincar um com o outro. Também havia a possibilidade de eu ter superestimado a proximidade deles; afinal, por que Cole não havia contado seus planos de adiar a ida para a universidade?

De qualquer forma, Nick riu e começou a detalhar seu primeiro mês na faculdade. Fiquei olhando para o nada enquanto ele falava sobre garotas e festas e mais garotas, então aproveitei a oportunidade para ir ao banheiro. Quando voltei, alguns minutos depois, Nick e Cole tinham sumido.

– Pra onde eles foram? – perguntei enquanto deslizava de volta para meu lugar.

Dei uma olhada ao redor – primeiro na área das mesas de sinuca, depois no bar –, mas, embora o O'Brady's tivesse esvaziado significativamente desde o fim da trivia, não consegui localizar nenhum deles em meio ao público cada vez mais escasso.

– O Nick só veio pegar um pedido pra viagem – disse Heather, sem responder à minha pergunta.

– Tá... – Enquanto eu vasculhava ao redor, ninguém na mesa olhou para mim. Senti um aperto no estômago repentino, então me virei para a única pessoa que nunca passaria pano para o irmão. – Alex? – chamei. – Cadê o Cole?

Ele se remexeu no banco, a boca contraída em uma linha fina enquanto passava o dedo pela poça de água deixada por um copo vazio. Depois de um segundo tenso durante o qual achei que ele não fosse responder, Alex olhou para mim, relutante.

– Eu não sei, tá legal? Depois que o Nick saiu, o Cole resmungou algo sobre ter esquecido de trancar a loja e foi embora.

Minha mente parou de funcionar. Cinco segundos inteiros se passaram antes que as coisas voltassem a girar e caísse a ficha sobre o que estava acontecendo.

– Tá dizendo que ele me *deixou* aqui?

Não, é claro que não. De jeito nenhum Cole faria isso comigo... né?

As expressões constrangidas e solidárias de todos os meus amigos diziam outra coisa.

– Tá tudo bem – disse Alex, levantando as mãos em um gesto apaziguador. – Eu te levo pra casa.

Esse estava tão longe de ser o problema que dei risada. Obviamente, Alex ou um dos meus amigos faria questão de que eu voltasse para a fazenda em segurança. Mas como Cole poderia me abandonar sem me dar explicações sobre aonde ia ou sequer dizer um tchau? Será que eu tinha feito algo de errado? Pensei nos acontecimentos da última hora, mas nada me veio à mente. Claro, eu não tinha participado da trivia, mas Cole deixou claro que não ligava para o quiz do pub; o único motivo pelo qual tinha vindo era eu. O que quer que o tivesse feito ir embora só podia ter acontecido enquanto eu estava no banheiro.

– O Nick disse alguma coisa pra ele?

Pensando bem, senti que Cole começou a agir de um jeito estranho no momento em que o amigo apareceu.

Alex hesitou, sua garganta se contraindo quando engoliu em seco.

– Não exatamente.

– Como assim? – perguntei com firmeza.

Era difícil não dar uma resposta atravessada, mas eu não descontaria minha raiva em Alex. Não era culpa dele.

– Bom... O Nick perguntou se o Cole tinha adiado a faculdade por sua causa.

Meu coração se apertou.

– E o que o Cole disse?

– Nada – respondeu Alex. – O pedido do Nick ficou pronto logo depois, então ele pediu licença. O Cole foi embora assim que ele saiu.

A porta do ateliê ficou fechada sábado o dia inteiro. Cole não apareceu nem nos horários das refeições para comer, não que eu o estivesse procurando. Ele sabia que tinha pisado na bola. Que outro motivo haveria para me ignorar em seu dia de folga?

Agora que eu tinha tido tempo para assimilar o que aconteceu, o comportamento de Cole não foi surpresa. Ele tinha um histórico de explodir ou se esquecer de como era ter o mínimo de decência quando algo o estressava. Eu, no entanto, estava confusa. Como ele podia ter se proclamado meu namorado em um minuto e, no outro, me largado sem dizer nada? Geralmente, eu entendia o motivo de suas birras, mesmo quando me davam vontade de arrancar os cabelos, mas nesse caso não conseguia, nem por um segundo, entender o que estava acontecendo. Será que tinha algo a ver com o que Nick disse? O mistério me consumia, o que só alimentava minha raiva, mas eu só obtive uma resposta tarde da noite.

Quando estava me deitando na cama, ouvi uma batida na porta. Ao abri-la, encontrei Cole do outro lado, usando botas de caminhada e uma jaqueta de veludo cotelê. Seu olhar imediatamente caiu para a barra do meu shorts de dormir.

– Belo pijama, Jackie – provocou, e meu lábio se curvou ao ver aquele sorriso irônico e irritante. Se ele não tomasse cuidado, eu ia arrancá-lo da cara dele com um tapa.

– O que você quer? – retruquei.

– Que você vista uma roupa quente. Vamos pra um lugar especial, mas está frio lá fora.

Sua audácia fez meu sangue ferver.

– O que te faz pensar que eu vou pra qualquer lugar com você?

Cole soltou um suspiro como se eu estivesse dificultando sem motivo, então se moveu, adentrando meu espaço pessoal. Se não fosse pelos centímetros a mais que tinha em relação a mim, nossos narizes teriam se tocado. Ele se inclinou, os lábios roçando minha orelha, e sussurrou:

– Porque, mesmo que você esteja brava comigo, eu ainda faço seu coração acelerar.

Eu odiava que ele estivesse certo – apesar de tudo, dava para sentir aquele órgão traiçoeiro se debatendo em meu peito como um animal enjaulado –, mas isso não significava que eu tinha de aturar suas grosserias.

– Boa noite, Cole – falei, seca, e dei um passo para longe dele.

– Qual é, Jackie. – Ele enfiou o pé no vão da porta, me impedindo de fechá-la. – Não faz isso.

Meus olhos se estreitaram.

– Isso o quê? Te ignorar porque você me abandonou? Ou ficar brava porque está agindo como se nada tivesse acontecido?

Ele murchou sob meu olhar.

– Eu vacilei, tá?

Toda sua confiança desvaneceu, e, sem a máscara de indiferença, suas olheiras ficaram evidentes, mas a falta de sono não era o bastante para merecer meu perdão. A tentativa patética de se desculpar também não fez a menor diferença.

– Isso não é o suficiente – avisei.

– Eu não planejei ir embora – disse ele, enfiando as mãos nos bolsos. – Só aconteceu.

Soltei uma risada aguda. Sinceramente, como *isso* era melhor?

Parker, que até então estivera tentando dormir, soltou um suspiro ruidoso e se sentou na cama.

– Sério, Cole? Você esqueceu seu cérebro no pub também? Foi o único motivo que eu achei pra você ser tão zé-mané.

– Espera, o quê?

– Você tá se enfiando num buraco cada vez mais fundo, imbecil. Menos justificativas, mais humilhação. – Parker se jogou no travesseiro, murmurando algo baixinho sobre garotos não terem neurônios.

– É – concordei, erguendo o queixo. – Você ouviu ela.

Cole considerou brevemente as palavras da irmã antes de levar o conselho a sério e se ajoelhar. Ele piscou para mim com um olhar triste e arrependido, mas, depois de um momento, eles se iluminaram com um quê brincalhão, e eu sabia que, independentemente do que saísse de sua boca em seguida, seria algo ridículo.

– Ó, deusa benevolente…

O resto da frase foi abafado por um grunhido vindo de Parker.

– Em outro lugar, por favor.

Com um suspiro desanimado, fui até a cômoda e vasculhei a gaveta de cima em busca de um par de meias grossas. Em seguida, peguei do cesto de roupas a calça jeans que eu tinha usado durante o dia. Os dois moletons de Cole estavam pendurados em um gancho perto da porta, mas, por despeito, peguei minha jaqueta. Pedi-lhe que esperasse no corredor, e ele obedeceu imediatamente, levantando-se depressa e saindo do quarto para que eu pudesse me trocar. Quando voltei, Cole estava com um sorrisinho bobo no rosto.

– Não me olha desse jeito – falei antes de passar por ele e seguir em direção à escada, determinada a acabar logo com aquilo para poder voltar para a cama.

Eu só estava cedendo por consideração a Parker, não porque estava perdoando Cole. Ele continuou me seguindo com uma torrente de desculpas, mas ignorei cada uma delas. Não teriam importância alguma até que eu recebesse uma explicação, mas Cole se recusava a elaborar uma. Aparentemente, tinha planejado um encontro para nós a fim de compensar pelo desastre da noite passada e não queria estragar a surpresa.

Me concentrei em parecer apática ao entrar na caminhonete. Assim que o motor roncou, porém, Cole entrou em uma trilha estreita que mal podia ser considerada uma estrada, e não consegui conter a curiosidade.

Olhei ao redor na esperança de descobrir nosso destino, mas estava escuro demais para enxergar qualquer coisa. Apesar de ele ter despertado meu interesse, mantive a boca fechada enquanto Cole nos levava pela fazenda até chegarmos a uma floresta no limite do terreno dos Walter.

Depois de estacionar ao lado de uma fileira imensa de pinheiros e pegar uma mochila de cordão do banco de trás, Cole me guiou até uma trilha de caça que eu não teria notado nem à luz do dia, que dirá no meio da noite. Assim que entramos no meio das árvores, fomos engolidos pela escuridão. Peguei o celular, mas, mesmo com a lanterna iluminando o caminho de terra, continuei tropeçando em raízes e me prendendo no mato. Cambaleei atrás de Cole por quinze minutos antes de perder a paciência.

– Falta quanto? – perguntei com os dentes cerrados, e então fui jogada para a frente quando meu sapato prendeu em uma pedra.

– Opa, cuidado. – Cole me segurou e então tirou a mochila do ombro. – Aqui, pega isto. A gente tá quase chegando, mas acho que vai ser mais seguro pra nós dois se eu te carregar nas costas.

Por algum milagre, eu ainda não tinha torcido o tornozelo. Não estava disposta a abusar da sorte, então aceitei sua oferta sem dizer uma palavra sequer. Enquanto eu colocava a mochila nas costas, Cole se agachou para que eu pudesse subir nele com mais facilidade. Meus braços envolveram seu pescoço e ele me puxou para uma posição confortável antes de seguir em frente.

Levamos outros cinco minutos para chegar ao nosso destino, mas, em algum momento, as árvores foram ficando esparsas, e emergimos em uma clareira coberta de grama. Deslizei de suas costas e olhei ao redor. Além de um toco do tamanho de uma mesa – a última coisa que restou de uma árvore que fora colossal –, não havia nada digno de nota que justificasse caminhar pela floresta tão tarde da noite.

– Era aqui que a gente acampava na infância – disse Cole.

Ele pegou a mochila de mim e então puxou duas canecas de alumínio, uma garrafa térmica e um cobertor.

– Hã... Não é isso que a gente vai fazer, né? – Por mais grosso que parecesse, não havia como o único cobertor que ele trouxe nos manter aquecidos durante a noite.

Ele riu enquanto o estendia no chão.

– Você tá vendo alguma barraca por aqui?

A pergunta dele não me tranquilizou. Os Walter pareciam o tipo de pessoa que gostava de atividades ao ar livre o bastante para, dependendo do clima, abrir mão de algum item necessário.

– Bom, não, mas...

– A gente só vai ficar aqui por uma hora, mais ou menos. Está frio demais pra ficar mais do que isso. – Cole se jogou no chão, sobre o cobertor, e deu um tapinha no espaço vazio ao seu lado. – Senta aí. Eu trouxe chocolate quente.

Eu não era imune a suborno, muito menos se envolvesse chocolate, então aceitei uma xícara fumegante e ouvi Cole explicar por que me arrastou até ali. Como eu não tinha conseguido ver a Via Láctea naquela noite no terraço da escola, ele queria me levar para observar as estrelas em um horário em que o céu estivesse visível. Inclinei a cabeça para trás e ofeguei. Milhares de estrelas brilhavam sobre nós, como se algum tipo de artista cósmico tivesse jogado um oceano de glitter na tela preta do universo. Por mais que eu odiasse admitir, o gesto de Cole era atencioso e também romântico.

– Eu nunca tinha visto tantas estrelas antes – confessei.

Pouco depois de me mudar para o Colorado, percebi que era impossível ver qualquer coisa em Nova York, por conta da poluição luminosa, mas isso era completamente diferente. Aqui, as estrelas estavam tão densamente amontoadas que parecia haver mais luz do que céu, e eu me perguntei como era possível que nossa jornada pelas árvores tivesse sido tão mal iluminada.

– É porque esse é o melhor lugar da fazenda pra ver elas – disse Cole. – Nos nossos acampamentos, se o tempo estivesse bom o bastante, a gente armava os sacos de dormir na grama e adormecia sob as estrelas.

Há! Eu disse.

– Você tem alguma constelação favorita? – perguntei, ainda hipnotizada pela vastidão brilhante sobre nós.

– É claro. – Ele apontou direto para cima. – Tá vendo aquela estrela brilhante ali? Agora olha pra esquerda, tem outra. A próxima é uma maior mais longe, mas está vendo como elas começam a formar uma curva? É Seupeitário...

– *Cole!* – exclamei, quase cuspindo um gole do chocolate quente.

Ele riu baixinho.

– Que foi? Eu disse que a gente dormia sob as estrelas, não que a gente estudava. Eu não entendo nada de astrologia.

– Você quer dizer astronomia.

– Foi o que eu disse.

– Não – corrigi. – Você disse astrologia.

Por fim, desviando o olhar do céu, me virei para Cole, meus olhos percorrendo seu rosto enquanto tentava determinar se estava brincando ou não. Seu sorriso fácil dificultava minha decisão, então acrescentei:

– São coisas diferentes. Uma é ciência; a outra é adivinhação.

O rosto dele se iluminou ao entender.

– Ah, tipo horóscopo? Eu sou escorpiano, nascido em autódromo ou algo assim – disse ele, com uma dose cômica de confiança. – Isso significa que eu sou gentil, misterioso e protetor.

Revirei os olhos.

– Seupeitário tá falando merda.

Cole emitiu um som de objeção.

– Ué!

– Você nasceu no fim de maio – falei, enunciando as palavras devagar. – Então você é geminiano.

Sem contar as características mentirosas que ele inventou sobre si. Gentil e misterioso uma ova.

Ele deu de ombros.

– Vou ficar com escorpião. Parece mais legal.

– Você não pode só escolher o signo de que mais gosta! – protestei, quase derramando o chocolate quente pela borda da caneca. Deixei-a de lado para não derramar de frustração. – Não é assim que funciona.

– Quem disse?

– Sei lá – respondi, cansada. – A história? Todo mundo? É senso comum.

A covinha dele apareceu, e foi o único aviso que recebi antes de Cole se lançar para a frente e envolver meu tronco com um braço. Tentei me esquivar de seus dedos, mas ele segurou meu corpo contra o dele e usou a mão livre para me torturar.

– Sabia que você sentia cócegas. – Ele parecia estar aproveitando.

– Para com isso! – Ofeguei, lágrimas brotando dos meus olhos.

Ele não ouviu, então continuei me debatendo até que minha mão acidentalmente encostou na caneca e a jogou longe. A maior parte da minha bebida se derramou na grama, mas um pouco espirrou em mim.

– Merda – disse Cole, me soltando para que eu pudesse me afastar da poça que se espalhava.

– Tem uma toalha ou alguma coisa assim? – perguntei, chacoalhando a mão para me livrar do líquido que escorria pelos meus dedos.

Pensei em usar o cobertor, mas o material era fofinho, e eu sabia que ficaria coberta de pelos.

– Aqui, deixa comigo.

Cole agarrou meu punho e o levantou deliberadamente, me dando todo o tempo do mundo para me afastar. Eu continuei ali, e nossos olhos permaneceram fixos um no outro enquanto sua boca se fechava em torno de um dos meus dedos.

Aconteceu tudo tão rápido que não percebi a mudança, mas, em dado momento, Cole estava chupando o chocolate quente da minha pele e, no outro, estava capturando meus lábios em um beijo intenso e afetuoso. Quando sua mão subiu para acariciar meu rosto, passei um braço por trás do pescoço dele e enrolei os dedos em seu cabelo macio; estava do tamanho perfeito: longo o bastante para sempre parecer despenteado sem esforço, principalmente se eu brincasse com ele, mas curto o suficiente para facilitar arrumá-lo.

Sem que sua boca deixasse a minha, Cole me guiou para o cobertor abaixo de nós e cobriu meu corpo com o dele. Soltei um leve suspiro ofegante, e ele logo se afastou.

– Tudo bem? – perguntou, observando meu rosto com atenção.

– Tudo. – Minha resposta saiu mais rouca do que eu esperava, mas fez Cole sorrir.

– Que bom. – Os olhos dele queimaram nos meus. – Me avisa qualquer coisa.

Então, ele voltou a me beijar, com mais ímpeto e fervor do que antes. Tudo desapareceu, exceto a leve sensação de seus dentes se cravando no meu lábio inferior, o gosto de chocolate em sua língua, e a sensação de seu peso me prendendo no chão. Até minhas faculdades mentais vacilaram, o prazer enevoando minha mente, o que explicava por que eu mal conseguia lembrar meu nome quando ele por fim se afastou de mim, cinco minutos mais tarde.

Depois de dar um último beijo na ponta de meu nariz, Cole rolou de cima de mim e se jogou no cobertor. Encarei o céu acima enquanto meu peito subia e descia. Além do meu coração martelando, o outro único som que preenchia a pequena clareira eram nossas respirações ofegantes.

– Se vocês não estudavam astronomia quando vinham pra cá, o que faziam? – perguntei, enfim quebrando nosso silêncio quando minha respiração voltou ao normal.

– A gente revezava pra dar nomes inventados pras estrelas – respondeu ele, em um tom divertido. – O Will sempre inventava os mais ridículos.

– Tipo Seupeitário? – chutei.

Uma risada escapou de sua garganta.

– Exatamente.

Pensar em Will entretendo os irmãos mais novos enquanto observavam o céu noturno me lembrou de Lucy.

– Tem uma claraboia no quarto da minha irmã – contei para ele quase em um sussurro. – Fica bem em cima da cama dela. Sempre que eu tinha um pesadelo, me enfiava debaixo das cobertas com a Lucy, e ela inventava umas histórias malucas enquanto a gente olhava pro céu.

– Que tipo de história? – ele quis saber, colocando um braço atrás da cabeça.

– Óperas espaciais. Sempre sobre as mesmas personagens: Lexa, Jenny e os Guardas Estelares.

– Guardas Estelares? – repetiu ele. – O que é isso?

– Um grupo de alienígenas que jurou proteger a galáxia do mal. – Minha voz vacilou enquanto todos os mínimos detalhes que minha irmã entrelaçou voltavam à minha mente, mas continuei a explicação. – Lexa e Jenny eram astronautas que foram salvas pelos Guardas Estelares depois de se perderem no espaço. Em vez de voltarem para a Terra, elas decidiram se juntar à aventura deles.

– Lexa e Jenny, né? – disse ele, a mão roçando na minha.

Eu sorri.

– Elas eram irmãs.

– Que fofo. – Ele apertou meu braço de maneira reconfortante e depois mudou de assunto para algo menos doloroso. – Então, o que você acha? Tem vida lá fora ou não?

Passamos os minutos seguintes discutindo sobre a existência de vida extraterreste antes de passarmos para o Pé Grande, duendes e o Monstro do Lago Ness. Isso se transformou em uma discussão sobre teorias da conspiração: quais acreditávamos ser reais e quais eram nossas favoritas, e Cole disse que o motivo de a Compra da Luisiana ter sido barata foi porque a terra estava infestada de lobisomens. Quando ficamos sem assuntos bobos sobre os quais falar, nossa conversa tomou um rumo sério.

– Ei, Jackie? Desculpa por ontem à noite. – Pela primeira vez na noite, as desculpas soaram sinceras. – Eu nunca deveria ter te deixado pra trás daquele jeito.

Finalmente. Me afastei do calor do corpo de Cole e me apoiei em um cotovelo para encará-lo.

– Por que deixou, então?

Uma emoção que eu não conseguia distinguir brilhou em seus olhos.

– Foi só uma coisa que o Nick disse. Não importa.

Obviamente importava, ainda mais porque a reação dele foi me abandonar. Se fosse assim, nós não estaríamos tendo aquela conversa.

– Só que pra mim importa, e acho que você me deve a verdade. Você ficou… sei lá, com vergonha ou algo do tipo?

Ele soltou um suspiro derrotado.

– É, algo do tipo.

– Ninguém te obrigou a sair com a gente, Cole – falei, com o coração apertado no peito.

Embora nós fizéssemos parte de grupos diferentes, o dele mais popular do que o meu, nunca pensei que se importasse tanto com sua reputação a ponto de ficar com vergonha de ser visto com meus amigos.

O olhar dele se voltou para mim, e ele se endireitou.

– Calma, você tá achando que...? Jackie, não! Você entendeu tudo errado. Não fiquei com vergonha de você nem dos seus amigos. Eu sabia exatamente no que estava me metendo quando ouvi "trivia de *Harry Potter*".

– Então será que pode me ajudar a entender? – pedi. – Porque definitivamente parece que você estava com vergonha da gente.

Cole ficou quieto por um bom tempo. Em algum lugar perto da borda da clareira, um bichinho se mexia na vegetação rasteira.

Por fim, Cole disse:

– Eu me senti um fracasso, tá?

Eu o encarei, certa de que tinha ouvido errado. Como Cole Walter, o cara mais popular da escola mesmo *depois* de ter se formado, achava que era um fracasso? Será que ele realmente não via como todos sempre gravitavam ao seu redor?

– Mas... por quê?

– Porque todos os meus amigos estão na faculdade enquanto eu continuo aqui, sem fazer nada nem ir pra lugar nenhum – admitiu ele, cada palavra revestida de uma insatisfação amarga.

Aquela declaração não fazia sentido. Não era como se as notas de Cole fossem tão ruins a ponto de ele não conseguir ser aceito em lugar nenhum. A esta altura do ano seguinte, ele já estaria na faculdade também.

– Adiar seus estudos para guardar dinheiro para a mensalidade não é a mesma coisa que nada – falei. – O nome disso é responsabilidade financeira. A faculdade ainda vai estar lá no ano que vem.

– Mas não é só a faculdade. Eu não tenho nenhum... Quer dizer, eu não... *Argh*. – Cole afastou o cabelo do rosto só para a franja cair de volta nos olhos um segundo depois. – Olha, tem duas coisas em que eu sou bom: carros e futebol americano. O futebol obviamente está fora de cogitação, então o que me resta? Trabalhar na Oficina do Tony pra sempre?

– Você vai dar um jeito – falei, em um tom que eu esperava ser otimista. Sem saber como acalmá-lo, segurei sua mão e entrelacei nossos dedos. – Isso não faz parte de toda a experiência da faculdade?

– É fácil pra você dizer – murmurou. – Você já tem a vida planejada.

Ele não estava errado, mas meu estômago se revirou mesmo assim. Hesitei, sem saber se estava pronta para vocalizar algo que andava me atormentando desde o verão.

– Posso te contar um segredo? – Não esperei pela resposta dele. – Eu odiei estagiar na empresa do meu pai. Investir é *chato*.

– Então... você não vai pra Princeton? Sempre dá pra se inscrever na Boulder.

A ideia de estudarmos juntos deve tê-lo animado, porque o sorriso finalmente voltou ao seu rosto.

– Deixa de ser maluco – falei, dando um empurrãozinho de leve nele. – É Princeton ou nada, mas... – Minha voz se perdeu, tentando organizar meus pensamentos conflitantes. – Talvez eu não queira seguir os passos do meu pai depois disso?

Ele arqueou uma sobrancelha.

– Isso foi uma pergunta?

– Foi, e era isso o que eu estava tentando dizer. Tudo bem se você não sabe o que vai fazer pelo resto da vida, Cole. Eu também não tenho certeza. É normal, e isso não te torna um fracassado.

Uma carranca tomou seu rosto.

– Você pode não ter certeza, mas ainda tem opções. Eu sinto que não tenho nada. Quer dizer, isso não é verdade. Eu tenho você – disse ele. – Você é a melhor coisa que eu tenho a meu favor agora.

– Eu não acho – comentei enquanto um sentimento desconfortável e indefinido se contorcia em minhas entranhas. – E a reforma do motor que você fez pro Carter? Ele não disse que te contrataria de novo no futuro? Isso já é algo.

Cole soltou um murmúrio em resposta, e então ficamos em silêncio, agora que estava tudo às claras. A temperatura caiu rapidamente, e, quando comecei a tremer, decidimos encerrar a noite. Caminhar para fora da floresta foi mais difícil do que entrar nela, e, quando chegamos à caminhonete, meus músculos estavam doloridos. Só queria ligar o ar quente e me enrolar no banco com a cabeça no colo de Cole.

Devo ter cochilado durante a viagem, porque acordei algum tempo depois com um leve balanço e um corpo quente e firme pressionado contra o meu. A primeira coisa que vi ao abrir os olhos foi Cole, me carregando para o meu quarto. Me aconcheguei ainda mais em seus braços enquanto ele se aproximava da minha cama, sem querer abrir mão de seu calor.

– Que foi? – perguntei com a voz rouca e só meio acordada, o que o fez sorrir.

– Você dormiu no caminho pra casa. – Ele me deitou na cama e tirou meus sapatos. – Volta a dormir, Jackie. Te vejo de manhã.

– Não vai embora – respondi, agarrando sua blusa enquanto meus olhos se fechavam. – Você é confortável.

Quando Cole não respondeu, achei que ele já tivesse ido embora, mas, um pouco depois, o colchão afundou, e ele se aconchegou perto de mim.

doze

Eu estava oscilando entre momentos de lucidez e de sono quando um leve ruído me tirou dos fragmentos nebulosos de um sonho.

Sem abrir os olhos, percebi que tinha me esquecido de fechar as cortinas na noite passada; o quarto estava claro, inundado pelo sol da manhã que aquecia meu rosto. Confortável demais para me levantar, me afastei da luz e me aninhei ainda mais no travesseiro. O enchimento estava mais firme do que de costume, mas foi só quando percebi o movimento sutil – um suave sobe, desce, sobe, desce – que meus olhos se abriram de uma vez. Meu cérebro sonolento levou um tempinho para entender que Cole e eu estávamos entrelaçados. Eu não apenas estava usando seu tórax como travesseiro como o braço dele também estava jogado do meu lado, e nossas pernas estavam emaranhadas.

O barulho que me acordou, uma batidinha na porta, se repetiu.

– Parker, você já acordou?

A adrenalina percorreu meu corpo. Era Katherine! A constatação levou embora meus últimos resquícios de letargia, e me sentei de pronto. Cole estava em minha cama, a mãe dele estava prestes a nos pegar em flagrante, e não havia nada que eu pudesse fazer.

– Querida, você precisa se levantar – continuou a dizer, a porta rangendo quando ela a abriu. – O treino de rúgbi começa em... – Katherine parou de falar quando nossos olhares se encontraram.

Três segundos agonizantes se passaram enquanto ela avaliava a situação.

Ou ele tinha uma péssima noção de tempo ou um sistema de detecção de ameaças embutido, porque Cole escolheu aquele exato momento para acordar.

– Não levanta ainda – disse ele, me puxando de volta para seus braços, a voz ainda rouca de sono.

Fechei os olhos com força para bloquear o olhar furioso e penetrante de Katherine.

– Cole, me solta.

– Não. – Ele acariciou minha nuca. – Nem ferrando.

– *Cole Anthony Walter*.

Se eu não estivesse morrendo de medo, teria rido da reação dele ao ouvir a voz da mãe. Seu corpo inteiro estremeceu como se tivesse sido eletrocutado, e ele se levantou tão rápido que quase caiu da cama.

– Mãe, oi. – Ele se engasgou, os olhos arregalados de pânico. – Não é o que parece.

Os lábios de Katherine se franziram, mas, surpreendentemente, ela não gritou nem ergueu a voz. Com calma, nos informou de que teríamos uma conversa depois do jantar, expulsou Cole do quarto e, então, se ocupou em arrumar Parker para o treino.

Enquanto ela se movia pelo quarto, abrindo gavetas da cômoda e vasculhando o guarda-roupa, me sentei no colchão, com os membros dormentes e o ouvido zumbindo. Eu esperava uma explosão quando Katherine nos viu juntos na cama, não essa reação, qualquer que fosse. Fiquei atordoada por muito tempo depois que ela e Parker tinham saído, e essa era a intenção dela, né?

Passei o resto do dia remoendo o assunto. Tentei me concentrar em funções do segundo grau e outros polinômios, mas minha mente continuava voltando para a expressão de raiva no rosto de Katherine. Eu a tinha visto muitas vezes antes – era impossível não ter visto, considerando quantos filhos espertinhos ela tinha –, mas nunca havia sido direcionada a mim. Qual o tamanho do problema que Cole e eu nos metemos? Quando ele me trouxe bêbada para casa na primavera passada, nós fomos repreendidos e castigados, mas desta vez parecia diferente. Mais sério. Quando a hora do jantar chegou, eu já tinha entrado em um transe induzido pela ansiedade, no qual tudo o que conseguia fazer era brincar com a comida no prato.

Quando todos terminaram de comer, George instruiu que Cole e eu permanecêssemos sentados enquanto o restante da mesa foi dispensado. Alex ficou para trás, com uma expressão curiosa no rosto, mas o pai só precisou pigarrear uma vez para fazê-lo desaparecer. Katherine ficou parada na beirada do cômodo, com as orelhas em pé e as mãos na cintura, esperando vários pares de pés subirem a escada. Quando o som desapareceu, ela se sentou à nossa frente.

– Sob nenhuma circunstância é aceitável que vocês dois durmam juntos. – Seu tom era calmo, mas firme.

Abaixei a cabeça, minhas bochechas queimando.

– Sério? – disse Cole, com desdém. – Mas nem se...

– Cole – interrompeu George. – É melhor você ficar quieto agora, ou eu juro que vou...

– Tá bem, tá bem! – respondeu ele antes que o pai pudesse terminar. – Desculpa, mas vocês estão fazendo uma tempestade em copo d'água. Não aconteceu nada.

Essa foi definitivamente a coisa errada a dizer, e estremeci quando um músculo no maxilar de Katherine saltou. Embora ele estivesse tecnicamente correto sobre nada ter acontecido, dar uma de espertinho só nos arranjaria problemas.

– Eu não ligo pra sua desculpa – retrucou a mãe. – *Nada* te dá o direito de desrespeitar as regras da casa.

– Qual regra a gente quebrou? – Havia um tom de desafio na voz de Cole. – A única que você fez quando a Jackie se mudou pra cá foi que a porta tinha que ficar aberta se estivéssemos sozinhos num quarto com ela. Tecnicamente, não estávamos sozinhos.

Respirei fundo, horrorizada com a insolência dele. Um senso de autopreservação me atingiu, e me afastei para a ponta da cadeira, me inclinando para o mais longe possível de Cole. Ninguém disse nada. O silêncio era tão pouco natural que dava para ouvir o *tique-taque* do relógio de pêndulo que ficava na parede do escritório ao lado da cozinha.

– Você acha que a presença da sua irmã de onze anos torna essa situação aceitável? – perguntou Katherine após um momento longo e desconfortável. Sua voz vibrava com uma raiva mal contida. – Não sei nem por onde começar a explicar o quanto isso é inapropriado.

– Minha nossa, mãe – resmungou Cole com um grunhido. – Não foi nada disso.

– Não. Vem. Ao. Caso.

Katherine fez uma pausa, uma veia pulsando em sua têmpora. Parecia que tentava conter uma onda de pensamentos agressivos.

– Seu pai e eu falhamos ao não declarar explicitamente as regras adicionais, mas isso é porque pensamos que fossem maduros o bastante para entender que qualquer coisa além daquilo estava implícito. Não cometeremos esse erro de novo. Vocês dois estão de castigo até segunda ordem.

– Você não pode me deixar de castigo. – Cole se recostou na cadeira e cruzou os braços, com um olhar tão desafiador que fez minha pressão subir. – Eu sou adulto.

– Seu comportamento sugere o contrário – interrompeu George, antes que Katherine explodisse. – De qualquer forma, você mora sob o nosso teto.

Cole ia continuar discutindo. Dava para ver pelo jeito como suas sobrancelhas se uniram e ele respirou fundo, então dei uma cotovelada nas costelas dele para evitar mais atitudes idiotas de sua parte. A cabeça dele se virou para mim em um gesto brusco, e implorei com os olhos para ele *calar a boca, por favor*.

Ele deve ter entendido o recado, porque seus ombros caíram.

– Tá, mas, por favor… não descontem isso na Jackie. A gente saiu muito tarde, e ela dormiu na caminhonete voltando pra casa, então eu carreguei ela pra cama.

Ou não. Suspirei, mas me contive para não bater a cabeça na mesa, frustrada.

– Se fosse só isso que tivesse acontecido, nós não estaríamos tendo essa conversa – respondeu Katherine, com os dentes cerrados. – Você parece estar se esquecendo da parte em que se deitou na cama com ela.

– Não era pra eu dormir! – exclamou Cole. – Não crucifica a gente por causa de um acidente. Eu ainda estava de sapato, pelo amor de Deus!

Minhas unhas cravaram pequenas luas crescentes na pele das minhas palmas antes de eu me forçar a relaxar. Deveria agradecer a Cole por tentar assumir a culpa. Embora estivesse sonolenta, me lembro de pedir para ele ficar comigo, e aquilo nos tornava igualmente responsáveis. Foi um gesto gentil, de verdade, mas, a julgar pela expressão no rosto de seus pais, Cole só estava nos afundando ainda mais no buraco.

– Cole? – falei, baixinho. – Fica quieto, por favor.

Desta vez, felizmente, ele ficou.

George passou os cinco minutos seguintes definindo nossa punição, mas desliguei o cérebro, já que seu discurso basicamente se resumia a tarefas domésticas, prisão domiciliar e mais tarefas domésticas. Eu só voltei a mim quando ele avisou que, se algo assim acontecesse novamente, medidas drásticas seriam tomadas.

– Que tipo de medidas drásticas? – perguntou Cole, cauteloso.

Katherine massageou as têmporas.

– Olha, querido, é a última coisa que eu quero fazer, mas se você e a Jackie tiverem que ficar separados, seu irmão e a Haley têm espaço mais do que suficiente.

O pouco que eu tinha conseguido comer no jantar subiu pela minha garganta com as palavras dela. Se eu não estivesse enganada, parecia que ela estava ameaçando mandar Cole embora, e eu não podia permitir que isso acontecesse.

– Katherine, George – chamei, fazendo contato visual direto com eles ao pronunciar seus nomes. Debaixo da mesa, enxuguei a palma das mãos úmidas nas coxas. – Desculpa pelo que aconteceu ontem à noite. Ao ignorar a regra de vocês, o Cole e eu ultrapassamos um limite que nunca deveria ter sido ultrapassado. Foi irresponsável e desrespeitoso, e dou a minha palavra de que isso nunca mais vai acontecer.

– Obrigado, Jackie – disse George, forçando um sorriso. – Agradecemos seu pedido de desculpas e sua promessa.

Assenti, sabendo que era uma promessa que eu pretendia cumprir.

Eu não sabia qual parte das minhas tarefas era pior.

A primeira que me vinha à mente era o fedor de esterco. Além de impregnar o ar, o cheiro pungente sempre grudava na minha pele até eu tomar um banho escaldante no qual podia me encharcar de sabonete.

Dito isso, me afogar no meu próprio suor vinha logo em seguida. Eu odiava a forma como ele escorria pela testa e pelas costas e encharcava minha camiseta.

Também foi irritante descobrir que eu não estava tão em forma quanto pensava. Embora a corrida me trouxesse muitos benefícios, a força da parte superior do corpo não era uma delas. Enquanto eu levantava o último forcado de excrementos de cavalo e o jogava em um carrinho de mão, meus braços tremendo de esforço, não pude deixar de me sentir humilhada pela exaustão.

Minha punição por ter sido pega com Cole incluía vários aspectos desagradáveis, mas este – a limpeza diária das baias – era de longe o mais torturante.

Depois de espalhar uma nova camada de serragem pelo chão, desabei no banco do lado de fora e fechei os olhos. Pensando bem, a pior parte dessa situação toda não era o odor impregnante, me sentir grudenta ou a queimação nos braços. Não era nem mesmo estar de castigo e perder um tempo precioso de estudo com tarefas domésticas. O que mais me incomodava era o buraco que tinha se instalado no meu estômago no domingo à noite e não tinha saído desde então.

A ameaça de Katherine de mandar Cole embora pesava muito sobre mim. E se ela seguisse adiante com o plano? Imaginá-lo sendo forçado a tirar suas coisas do ateliê e sair da fazenda por causa das minhas atitudes me deixou enjoada, e, durante dias, mal consegui olhar em sua direção, que dirá passar tempo com ele. Não era a possível separação que me deixava mal. A maioria das pessoas da minha idade não morava junto com seus pares românticos. Como Savannah havia apontado tão diretamente, nossa situação de moradia era estranha. O que me incomodava mesmo era que minha presença já havia agravado problemas na relação dele com Alex, então a última coisa que eu queria era ser a responsável por criar uma barreira entre Cole e seus pais.

A porta do celeiro rangeu ao se abrir. Devia ser Nathan fugindo para o sótão, mas eu não estava a fim de falar com ele. A ferida que suas palavras infligiram ainda era recente demais, então mantive os olhos fechados e acompanhei seu trajeto ouvindo os passos ressoarem pelo lugar. Quando pararam bem na minha frente, soltei um suspiro.

– Eu adoraria te beijar agora – disse a voz que definitivamente não era de Nathan –, mas você tá fedendo.

Ao abrir os olhos, vi Cole encostado na parede oposta. Suas mãos estavam enfiadas casualmente nos bolsos da frente, e ele usava um par de chifres vermelhos de diabo que combinava com aquele sorriso malicioso.

– Você não deveria estar limpando o porão? – perguntei.

– Você não deveria estar limpando as baias? – retrucou ele.

Gesticulei para o carrinho de mão que precisava ser levado para o local de compostagem. O forcado também precisava ser guardado, mas todo o trabalho árduo já tinha sido feito.

– Basicamente terminei.

– Eu também – disse ele, mas eu duvidava muito disso.

Depois que Isaac foi preso, Katherine tinha encarregado o sobrinho de separar os pertences acumulados ao longo de mais de trinta anos na cripta (como ele passou a chamar) ao longo da criação dos doze filhos. Com a exceção do local de trabalho de George, os Walter usavam o andar mais baixo da casa como um enorme depósito. Havia caixas e mais caixas para vasculhar. Tudo que não fosse importante o suficiente para guardar deveria ser organizado em diferentes categorias e viraria doação para o bazar comunitário. Cole foi designado para ajudar Isaac enquanto nós dois estivéssemos de castigo, mas, mesmo com dois pares de mãos, os meninos mal tinham arranhado a superfície daquele projeto que estava se revelando gigantesco.

Como não era meu trabalho policiá-lo e eu estava exausta demais para nossas trocas de sempre, fingi acreditar em sua mentira.

– Qual é o lance dos chifres?

Cole deu de ombros.

– Achei uma caixa de fantasias antigas de Halloween. Acho que o Alex estava procurando alguma coisa pra usar na festa do Chase. O Isaac está com uma auréola combinando, mas sei que ficaria melhor em você – disse ele, flertando, com uma piscadinha. – Vem passar um tempo com a gente depois de tomar banho. Tem um monte de coisas legais lá embaixo. Andei olhando os anuários dos meus pais, e o Isaac encontrou um baú cheio de roupas vintage, acho que você vai gostar. Devem ter sido da minha avó.

– Você não disse que tinha terminado?

– Eu menti. – Ele arqueou as sobrancelhas e apontou para o acessório na cabeça. – O diabo, lembra?

Como se desse para eu me esquecer. Embora a maioria das pessoas visse Cole como o menino de ouro, ele podia ser bastante perverso. Eu conhecia intimamente sua veia maldosa e suspeitava que se metesse em tanta encrenca quanto os irmãos. A diferença era que ele sabia como se livrar das consequências. Ele também gostava de cruzar limites e burlar regras, e, embora fosse parte do que me atraía nele, olha só aonde isso tinha nos levado desta vez.

– O que me diz? – perguntou Cole quando não respondi. – Você, eu e um porão mofado. Sei que não é a melhor oferta de todas, mas vamos dar um jeito de nos divertir. E se a gente fingisse que o Isaac não está lá? Ele ficaria louco.

Umedeci os lábios.

– Hã, hoje não vai dar pra mim. Tenho muita lição de casa pra fazer.

O sorriso dele desapareceu, mas voltou ao seu rosto logo em seguida.

– Então faz no porão. – Ou Cole queria mesmo passar tempo comigo ou eu não estava cheirando tão mal quanto pensava, porque ele se afastou da parede e se sentou ao meu lado. – Eu limpo a mesa velha e prometo não te importunar. Por favor? – acrescentou. – A gente não se fala desde domingo.

A culpa atingiu meu peito em cheio, mas me apeguei à minha decisão e balancei a cabeça.

– Acho que não é uma boa ideia, Cole.

– Por quê?

– Seus pais...

– Não usa eles como desculpa – retrucou. – Seja sincera... você tá me evitando?

A palavra *não* estava na ponta da minha língua, mas era mentira, né? Nos últimos quatro dias, eu tinha fugido de Cole sempre que ele chegava do trabalho. Não porque estivesse brava com ele, mas porque não queria deixar Katherine ainda mais irritada.

– Bom, não exatamente. É só que...

– É só que *o quê*? – desafiou ele, virando-se no banco para me encarar.

– Não sei como explicar, Cole – falei, baixando o olhar para meus pés –, mas quando eu estou com você, me sinto meio... normal.

Assim que a explicação atrapalhada saiu de minha boca, percebi que aquilo ia muito além dos últimos dias. O desconforto que tomava conta de mim vinha de outros problemas – acima de tudo, do meu luto descontrolado.

– E por acaso isso é ruim?

– Não, mas... às vezes, eu sinto tanta falta da minha família que não consigo fazer nada – contei. – Sinto uma dor lancinante no peito que é impossível de ignorar, como se meu coração tivesse sido enrolado em arame farpado, e não importa o que eu faça ou quanto tempo passe, sei que essa dor vai ficar ali pelo resto da minha vida. – Lágrimas se acumularam em meus olhos, mas as enxuguei antes que caíssem. – Então, tem dias em que você sorri pra mim e eu simplesmente... me esqueço. Toda a dor desaparece, e isso me faz sentir tão culpada. Como posso estar com o coração partido em um segundo e ser feliz te beijando no outro?

– Jackie. – O tom dele era compreensivo, mas firme. – Olha pra mim.

Quando olhei, suas feições se suavizaram.

– Para de se preocupar em passar pelo luto do jeito errado. Não existe um jeito certo – ele disse, batendo o joelho no meu com gentileza. – A cura não é um processo linear. Alguns dias serão melhores que outros.

– É fácil pra você dizer. – Engoli o nó amargo que estava em minha garganta. – Você nem imagina como é perder todo mundo que você ama de uma vez só.

O aceno de cabeça que ele deu em resposta foi tão respeitoso que me senti irracional.

– Eu sei que não entendo, e digo isso da maneira mais sincera e não babaca possível, mas... será que não está usando isso como desculpa pra evitar algo que te assusta? – ponderou. – Seus pais não te odiariam por seguir em frente, Jackie. E, não importa o que aconteça, minha família e eu sempre estaremos aqui por você.

Será? Eu costumava pensar a mesma coisa sobre minha própria família.

O que aconteceria se Cole e eu continuássemos namorando, as coisas ficassem muito sérias, mas depois a gente terminasse? Será que os Walter seriam obrigados a tomar um partido? Danny prometeu atender minhas ligações mesmo se eu partisse o coração de seu irmão, mas será que eu estava mesmo disposta a correr o risco? Por que algum dos Walter me escolheria em vez de alguém de seu próprio sangue?

Foi então que finalmente entendi por que andava afastando Cole desde que Katherine nos pegou na cama juntos. A verdade era que os Walter eram tudo para mim. Eles haviam me acolhido em sua casa depois de eu perder a minha, se tornaram minha nova rede de apoio, e me mostraram como voltar a viver. Eu já sabia qual era a dor de perder uma família; não podia arriscar perder outra.

A questão era: Como as coisas ficavam entre Cole e eu?

Como se sentisse minha turbulência emocional, um dos cavalos relinchou duas baias abaixo.

– Desculpa – sussurrei, envolvendo os braços ao redor de minha cintura. Até organizar a confusão de pensamentos e sentimentos na minha cabeça, seria melhor mantermos distância. – E-eu não posso ignorar o último fim de semana como se nada tivesse acontecido. Preciso de espaço, tá?

A expressão de Cole ficou severa.

– O quê, tipo da última vez?

Devo ter hesitado um pouco demais, porque ele arfou e saiu enfurecido sem dizer outra palavra sequer.

treze

- Jackie, *o que* você tá fazendo?

Olhei para cima de onde estava deitada de bruços, um braço enfiado debaixo da cama. Parker estava parada na porta, com a bolsa de rúgbi pendurada no ombro e o rosto sujo de lama. Ela analisava a situação com uma expressão confusa.

– Procurando meu colar – disse, me levantando em um salto.

Talvez ela soubesse onde estava. Embora Parker costumasse torcer o nariz para minhas escolhas de roupa, eu a tinha flagrado dando uma olhada em meu porta-joias em mais de uma ocasião e sabia como era ter uma irmã. Eu costumava pegar as coisas de Lucy emprestadas o tempo todo sem pedir.

– Você viu?

– Não, desculpa. Eu até te ajudaria a procurar, mas... – Ela parou de falar, os olhos percorrendo o quarto com desconfiança.

Parker não precisou explicar nada para eu entender sua hesitação, afinal, por onde ela começaria a procurar? Nos últimos quinze minutos, eu tinha feito uma bagunça completa em nosso espaço compartilhado. Todas as gavetas da cômoda estavam abertas, as roupas jogadas. Eu tinha tirado a roupa de cama do meu colchão, espalhado o conteúdo da minha bolsa e da minha mochila no carpete e revirado tanto o guarda-roupa como nossas escrivaninhas.

Meus ombros caíram, e pisquei algumas vezes para conter as lágrimas. Até aquele momento, não tinha percebido quanta esperança eu tinha de que ela milagrosamente fizesse o colar da minha mãe aparecer.

– Você deu uma olhada no banheiro? – perguntou, caminhando pelo chão até o cesto de roupa suja, de onde pegou uma blusa, cheirou e a jogou de lado.

– Aham, e também no escritório, na cozinha e na sala – falei, listando os cômodos que frequentava.

Parker fez uma pausa e coçou a têmpora.

– Bom, sempre que eu perco alguma coisa, a mamãe me diz pra refazer meus passos – comenta ela. – Quando foi a última vez que você o usou?

Repassei o mês anterior mentalmente. A memória mais recente que eu tinha de usar o colar era no baile de boas-vindas. Se eu tivesse perdido na escola, tinha o sentimento terrível de que nunca mais o veria. O pensamento fez meu coração se apertar. Será que havia caído no carro de Cole? Provavelmente não, mas eu tinha de conferir de qualquer jeito.

Depois de prometer que arrumaria tudo mais tarde, corri para o galpão onde o Buick estava estacionado. As luzes estavam apagadas, então só reparei em Nathan sentado no banco do motorista quando abri a porta do passageiro.

– Ai, meu Deus! – exclamei, levando a mão ao coração. – Nathan, por que você tá...?

As lágrimas escorrendo por seu rosto me paralisaram. Ele não se virou para mim. Continuou encarando o para-brisa enquanto chorava, os ombros chacoalhando. A gente não tinha trocado uma palavra sequer desde a briga, e, embora eu ainda estivesse magoada pelo que ele disse, não conseguiria deixá-lo ali quando estava claramente tão mal.

Sem dizer nada, entrei no carro e segurei a mão de Nathan. Ele permaneceu imóvel, mas, em vez de insistir em respostas, fiquei ao seu lado enquanto ele chorava. Com o tempo, as lágrimas cessaram, ele enxugou o rosto e desabou no banco como se tivesse acabado de correr uma maratona.

Quando finalmente se pronunciou, sua voz estava baixa e rouca:

– Desculpa ter sido tão babaca com você, Jackie. Você não merecia.

– Tá tudo bem – falei.

Receber um pedido de desculpas era legal, mas eu estava mais preocupada em descobrir o que estava acontecendo.

– Não tá, não – disse ele, a voz embargada. – Você tava preocupada comigo, mas eu tava com raiva demais pra perceber, então me descontrolei e disse coisas terríveis que não são verdade.

Ele olhou para mim, e, em seguida, a expressão em seu rosto se tornou tão familiar que todo o oxigênio desapareceu de meus pulmões: Nathan estava *sofrendo*.

– O Cole já te contou a história de como ele conseguiu esse carro?

A mudança abrupta de assunto me pegou de surpresa e me fez dar uma resposta imediata.

– O avô de vocês que deu pra ele, né?

– Aham, no aniversário de dezesseis anos dele. Pela animação do Cole, você jamais imaginaria que o carro não funcionava. – Havia um olhar distante no rosto de Nathan, como se estivesse revivendo o momento. – Meu tio Pete enfiou o carro numa vala depois de tirar a habilitação, mas o vovô era apegado demais pra jogar fora. Todas as minhas principais lembranças giram em torno do conserto desse carro na garagem dele com o Cole e o Isaac. Ele ensinava a gente enquanto trabalhava. De todos os netos, nós éramos os únicos interessados o bastante pra ouvir o que ele dizia. Eu era novo demais pra aprender algo significativo, mas o Cole levava jeito.

– Foi por isso que seu avô passou o carro pra ele? – perguntei.

Nathan correu a mão pelo volante.

– Tenho certeza de que, em partes, sim, mas o Cole foi o primeiro de nós três a fazer dezesseis anos.

– Ah – falei, como se de repente tudo fizesse sentido.

Não fazia, mas esperava que Nathan fosse se explicar se eu tivesse paciência o bastante.

– Quando o Cole começou a fazer aulas de mecânica no primeiro ano do Ensino Médio, ele voltava pra casa e me ensinava o que tinha aprendido na aula daquele dia, assim como o vovô fazia. Isaac perdeu o interesse muito antes disso, então éramos só nós dois, e aquela se tornou a minha parte favorita do dia.

– Hum.

Até os últimos tempos, era comum ver Cole debruçado sobre o capô aberto do Buick. Quando tentei imaginar Nathan em seu lugar, a imagem não se encaixava, porque eu não conseguia vê-lo como mecânico.

– Eu não sabia que você gostava de consertar carros.

Ele deu de ombros, de maneira indiferente.

– Não ligo de consertar, mas também não diria que é uma paixão. Pra mim, sempre foi uma questão de passar tempo com o Cole.

– Jura? – falei. – Nunca vi você no galpão com ele.

– Eu parei de ir. Cole ficou muito bravo depois que machucou a perna, e mexer no carro parecia ser a única coisa que o ajudava, então imaginei que ele gostaria de aproveitar esse tempo sozinho.

– Entendi…

Esperei Nathan continuar a explicação, mas ele ficou em silêncio. Decidi dar a ele um tempinho para organizar os pensamentos. Enquanto esperava, um milhão de perguntas diferentes me vieram à mente, como *Por que a gente está falando de Cole?* e *O que tem o carro a ver com isso?* Quanto mais o silêncio se estendia, porém, mais vago seu olhar se tornava.

Por fim, não aguentei mais:

– Nathan, por favor… o que tá acontecendo? – implorei. – Talvez eu possa ajudar.

– Não pode. – Lágrimas ressurgiram, e ele enxugou os olhos com frustração. – O Cole prometeu me dar o Buick quando eu aprendesse a dirigir.

– Mas e aí? – perguntei com cuidado, me esforçando para manter o tom neutro. Se toda aquela angústia fosse por conta de um carro idiota, eu iria perder a cabeça. – Ele mudou de ideia?

– Não – disse Nathan, balançando a cabeça com veemência. – O Cole não faria isso.

– O quê, então? – Arrancar respostas dele era como tentar fazer Alex se concentrar na lição de casa, Isaac se comportar ou Cole parar de flertar: era quase impossível.

– Eu tive outra convulsão no começo das férias – admitiu, por fim. – Foi logo depois que você e o Danny viajaram.

A compreensão me atingiu em cheio, como um golpe fatal, seguida pela confusão. O dia em que Nathan foi parar no hospital estava gravado em minha memória – mexeu tanto comigo que era impossível esquecer –, então, por que eu não havia considerado o diagnóstico recente como a causa de seu mau humor?

Nathan continuou explicando que o neurologista tinha alterado a receita dele, mas avisou que haveria um período de adaptação até encontrarem a dose correta. O que significava que, embora já tivesse idade para dirigir, algo que ele esperava havia um tempo, Nathan precisou abrir mão da carteira de motorista provisória; somente depois de seis meses sem convulsões ele poderia se sentar legalmente atrás do volante. Apesar do contratempo, ajustar a medicação resolveu o problema: Nathan não tinha convulsões desde junho. Agora só precisava esperar mais um mês e então estaria livre para começar as aulas de direção.

Ele fez outra pausa, e, pela maneira como fechou os olhos com força, percebi que ainda havia mais a dizer.

– Você teve uma terceira convulsão – concluí, a última peça do quebra-cabeça se encaixando. – Quando?

– No baile de boas-vindas – sussurrou. – Foi quando eu estava me arrumando pra ir. Por sorte, eu já tinha saído do chuveiro, mas caí e passei uns bons dez minutos batendo a cabeça no chão do banheiro. Quando acordei, senti como se tivesse sido atropelado por um ônibus.

– Sua... Sua mãe sabe?

– Aham – disse ele, o maxilar visivelmente tenso por trazer isso à tona. – Aliás, foi por causa dela que eu parei de correr, na verdade. Ela não me deixava ir sozinho quando você estava fora, e ninguém queria acordar cedo pra ir comigo.

Um bolo de emoção se formou na minha garganta.

– Sinto muito, Nathan.

– Não sinta. A culpa não é sua. – Uma lágrima solitária caiu da ponta de seu queixo. – Sei que é patético chorar por conta disso, mas eu me sinto tão... E se meu médico não conseguir acertar os meus remédios?

Apertei os lábios.

– Não tem nada de patético nisso. – Meu tom de voz o desafiava a me contradizer, mas ele não o fez, então relaxei e acrescentei: – Espero que não se importe, mas no verão li sobre tratamento de epilepsia. Tem tantos medicamentos disponíveis, Nathan. Com certeza seu médico vai achar algo que funcione, e você vai dar uma volta com o Buick por aí logo, logo.

Não foi meu melhor discurso motivacional, mas eu não sabia como tranquilizá-lo de outra forma. Palavras não pareciam o bastante.

– É, bom, eu dei uma pesquisada também. Sabia que não é raro um tratamento que você segue há anos parar de funcionar do nada? – Ele soava bem amargo, o que não surpreendia.

O problema era muito maior do que aprender a dirigir ou ter a liberdade de sair pra correr; a doença de Nathan afetaria o resto de sua vida. Ele provavelmente sentia que estava perdendo o controle, e aquilo devia ser aterrorizante. Eu me perguntei se tudo isso – o diagnóstico de Nathan e suas consequências – não era o motivo pelo qual ele tinha parado de tocar. Quando perguntei, ele confessou que estava com dificuldade de encontrar inspiração e que precisaria de mais tempo para superar o que tinha acontecido. *Esse* era um sentimento que eu entendia, então, quando ele voltou a chorar, eu chorei junto.

– Ei, Nathan – chamei assim que nossas lágrimas secaram. – Prometo que não vou fazer aulas de direção até você poder.

Ele abriu um sorriso.

– Por acaso você tem planos de tirar carteira de motorista?

– Não – respondi –, mas agora a gente pode fazer aula junto. Vai ser legal.

Isso pareceu animar Nathan. Na esperança de distraí-lo, eu o convenci a entrar e a ver um filme comigo. Quando estava saindo do carro, um brilho prateado chamou a minha atenção. Me inclinei para ver melhor e...

– Ah! – Ofeguei, pegando a joia familiar do assoalho.

– O que é isso? – quis saber Nathan enquanto eu o inspecionava para ver se havia alguma avaria.

– O colar da minha mãe. – Não era de espantar que eu o tivesse perdido; a argola que conectava o fecho à corrente havia quebrado. – Eu tinha perdido, então decidi dar uma olhada no carro. Não acredito que estava mesmo aqui. – Quando eu estava prestes a guardar o colar na segurança de meu bolso, tive uma ideia. – Toma – falei, pressionando-o na palma da mão de Nathan.

– Você… quer que eu fique com isso? – Uma leve ruga surgiu em sua testa. – Por quê?

– Minha mãe teve câncer de mama quando eu estava no Ensino Fundamental – contei para ele. – O tratamento de quimioterapia dela foi difícil, então meu pai quis comprar algo especial pra ajudá-la a passar por isso. A lavanda simboliza cura, e um tempo depois ela entrou em remissão, então deve ter funcionado. Talvez te ajude também.

Nathan arfou.

Então, com os dedos trêmulos, ele desprendeu o próprio colar, acrescentou o pingente na corrente, e o deixou se assentar ali, junto com a palheta de violão.

– Chaves, chaves. Cadê minhas chaves?

Levantei o olhar da minha xícara de café e avistei Katherine resmungando para si mesma enquanto vasculhava a ilha da cozinha, erguendo o diorama da floresta amazônica feito por Jordan, depois uma luva de basquete, um pão e uma pilha de recibos. Havia uma energia frenética e desesperada nela, como se estivesse com pouca gasolina, mas ainda houvesse quilômetros à frente antes de chegar ao destino. Ao longo da última semana, ela andou trabalhando incansavelmente nos preparativos para o bazar, que começaria em dois dias. Sua função como uma das coordenadoras era organizar e precificar todas as doações, mas vê-la correr pela cozinha me deixou preocupada. Quando tinha sido a última vez que ela fez uma pausa?

– Katherine?

Nenhuma resposta.

– Katherine – chamei novamente, agora mais alto, acenando para chamar a sua atenção.

– Agora não, George – respondeu ela, sem olhar para mim. Estava concentrada em vasculhar a fruteira. – Estou sem tempo. Minha chave sumiu.

Suco de laranja espirrou na mesa quando Alex soltou uma risadinha pelo nariz em seu copo. Isaac, que estava sentado ao lado dele, comendo uma tigela de cereal, abriu um sorrisinho irônico e pousou a colher. Quando terminou de mastigar, cruzou as mãos sob o queixo e olhou para mim com um sorriso travesso. Seu olho estava fechado de tão inchado, mas não me dei ao trabalho de perguntar quem o tinha deixado com um olho roxo; considerando o quão maldoso ele andava ultimamente, qualquer um de seus primos poderia ter sido o responsável.

– Ei, tio George – disse para mim. – Você tá com uma cara magnânima. Alguma chance de considerar me tirar do castigo mais cedo? Vai ter uma festa hoje à noite e eu queria muito ir.

A cabeça de Katherine se ergueu de repente, os lábios se franzindo diante da pergunta, mas a desaprovação se dissipou quando percebeu que Isaac não estava, de fato, falando com seu marido. Ela piscou.

– Jackie, era você? Eu jurava que tinha ouvido o George…

– Hã, era – respondi, minhas bochechas corando.

Alex e Isaac gargalharam, e eu tive a sensação de que não esqueceriam isso por *dias*. Já conseguia ouvir a torrente interminável de zoação sobre minha voz rouca e máscula; com certeza, pensariam em piadas suficientes para montar seus próprios stand-ups.

– Desculpa, querida – disse ela. – Precisa de alguma coisa?

– Não, é só que… – Gesticulei para o cordão ao redor de seu pescoço. – Você já está com as chaves.

Ela olhou para baixo.

– *Ah!* Você salvou minha vida, Jackie. Juro, é sempre quando eu estou atrasada que as perco. Eu deveria ter chegado no centro comunitário trinta minutos atrás, e tem tanta coisa pra fazer antes de segunda-feira.

– Se precisar, te ajudo, com prazer – comentei, cruzando os dedos por baixo da mesa.

As horas de voluntariado não apenas ficariam bem nas minhas inscrições para a faculdade como eu também estava desesperada para sair de casa e ir a algum outro lugar que não a escola, após passar duas semanas trancafiada. Ela hesitou, então acrescentei rapidamente:

– Sei que estou de castigo e vou fazer minhas tarefas assim que voltarmos, mas sou boa em organização. Talvez eu possa tirar um pouco de peso das suas costas.

Aquelas foram as palavras mágicas.

– Quer saber? Parece uma ótima ideia – disse ela, assentindo com firmeza. – Obrigada, Jackie. Agradeço por ter se oferecido.

– Puxa-saco – murmurou Isaac em voz baixa para que só eu ouvisse.

Mas não foi baixo o suficiente.

Katherine o encarou com uma carranca.

– Isaac, por que você não cuida das baias dos cavalos hoje enquanto a Jackie me ajuda no bazar?

Ele apontou para ela com a colher.

– Você é engraçada, tia K, mas eu passo.

– Não é um pedido – disse ela com desdém.

Em seguida, se virou para Alex e pediu que ele carregasse as caixas da mesa de jantar até a van.

Enquanto ela estava de costas, mostrei a língua para Isaac. Ele jogou um cereal em mim enquanto resmungava para si, mas parou de protestar. Estava encrencado demais para prosseguir com suas merdas de sempre.

Trinta minutos mais tarde, Katherine me deixou na entrada principal para que eu não me molhasse. O céu tinha começado a desabar na metade do caminho, mas nenhuma de nós estava vestida para aquele clima. Enquanto eu me encolhia debaixo da marquise, a observei estacionar o mais perto possível e disparar pelo estacionamento com uma revista sobre a cabeça. Depois de jogar no lixo a revista *Natureza* encharcada e se chacoalhar para remover as gotas de chuva do corpo, Katherine me conduziu até o saguão. Acenou para um homem corpulento com cara de lenhador sentado atrás da mesa de doações e, em seguida, desceu uma escada que levava a um enorme espaço de eventos onde seria o bazar.

– Uau – exclamei, parando bruscamente quando alcançamos o pé da escada.

O local havia sido transformado no que parecia um brechó gigante, com mesas de banquete unidas formando fileiras improvisadas. Eu nunca tinha visto tanta coisa na vida, nem mesmo quando Cole me levou para o Portal. Fileiras de móveis, araras e mais araras de roupas, pilhas de livros, uma infinidade de bugigangas. Potes, brinquedos, utensílios de cozinha e vasos decorativos. Havia até uma velha máquina de pinball enfiada em um dos cantos.

– Impressionante, né? – disse Katherine, examinando o salão, com um brilho satisfeito no olhar.

– Muito – concordei, o que era verdade desde que ignorasse o cheiro do local, que lembrava algo entre uma cantina e uma casa de repouso.

Katherine não perdeu tempo e me colocou para trabalhar.

– Tenho uns papéis que precisam da minha atenção imediata, mas se você falar com a Gabby – ela apontou para uma ruiva bonita de suéter bege –, ela pode te dar algo pra fazer.

Primeiro, ajudei a separar e dobrar roupas. Entediante, mas fácil. Assim que terminei, passei a hora seguinte colocando adesivos de preço em DVDs, e então comecei a desmontar caixas de papelão. Eu tinha começado a organizar uma grande coleção de itens de cozinha – travessas, pratos de plástico para crianças, porcelana fina e uma abundância de potes de vidro – quando senti alguém me encarando.

Embora estivesse do lado oposto do salão, meus olhos imediatamente se voltaram para Cole, que estava parado na frente da sala segurando uma caixa de armazenamento.

A aveia que comi no café da manhã virou pedra em meu estômago. Seu olhar estava fixo em mim como se estivesse esperando que eu percebesse sua presença, e, agora que isso havia acontecido, ele começou a vir na minha direção. Tentei não entrar em pânico, mas não nos falávamos desde nosso encontro no celeiro, e eu ainda não sabia como me explicar. Até então, Cole havia respeitado meus desejos e mantido distância, mas parecia que sua paciência tinha se esgotado.

Em vez de observá-lo se aproximando, voltei a atenção para uma pilha de tigelas de cerâmica, analisando cada uma para garantir que estavam limpas e sem defeitos. Uma delas tinha uma rachadura que ia da borda até a base, então a coloquei de lado. Senti o momento exato em que ele me alcançou, mas escolhi terminar a tarefa em vez de erguer a cabeça e encará-lo. Cole bufou e, então, sem cuidado algum, depositou sobre a mesa a caixa que carregava, fazendo um conjunto de taças de vidro chacoalhar e tilintar.

– E aí, Jackie? – Em vez de me dar frio na barriga, seu tom de flerte me deixou nervosa. – Que bom te ver por aqui.

Levei um segundo para me recompor antes de encará-lo

– O que tem na caixa? – perguntei em um tom de voz inexpressivo.

– Mais porcarias do porão. – Ele deu um tapinha na tampa.

Algumas fileiras adiante, vidro se estilhaçou no chão, e nós dois viramos a cabeça na direção do barulho. O cara corpulento que parecia um lenhador resmungou por conta de uma lâmpada quebrada aos seus pés.

– Cole – falei, me virando para ele –, o que veio fazer aqui?

– Achei que fosse óbvio. – Ele gesticulou para a caixa. Era transparente, de plástico, e estava cheia do que pareciam ser roupas de bebê. – Vim deixar essas porcarias.

Aham, sei. Até onde eu sabia, era a primeira vez que Cole vinha trazer uma doação, apesar de estar separando as coisas no porão havia duas semanas e de a Oficina do Tony ficar a poucos quarteirões do centro comunitário.

– Bom, você passou do ponto de entrega. – Que era no saguão por onde ele tinha passado momentos antes, e estava com uma placa que era impossível não ver. – Se voltar lá pra cima, tenho certeza de que vai encontrar a mesa com uma placa enorme que diz: *TODAS AS DOAÇÕES AQUI*. Se não achar, pede ajuda pra Gabby – falei, apontando para a mulher. – Ela trabalha no centro comunitário, então sabe onde as coisas ficam.

– Não sei onde ela está – disse ele, sem tirar os olhos dos meus. – Por que não me mostra?

Se ele ia dificultar as coisas, então nós dois agiríamos da mesma forma. Cerrei o maxilar.

– Estou muito ocupada agora. Tenho que voltar ao trabalho.

O olhar de Cole deslizou para os pratos e depois se voltou para mim.

– Tenho certeza de que isso vai continuar aqui quando você voltar. Além disso, eu não pretendo ir embora antes da nossa conversa.

Expirei pela boca, soprando o ar para cima, na minha franja.

– Tá, tudo bem. Vem comigo.

Depois de levá-lo de volta ao saguão, onde ele deixou a caixa, me dirigi à porta da frente. Com sorte, conseguiríamos escapar lá para fora antes de Katherine nos ver. Cole pegou no bolso o boné de aba reta da Oficina do Tony e o colocou ao sair comigo. A chuva havia parado, mas o céu ainda estava carregado de nuvens, e a névoa grudava no chão em espirais sutis. Dois voluntários conversavam baixinho durante uma pausa para fumar. Qualquer que fosse a conversa que estávamos prestes a ter, precisávamos de privacidade, então gesticulei para um caminho de pedras que atravessava uma vegetação qualquer em direção a um bosque de pinheiros com um gazebo de madeira no centro.

Nenhum de nós falou enquanto seguíamos a trilha para longe do prédio, e passei aqueles minutos reorganizando meus pensamentos. Eu sabia que não podia continuar evitando Cole, mas como contar para meu talvez meio namorado que a gente precisava terminar porque eu não queria ser chutada para fora da família dele caso nosso relacionamento acabasse? O malabarismo mental estava me matando.

Quando chegamos ao gazebo, Cole fez sinal para que eu subisse primeiro. Havia bancos embutidos, a maioria molhada por conta da chuva. Encontrei uma pequena parte que parecia estar seca, passei a mão na madeira para confirmar que não passaria o resto do dia em um jeans molhado e me sentei.

– Você mandou bem tirando essa carta da manga hoje de manhã. – Cole se recostou na coluna à minha frente, cruzando um pé sobre o outro com uma elegância casual que era, ao mesmo tempo, irritante e atraente. – Não conhecia esse lado seu.

– Que carta? – perguntei.

– Se oferecer pra ajudar minha mãe com o bazar pra se livrar das suas tarefas – respondeu ele, me mostrando sua covinha. – Eu tomaria cuidado se fosse você. O Isaac tá puto da vida. Ele achou que ia ficar sem limpar as baias por um tempo, e você estragou tudo.

– Em primeiro lugar – comecei a dizer, o que fez o sorriso de Cole se abrir por completo –, eu falei pra sua mãe que faria minhas tarefas quando a gente chegasse. Se o Isaac não tivesse aberto a boca, ela nunca teria prestado atenção nele, e eu ainda seria responsável pelas baias. E em segundo, desde quando é novidade o Isaac estar puto comigo? Caso não saiba, seu primo anda de mal com o universo há meses.

Ele soltou uma risadinha.

– Justo. É meio difícil não perceber, já que ele foi preso.

– Alguma ideia de qual é o problema dele? – perguntei, já que estávamos falando disso. – O Alex e o Nathan disseram que começou depois da visita do seu tio, mas eles...

Cole não me deixou terminar.

– Eu não vim pra falar do Issac.

Íamos direto ao assunto, então.

– Tá bem. – Cruzei as pernas com calma. – Sobre o que você quer falar?

– Não faz isso – disse ele, franzindo o cenho.

– Isso o quê?

– *Isso*. – Ele gesticulou para mim vagamente. – Não fala comigo como se eu fosse uma criancinha que você precisasse apaziguar enquanto finge que tá tudo bem.

– Eu não estou...

– Está, sim. – A irritação transparecia em sua voz, então ele fez uma pausa e inspirou devagar pelo nariz. – Olha, eu tentei te dar espaço, mas já faz mais de uma semana e você nem olha na minha cara. Sabe que eu me sinto um lixo com isso, né? Entendo que não está acostumada a ser repreendida e que isso te assustou, mas qual é, Jackie. Minha mãe não vai me mandar embora se a gente passar um tempo juntos.

– Desculpa – falei, estremecendo diante de sua expressão tensa. – Você deve ter razão, mas... acho que a gente não deveria arriscar.

A ruga entre suas sobrancelhas se aprofundou, e ele endireitou o corpo.

– Arriscar o quê?

Sua família.

Quando não respondi, Cole acrescentou:

– Está usando isso como desculpa porque ainda está brava pelo que aconteceu no O'Brady's? Ou é porque eu fui embora na nossa conversa no celeiro? Sei que não deveria ter feito isso, mas fiquei irritado e não queria brigar com você.

– Não estou inventando desculpas, eu só... – Inspirei fundo. – Só acho que isso não está funcionando.

Um silêncio denso se estendeu entre nós enquanto Cole me encarava, os olhos se estreitando.

– Como assim "isso não está funcionando"? – perguntou, por fim, em um tom cuidadosamente controlado. – Isso, tipo, nosso relacionamento de três semanas?

Minha garganta se contraiu.

– Eu... É.

– Nem ferrando, Jackie – retrucou ele, com os dentes cerrados. Mesmo a um metro e meio de distância, dava para sentir a frustração transbordando dele em ondas. – Você nem deu tempo o bastante pra gente fazer funcionar.

– Quanto tempo eu te devo, exatamente? – questionei, uma pequena chama de ressentimento se acendendo em meu peito. – Um mês? Três?

Era uma pergunta injusta, mas havia um olhar de desafio no rosto de Cole dizendo que ele não largaria o osso tão facilmente. Se eu tivesse de combater fogo com fogo, então seria assim.

– Quando voltei em agosto, eu te *avisei* que ainda não estava bem. Então desculpa se nosso relacionamento não está no topo da minha lista de prioridades, mas meu mundo inteiro implodiu, e estou começando a juntar os cacos. Queria poder ficar melhor pra você em um estalar de dedos, mas não funciona desse jeito, Cole.

– É isso que você vai usar? Esse papo de que está *quebrada demais*? – Ele balançou a cabeça. – Me poupe, Jackie. Nenhum de nós é burro o bastante pra cair nessa.

Me exaltei.

– Então você acha que eu estou *fingindo* tristeza?

– Claro que não! Qualquer um consegue ver que você ainda está mal. – Uma veia pulsava em sua têmpora enquanto ele falava. – Acha mesmo que não percebi que você sente dificuldade de respirar quando algo te lembra da sua família? Ou que se levanta de madrugada todos os dias porque não consegue dormir?

– Onde você quer chegar?

Cole tirou o boné e correu os dedos pelo cabelo, agarrando-o pela raiz antes de soltar. Colocou o boné de volta na cabeça.

– Lembra quando eu te levei para o Portal? – perguntou. – A gente estava se divertindo pra caramba, mas aí você achou aquela xícara de chá.

– Lembro – sussurrei enquanto a memória se enrolava em meu peito como um nó.

– Dava para ver que você tava à beira de uma crise, mas não foi o que aconteceu, foi? – O chão do gazebo rangeu quando ele se aproximou e se agachou na minha frente. – Você afastou a dor para ficar no momento comigo, e isso quer dizer algo, Jackie.

– Ah, jura? Tipo o quê? Que ficar com você vai me *curar*? – Arfei e revirei os olhos, embora uma pontada de dúvida tivesse aberto caminho entre as rachaduras da minha psique.

E se ele estivesse certo? E se ficar com ele ajudasse e Cole fosse exatamente o que eu precisava?

Não, para! Eu não poderia questionar tudo novamente.

– Bom, eu não diria com essas palavras, mas… é – admitiu ele, o sorriso arrogante de sempre tomando seu rosto, e então morrendo na mesma velocidade. Ele estendeu a mão e a colocou em meu joelho. – Morar no Colorado, passar tempo comigo e com a minha família, tudo isso te faz bem. Você tá bem melhor agora do que no verão, e não tente negar. O Danny me falou como as coisas foram difíceis. Só se passaram dois meses, e você já está coordenando campanhas eleitorais, sendo uma irmã mais velha pra Parker e se preocupando com o Isaac mesmo que ele tenha se tornado um filho da puta raivoso. Não me afaste porque a gente arranjou um pouquinho de problema.

Ele disse tudo isso com tanta facilidade, com todo o seu coração, como se as coisas fossem mudar caso falasse com convicção o bastante. Senti um aperto no peito, porque sabia que, mesmo que ele estivesse certo, minha mente já tinha se decidido. Ele não fazia ideia do que estava em jogo para mim, como as coisas seriam muito piores se eu perdesse outra família.

– Cole...

– Não, me escuta. Isso vai soar cafona, mas ficar com você me faz sentir como se as coisas estivessem certas, de um jeito que eu não sentia desde que parei de jogar futebol americano – contou ele, a voz rouca de emoção. – Sei que ainda está passando pelo luto, mas me deixa te ajudar no processo. Não quero perder o que a gente tem.

A expressão em seu rosto era tão suave, e seus olhos, tão azuis.

– Isso não é justo – falei, me afastando de seu olhar. A maneira carinhosa como ele me observava era demais para mim, e eu não conseguia mais lidar com aquilo. – Você não pode colocar a pressão da sua felicidade nos meus ombros.

O tempo parou, suspenso por um único instante, mas foi o suficiente para o clima entre nós mudar.

– Você tá de sacanagem? – Ele se levantou e cerrou os punhos. – Não estou fazendo nada disso.

– Jura? Considerando como anda a sua vida e o que disse sobre eu ser a única parte boa dela... – Encolhi os ombros.

– Como assim? – retrucou ele. – O que você quer dizer com isso sobre a minha vida?

– Sabe exatamente o que eu quero dizer! – exclamei, perdendo a paciência. – Você decidiu adiar a faculdade e depois começou a pensar que estava ficando pra trás, porque tudo o que está fazendo é trabalhar e não tem mais nada acontecendo...

Cole recuou como se eu tivesse dado um soco nele.

– É assim que você enxerga as coisas?

Merda, aquilo tinha saído do jeito errado.

– Não, eu...

– O quê? – cuspiu ele. – Você acha que eu sou um fracassado porque não tenho um futuro lindo e brilhante esperando por mim em Princeton como você?

Olhei para minhas mãos no colo.

– Eu não disse isso.

Não era esse o rumo que eu queria que nossa conversa tomasse, mas como consertar as coisas agora, sendo que o resultado seria o mesmo de qualquer forma?

– Bom, você obviamente pensou isso, se acha que eu estou colocando a pressão da minha felicidade nos seus ombros.

– Cole, por favor – falei, tentando lhe dizer que estava distorcendo as coisas, mas ele já tinha se cansado de ouvir, de falar, de lidar comigo.

– Não! – Ele fez um gesto brusco com a mão para me interromper. – Deixa pra lá, Jackie. Não precisa mais se preocupar com os meus sentimentos. Claramente, eles nunca foram uma prioridade pra você, pra começo de conversa.

Então Cole foi embora, exatamente como tinha feito naquela noite no celeiro.

A diferença era que, desta vez, parecia definitivo.

catorze

- TENHO UMA NOVIDADE pra contar – disse Cole para sua família no meio do jantar de sexta-feira.

Eu não estava com fome, andava sem apetite desde a nossa conversa no centro comunitário no fim de semana, mas o que restara da minha vontade de comer desapareceu ao ouvir as palavras dele. Sua expressão estava neutra quando lancei um olhar furtivo para ele através da cortina do meu cabelo, mas isso não impediu meu estômago de revirar, e imediatamente larguei o garfo, inundada por uma sensação de déjà-vu. Da última vez que ele fez um anúncio no jantar, acabei perdendo meu quarto.

Cole fez uma pausa enquanto esperava a mesa se acalmar, mas isso só abriu espaço para seus irmãos impacientes.

– Você fez uma tatuagem igual à de Isaac? – perguntou Benny, animado, o que fez Katherine engasgar e provocou uma onda de risadinhas pelo resto do grupo.

O infame incidente da tatuagem tinha impressionado o Walter mais novo; Benny vivia pedindo para ver a fênix nas costas de Isaac e falando sobre que tipo de tatuagem ele iria querer quando crescesse, para o grande desgosto da mãe.

– Acho que não – comentou Jordan enquanto se servia de outra porção de purê de batata. – Mesmo se tivesse feito, acho que ele não seria idiota o bastante pra anunciar no jantar.

Jack assentiu em concordância.

– É, a mamãe ia matar ele. Aposto que ele conseguiu ser promovido de novo ou algo assim.

– Agora você é gerente da Central do Combustível também? – quis saber Isaac, o tom zombeteiro. – Parabéns, cara. Desse jeito, não vai nem precisar ir pra faculdade.

O comentário me fez estremecer, mas, por sorte, ninguém percebeu.

– Isaac – repreendeu George, lançando-lhe um olhar de advertência do outro lado da mesa.

– Deixa de ser idiota – disse Lee, dando um tapa na cabeça do irmão.

Nathan se inclinou na direção de Jack.

– Ele não foi promovido coisa nenhuma – sussurrou, a mão em concha no canto da boca. – Acho que o Cole finalmente vai confessar que encontrou sua verdadeira vocação como bailarino.

– Com *aquele* joelho? – zombou Alex, claramente ignorando a tentativa de Nathan de aliviar o clima. – Até parece.

– Vocês estão todos errados – falou Parker. – É claro que ele vai se mudar pra Las Vegas e se tornar um imitador do Elvis.

– Ei! – Cole bateu as mãos uma vez para reunir a atenção de todo mundo. – Já pararam de gracinha?

– Pode falar, querido – disse Katherine. Havia um brilho travesso no olhar dela ao estender a mão e apertar a dele de maneira encorajadora. – Conta sua novidade. Mesmo se estiver se mudando pra Las Vegas, saiba que todos nós vamos te apoiar. Eu sempre amei Elvis.

A mesa explodiu em gargalhadas.

Cole soltou um suspiro exasperado e balançou a cabeça, mas os cantos de sua boca se curvaram de leve para cima com a provocação da mãe.

– Em setembro, um piloto amador de corrida em pista de terra me chamou pra reconstruir o motor dele – contou assim que todos se acalmaram. – Ele ficou impressionado pelo meu trabalho, então me indicou pra um dos amigos dele, e esse novo cara é incrível. Ele ganhou a maioria das corridas locais, até algumas regionais. As pessoas estão dizendo que ele talvez vire profissional.

– Isso é... Eita! Cuidado, garoto – disse George, evitando que seu copo de água derramasse quando Zack estendeu a mão para a cesta de pão. – Desculpe, Cole. O que você estava dizendo?

– Eu fui contratado por outro piloto – anunciou Cole. – Um que talvez faça carreira.

– O que isso significa pra você? – perguntou Katherine.

– Bom, a curto prazo, tenho um motor pra consertar, mas, se der certo, ele disse que está atrás de um mecânico permanente – explicou. – Eu ainda quero ir pra faculdade, mas acho que quero abrir meu próprio negócio, construir uma carteira de clientes.

– Ah, Cole! – exclamou Katherine. – Que notícia incrível! Estou tão orgulhosa de você.

Um sorriso largo se abriu no rosto de Cole, que, em uma imitação totalmente constrangedora de Elvis, disse:

– Obrigado. Muito obrigado.

Enquanto o restante dos Walter o parabenizava, soltei um leve suspiro de alívio. Na última semana, fiquei ansiosa pela possibilidade de sofrer alguma retaliação de Cole após o nosso término, mas, até então, não acontecera nada. Quando ele pigarreou dois minutos antes, achei que seria isso.

O resto do jantar foi animado, a família de Cole se alimentando de sua empolgação. Fazia um tempo que eu não me sentia excluída à mesa deles, mas, enquanto observava todos compartilharem histórias e rirem juntos, me isolei com um sorriso agridoce no rosto. Estava genuinamente feliz por Cole; embora tudo tivesse acabado entre nós, eu só queria o melhor para ele. Mas, ao mesmo tempo, não achava que ele gostaria da minha presença na celebração. Parecia um momento de família, então, quando todo mundo estava ouvindo Jack contar uma piada sobre alienígenas sequestrando Elvis Presley, saí dali sem que ninguém percebesse.

Se "Diga qual a pior data comemorativa para terminar com alguém" fosse uma pergunta no *Jogo das Famílias*, eu provavelmente não pensaria no Halloween. Dia dos Namorados, Ano-Novo e Natal seriam os principais, junto com o aniversário das pessoas e também do próprio relacionamento. Mas, enquanto eu andava pela festa de Chase Kennedy vestida como metade de Bonnie e Clyde, percebi que o dia 31 de outubro não era muito divertido para alguém que tinha ficado solteira recentemente.

Depois de terminar com Cole, não me preocupei em encontrar outra fantasia. Nunca passou pela minha cabeça que eu seria liberada do castigo depois de apenas três semanas. Contudo, Katherine tinha me informado de manhã que eu estava livre, o que me deixou sem tempo para achar uma nova fantasia.

Falei para mim mesma que não importava, que a noite seria incrível independentemente do que eu vestisse. Passar o tempo com meus amigos me ajudaria a esquecer o quanto eu estava miserável desde o término com Cole. Havia tantas emoções fervilhando na minha mente – culpa, frustração, alívio, medo – que eu andava com dificuldade de me concentrar na escola. Tive até outro pesadelo sobre perder os Walter em um acidente como o da minha família.

Para piorar, Cole estava agindo de maneira... estranha. Quando falei para ele, lá em setembro, que queria que nós voltássemos a ser amigos, ele tinha respondido com despeito. Embora o gelo que ele me deu tivesse sido irritante, pelo menos eu sabia que sentia algo por mim. Mas agora? Cole estava sendo perfeitamente educado. Sorria para mim quando nos esbarrávamos no corredor e me dava bom-dia no café da manhã, mas, fora isso, não se importava. Era como se eu nunca tivesse sido para ele nada além de uma garota aleatória que foi forçada a se mudar para sua casa. A última coisa que eu queria era que ele sofresse, mas foi assustador e extremamente doloroso ver como Cole parecia indiferente.

A festa de Chase era impressionante – a casa inteira tinha estilo vitoriano e estava decorada como uma mansão mal-assombrada –, mas não foi o tipo de distração que eu esperava. Por mais que os meus amigos estivessem felizes por me ver, todos estavam em casal, o que me fez ficar de vela, ainda mais porque não tinha um parceiro para jogar *beer pong*. As perguntas constantes também eram exaustivas. Os que sabiam queriam detalhes sobre o término. Todos os outros só queriam saber onde Cole estava. No terceiro "Ei, cadê seu namorado?", eu já estava de saco cheio.

Voltar para a fazenda, tirar aquela fantasia idiota e ver um filme seria uma maneira muito melhor de passar o resto da noite, mas eu não queria ser estraga-prazeres, então decidi esperar a festa terminar lá da caminhonete. Talvez Alex tivesse deixado um de seus livros no banco de trás. Se não, eu sempre podia tirar um cochilo.

Quando saí e encontrei Isaac fumando nos degraus da varanda que estavam decorados com abóboras, minhas sobrancelhas se ergueram. Embora ele tivesse se safado facilmente por acionar o alarme de incêndio no baile de boas-vindas, Katherine e George não estavam nem um pouco dispostos a deixá-lo sair da linha. Eles o colocaram em prisão domiciliar por tempo indeterminado, então nem ferrando que ele tinha permissão de estar ali. Ele ficou tenso quando me sentei ao seu lado, mas não falou nada.

– Descolado demais pra se fantasiar no Halloween? – provoquei enquanto esfregava a mão na minha saia, alisando o tecido. Ele estava todo de preto, da camiseta às botas. – Detesto ser a portadora de notícias ruins, mas delinquente mal-humorado não conta.

– Quem disse que não me fantasiei? – respondeu ele, sem se dar ao trabalho de me olhar enquanto levava o cigarro aos lábios.

– Está vestido de quê, então? – eu quis saber. – Espera, deixa eu adivinhar... Você é um assistente de palco? Não, acho que não. Ator contratado pra chorar em velório? Que tal um ceifador genérico que perdeu a foice?

Isaac se virou e soltou uma baforada no meu rosto.

– Câncer de pulmão.

– Que encantador – falei, torcendo o nariz enquanto abanava a fumaça para longe.

– Pelo menos não perdi metade da minha fantasia. – Ele me olhou de cima a baixo. – O que aconteceu com seu parceiro no crime, Bonnie? Perdeu ele num tiroteio no caminho pra cá? Deve ter sido de partir o coração.

O sorriso sumiu de meu rosto.

– Nossa, tá bem. Você não precisava ser tão babaca. Eu só tava te atazanando.

– Qual é, Jackie – disse ele, me cutucando na lateral do corpo com o cotovelo. – Já deveria saber por experiência própria que faço isso por reflexo.

Você não era assim, pensei. O Isaac pré-verão sempre tinha um comentário inapropriado na ponta da língua, mas não era tão ácido.

– Aliás, se estiver procurando um namorado substituto, posso enviar a foto da minha ficha criminal como parte do currículo – acrescentou. – Ouvi dizer que *bad boys* delinquentes e mal-humorados estão na moda.

Soltei um suspiro.

– Por que você tá aqui, Isaac? A Katherine vai te matar se descobrir que você saiu de casa.

A expressão dele azedou.

– Sei lá. Por que você estragou as coisas com o Cole?

– Beleza – falei, batendo a mão na coxa e me levantando. – Não estou no clima pra lidar com as suas merdas.

– Espera, não vai! – Ele apagou o cigarro depressa no degrau e se levantou, cambaleando. – Isso foi pesado. Desculpa. Todo mundo anda me criticando por causa do baile de boas-vindas, e eu só... Olha, a gente pode não falar sobre coisas sérias? Estou cheio disso.

A música da festa aumentou quando a porta da frente se abriu e duas garotas, vestidas de Arlequina e Hera Venenosa, saíram aos tropeços.

– Hã... – falei, inclinando a cabeça enquanto me virava de volta para Isaac. – Não sabia que fantasias de Halloween eram um assunto tão sério pra você.

– É, bom, estou com fome. Se não quiser que eu chegue ao ápice da babaquice, então vou precisar de comida. – Ele passou o braço por cima do meu ombro e me guiou em direção à calçada. – Tem uma lanchonete subindo o quarteirão. Eu pago.

– Valeu – falei, me livrando do braço dele –, mas eu comi antes da festa.

– Claro que comeu. Você é do tipo responsável – respondeu ele. – Mas alguma coisa me diz que não está no clima pra festa, então vamos dar o fora daqui. Aquela lanchonete faz a melhor torta de chocolate francesa, e torta resolve tudo.

Bom, ele me pegou aí, então suspirei e gesticulei para que me guiasse.

A Neon Grill era tudo o que eu esperava de uma lanchonete de cidade pequena. Havia um balcão proeminente com banquetas redondas, atendimento direto, janela para a cozinha, bancos de vinil vermelho meio rachado pelo tempo e um chão xadrez. O lugar também estava decorado para o feriado: morcegos de papel pendiam do teto, abóboras iluminadas de plástico estavam apoiadas na beirada de cada mesa, e teias de aranha falsas cobriam as janelas.

Estava tarde, então não havia muitos clientes, e conseguimos uma mesa longe da porta. Depois de dar uma olhada no menu, Isaac pediu um café da manhã completo – café, dois ovos mexidos, panquecas, bacon, batata crocante americana e um pedaço de torta –, enquanto eu optei por uma porção de batatas fritas e um Dr Pepper. Enquanto esperávamos pela comida, brincamos de forca no papel de mesa usando giz de cera, e eu sempre ganhava de Isaac, porque ele só escolhia palavras inapropriadas, como palavrões e partes do corpo.

Nossa comida chegou, e esperei até que Isaac terminasse sua pilha de panquecas antes de dar início a uma conversa de verdade.

– Prometo que não é um interrogatório, mas preciso ter certeza: você tá bem? Sei que as coisas têm sido difíceis nos últimos tempos.

Ele já tinha deixado claro que não estava a fim de uma conversa séria, mas eu queria me mostrar disposta a ouvir caso Isaac mudasse de ideia. Eu tinha passado por uma situação parecida no verão – afogada em culpa e tristeza, mas sem vontade de discutir o assunto. Danny me perguntava toda semana, apesar do meu silêncio. Se tivesse desistido, eu nunca teria desabafado com ele, e a experiência, mesmo que dolorosa, foi catártica.

Isaac parou de mastigar. Por uma fração de segundo, ele parecia um cervo iluminado pelos faróis de um veículo, mas então um sorriso irônico tomou conta de seu rosto.

– Eu basicamente estou trancado em casa há dois meses, então poderia estar melhor. Sabe o que ajudaria?

– Juro por Deus – disse, apontando uma batata frita para ele –, se as próximas palavras que saírem da sua boca forem sexuais, enfio essa batata no seu olho.

Ele deu um tapinha na minha mão, fazendo a batata ondulada cair.

– Para de facilitar as coisas, então. Sabe quanta besteira eu consigo dizer usando as palavras "boca" e "enfiar"?

– Isaac... – alertei, pegando a batata de volta e a segurando de maneira ameaçadora.

– Nossa! – Ele ergueu as mãos em sinal de rendição. – Calma aí, Jackie. Não vou ficar nada bem se uma batata frita bater no meu olho. O que aconteceu com confortar seu amigo em um momento de necessidade?

– Não me lembro de ter me oferecido pra confortar ninguém, mas beleza. De que maneira *decente e apropriada* eu posso fazer você se sentir melhor? – perguntei, enfatizando a parte do "decente e apropriada".

– Bom, eu ando tão deprimido esses tempos. – Ele soltou um suspiro dramático, os ombros caídos como um personagem de desenho animado. – Seria muito bom ter uma distração.

Revirei os olhos para seu teatrinho.

– Tipo o quê?

Isaac passou geleia de uva na torrada antes de responder.

– Por que não me conta o que aconteceu entre você e o Cole? – disse depois de soltar a faca. – Ele anda reservado demais sobre o assunto, é frustrante.

Não sei por que o pedido me pegou desprevenida. Isaac era fofoqueiro. Ele se daria muito bem com Megan e Savannah, então era natural que quisesse saber todos os detalhes, mas eu não estava disposta a contá-los para seu entretenimento.

– Você não disse que não queria falar sobre coisas sérias? – me esquivei.

– Eu estava falando das *minhas* coisas sérias. – Ele empilhou um pouco de ovo mexido e uma fatia de bacon na torrada. – Sou todo ouvidos pra saber das suas – acrescentou, e então deu uma mordida em sua mistureba.

– Não vai rolar. – Soltei uma risada.

Ficamos em silêncio por um momento enquanto ele mastigava.

– Tudo bem – disse assim que engoliu. – É um prazer voltar a falar sobre a sua boca e eu enfiando.

– *Isaac!* – Fuzilei-o com o olhar e joguei uma batata frita nele. – Você não pode falar esse tipo de coisa. Sei que está me provocando, mas qualquer hora dessas alguém não vai achar engraçado, e aí vão te denunciar por assédio sexual.

O sorriso dele desapareceu na mesma hora.

– Tá, foi mal. – Eu nunca o tinha visto envergonhado antes, então foi fascinante ver um rubor se espalhar por suas bochechas. – Eu… hum… acho que uso isso como um mecanismo de defesa – disse, esfregando a nuca –, mas não é desculpa.

Soltei um suspiro. Não, não era, mas fiquei feliz por ele ter percebido.

– Que tal, em vez de tentar me deixar desconfortável só pra você não ficar, a gente se revezar pra se abrir um com o outro?

– E como isso funcionaria? – perguntou ele, com cuidado.

– Você faz uma pergunta, e eu prometo responder com sinceridade – expliquei. – Em troca, eu faço outra pergunta, e aí você tem que ser honesto. Eu até respondo primeiro, se preferir.

Isaac hesitou, depois assentiu devagar.

– Tá, beleza.

– Imagino que você queira saber sobre mim e o Cole.

Ele se inclinou sobre a mesa, os olhos praticamente brilhando de empolgação.

– É, o término. Foi porque ele te largou no O'Brady's? Foi isso o que o Alex disse.

Por mais irritada que eu estivesse por Alex ter feito suposições com base no que aconteceu naquela noite e depois ter espalhado por aí, talvez eu pudesse usar o boato a meu favor e me esquivar de uma bala dolorosa. Não mentiria, mas só porque prometi contar a verdade para Isaac, não queria dizer que eu estava *a fim* de contá-la. Pensar em Cole fez meu peito doer.

Mantendo a expressão mais neutra possível, perguntei:

– Essa é a sua pergunta?

– Espera, não. – Isaac bateu o dedo na mesa algumas vezes, então reformulou: – Por que *exatamente* vocês terminaram?

Ah, bom, valeu a tentativa.

– Porque eu tenho medo de perder sua família.

Uma ruga profunda se formou na testa dele. Isaac provavelmente esperava ouvir uma história escandalosa, não uma confissão sobre o que havia se tornado meu maior medo, mas prometi sinceridade.

– Não entendi.

– É meio difícil de explicar – falei, correndo a mão rosto abaixo –, mas eu gosto *mesmo* do seu primo. – Eu não podia... não, eu não *ia* usar a palavra com A. – Sei que ele sente o mesmo por mim, então, se a gente tentasse namorar de verdade, acho que seria algo sério.

Ele me lançou um olhar de *jura?*

– É, esse é meio que o propósito de namorar alguém...

– O que não quer dizer que a gente ficaria junto pra sempre – respondi. – Nós dois somos tão jovens, e eu só... E se as coisas acabassem mal? Não quero que a sua família precise escolher um lado.

Isaac jogou a cabeça para trás e riu.

– Essa é a coisa mais idiota que eu já ouvi.

Minha cabeça recuou de repente.

– Por quê? A maioria dos relacionamentos termina em...

– Você percebeu que as coisas já acabaram mal, né? – ele disse por cima de mim. – Minha tia e meu tio nunca te expulsariam por uma coisa tão idiota como um término, e, mesmo que as pessoas começassem a escolher lados, eu aposto cem por cento que você ganharia. O Cole é um idiota convencido. Você é muito mais agradável. Esse também é o momento em que eu normalmente diria algo inapropriado, mas vou guardar pra mim.

Balancei a cabeça.

– Mas… eu não sou uma Walter.

– Nossa, você é ridícula – murmurou Isaac, depois estendeu o braço sobre a mesa e, para minha surpresa, segurou minha mão. Era o tipo de gesto reconfortante que eu jamais esperaria dele. – Jackie, a gente pode não ter o mesmo sobrenome, mas você já deveria saber que é uma de nós.

Um nó impossivelmente grande se formou em minha garganta.

– Valeu, Isaac. Eu agradeço de verdade.

– Ei, se quiser abrir mão do que tem com o Cole porque está com medo de que algo *ruim* aconteça, fica à vontade – disse Isaac, soltando minha mão e dando um tapinha condescendente. – Só saiba que eu acho que você tá sendo uma idiota de marca maior.

– Anotado – falei, abaixando o olhar para o prato de batatas meio comido à minha frente –, mas você conseguiu sua resposta, e eu não quero mais falar sobre o Cole. Minha vez.

Ele soltou um suspiro em um tom de *vamos acabar logo com isso* e assentiu em seguida.

Minhas batatas fritas já tinham esfriado havia um tempo, mas coloquei uma na boca enquanto pensava na pergunta perfeita. Isaac provavelmente esperava que eu perguntasse sobre o baile de boas-vindas, mas saber por que ele disparou o alarme de incêndio não garantiria a explicação para o resto de seu comportamento raivoso e destrutivo. Embora não tivesse certeza, eu estava disposta a apostar que os problema de Isaac eram por causa do pai. Quando ele começou a empurrar o resto dos ovos pelo prato em vez de comer, percebi que estava demorando demais.

Após engolir uma batata ou outra e tomar um gole de refrigerante, perguntei:

– O que aconteceu entre você e o seu pai quando ele veio te visitar no verão?

O queixo de Isaac caiu, e o garfo bateu na mesa, fazendo um pedaço de ovo mexido voar.

– *Caralho*, como é que você sabe disso? – exclamou. – Você nem estava aqui.

Como se precisasse perguntar.

– Uma família de fofoqueiros, lembra?

– Não sei se gosto dessa merda de se abrir um com o outro – resmungou.

Com um sorriso irônico, puxei a torta de Isaac para o outro lado da mesa, caso ele estivesse pensando em fugir do nosso combinado. Eu já tinha dado uma resposta. Agora, ele me devia outra.

– Vou manter a sobremesa de refém até você começar a falar.

– Pode ficar pra você – ele disse, me dispensando com um aceno. – Eu peço outra.

– *Isaac!*

– Meu pai é um egoísta de merda, tá? – disparou. – Foi isso o que aconteceu. É o que sempre acontece com ele.

Os músculos de seu pescoço estavam tensos, mas, quando olhei em seus olhos, a raiva que eu esperava encontrar não estava ali. Em vez disso, era como se estivessem vazios. Era uma expressão assustadora de ver em seu rosto, e eu...

Ai, merda. Era o lance de Nathan tudo de novo, não era? Eu só queria ajudar e demonstrar apoio, mas, de alguma forma, piorei as coisas ao insistir.

– Desculpa – falei, empurrando de volta o pedaço de torta. –A gente não precisa falar sobre isso.

Era óbvio que eu não tinha simplesmente feito uma pergunta desconfortável ou cutucado uma ferida; eu tinha tocado em um ponto sensível de Isaac.

– Não, o que é justo é justo – disse ele em um tom seco. – Você só me pegou de surpresa.

Ele passou os dedos pelo cabelo de maneira tão agressiva que meu próprio couro cabeludo doeu, mas antes que eu pudesse tentar novamente o livrar da situação, Isaac mergulhou em sua história. Algumas partes eu já sabia. Quando nasceram, ele e Lee foram abandonados pela mãe, e ficaram com Katherine e George porque o pai deles estava servindo no exterior desde que eram pequenos. Mas a maior parte do que compartilhou eram informações novas. O serviço militar obrigatório de Peter Walter terminaria este ano, e ele tinha prometido pedir demissão e voltar para casa para que pudessem ficar juntos como uma família. O que Isaac achou que seria uma volta permanente se transformou em outra visita curta demais quando o pai anunciou que tinha sido promovido de tenente-coronel para coronel. Isso significava que ele ficaria na Alemanha pelos próximos seis anos, e, embora não fosse perigoso como alguns de seus cargos anteriores, o pai de Isaac não queria tirar os filhos da vida à qual já estavam acostumados.

Traduzindo: só porque George Walter era um pai excepcional isso não queria dizer que o dom corria no sangue da família. Evidentemente, o irmão dele não estava à altura da tarefa.

– Isaac, eu nem sei o que dizer. – *Seu pai é um merda* não fazia justiça à situação.

Uma risada sem humor escapou da garganta dele.

– Sabia que eu jogava futebol quando era mais novo? – perguntou, ignorando minha declaração. As palavras continuavam saindo de seus lábios, quase como se não pudesse parar de falar, agora que estava liberando o veneno. – Eu comecei porque é o esporte favorito do meu pai, mas parei quando percebi que nem isso o faria vir para os meus jogos. Eu era bom. Provavelmente poderia ter entrado no time principal da escola.

Contorci o rosto.

– Estou tentando te imaginar com uma jaqueta de time em vez de uma de couro, mas não consigo.

Os lábios dele se contorceram em um sorriso falso.

– Então vai se divertir com isto: no primeiro ano do Ensino Médio, eu estava no time do Decatlo Acadêmico e a gente venceu o estadual. É claro que meu querido pai nem me deu parabéns, mas isso é de praxe.

Fiquei boquiaberta.

– Espera aí… *Você* fazia parte do Decatlo Acadêmico?

– Pode ser um choque pra você – disse ele com naturalidade –, mas eu tenho a média de notas mais alta dentre todos os meus primos.

– Como isso é possível? – eu quis saber, minha voz saindo mais aguda do que o normal. – Você mata aula o tempo todo!

Ele deu de ombros.

– Não preciso me esforçar. Pra mim, a escola sempre foi fácil. Além disso, por que perder tempo se meu pai não dá a mínima?

– Então no verão, quando ele disse que não voltaria pra casa, você fez o quê? Decidiu ligar o botão de ser um cuzão? – perguntei, ignorando a pontada de inveja que me invadia. Meus boletins sempre foram impecáveis, mas eu dava duro por isso, e era irritante quando os outros não precisavam se esforçar tanto. – O que você estava tentando fazer? Chamar a atenção dele de outro jeito?

Isaac corou.

– Eu queria que ele ficasse tão puto da vida e decepcionado quanto eu – admitiu. – Não precisa me dizer. Já sei que é idiotice. A Katherine falou com ele depois que eu fui preso, e adivinha só? Ele nem se deu ao trabalho de ficar irritado. Só prometeu me mandar pra uma academia militar no meu último semestre se eu arranjasse encrenca de novo.

– Ele não liga mesmo? – perguntei baixinho. Não conseguia imaginar como era.

– Não – disse Isaac. – Você tem sorte. Seus pais podem não estar mais aqui, mas pelo menos eles te amavam.

Mordi as bochechas e contei até cinco. Nada na ausência dos meus pais era sinal de sorte, mas também entendia que Isaac estava envolto demais nos próprios problemas para perceber como suas palavras eram insensíveis. Estendendo o braço sobre a mesa, dou um tapa na cabeça dele.

– Já ouvi um monte de idiotice saindo da sua boca antes – respondi com a maior calma possível –, mas essa foi a mais privilegiada e ignorante de todas. Meus pais *morreram*. Não fala pra mim que eu tenho sorte.

– Ai, merda. – O rosto dele empalideceu. – Jackie, me desculpa. Eu não quis dizer que...

– Eu sei que não, Isaac – falei, apertando a ponte do nariz –, mas você está tão ressentido com o seu pai que acabou se esquecendo da coisa mais importante: a Katherine e o George te amam. Ele são seus pais em todos os sentidos que importam. Você faz parte dessa família incrível e maravilhosa que muita gente mataria para ter, mas, se continuar machucando eles, eles não vão estar lá quando você mais precisar.

Ele comprimiu os lábios em uma linha fina.

– Você parece o meu irmão.

Hum. Interessante...

– Ai, meu Deus. – Ofeguei um segundo depois. – Foi *ele* que te deu aquele olho roxo?

– Talvez – murmurou ele, em um tom aborrecido que me fez rir. – Foi um golpe baixo.

– Estou verdadeiramente chocada. Lee não faz nada além de te defender, então, o que quer que você tenha feito, deve ter sido horrível pra caramba. Ele até chegou a sabotar uma pegadinha que o Jordan e a Parker iam pregar em você.

– Bom, você tem razão. – Isaac abaixou o queixo, incapaz de me encarar. – Ele, hã, não gostou que... que eu...

– Você não precisa me contar se não estiver pronto. Acho que já se abriu o bastante por uma noite. Só se lembra de que eu estou disposta a trocar uma verdade por outra da próxima vez que você ficar puto ou quiser desabafar, tá?

– Aham. – Ele assentiu. – Pode deixar.

– Perfeito. – Tomei um último gole do meu refrigerante e o coloquei de lado. – Vamos pagar e te levar pra casa antes que a Katherine perceba que você sumiu.

quinze

A OPERAÇÃO LEVAR ISAAC sorrateiramente de volta para casa foi mais tranquila do que eu esperava.

Depois de pagarmos pela comida e voltarmos para a casa de Chase, encontrei Alex e Kim se pegando no quintal. Interrompê-los foi desconfortável – nada é mais constrangedor do que ver sua amiga enfiando a língua tão fundo na goela do seu ex a ponto de você se perguntar sobre o risco de engasgo –, mas, no fim das contas, deu tudo certo. Alex nem piscou ao ver Isaac ao meu lado. Na verdade, entregou a chave da caminhonete com entusiasmo quando mencionamos que queríamos ir embora. Nenhum dos outros Walter tinha sido convidado para a festa, então Alex poderia passar a noite na casa de Kim se não precisasse me levar para casa.

Quando voltamos para a fazenda, não fiz esforço algum para suavizar os sons da minha chegada. Enquanto Isaac estava ocupado escalando a árvore do lado de fora da janela de seu quarto, entrei direto pela porta da frente, deixando a porta de tela bater atrás de mim, e chutei os saltos perto da sapateira. A brincadeira de gostosuras ou travessuras devia ter sido um sucesso, porque, quando entrei na cozinha, minha atenção foi imediatamente atraída para o canto onde os Walter mais novos estavam reunidos, ainda fantasiados, com os doces jogados no chão à sua frente e o filme *Abracadabra* passando, o som baixinho ao fundo. Uma negociação acirrada estava acontecendo entre Parker e Jack, mas, por fim, ela empurrou cinco bombons de coco para ele, e ele entregou um pirulito de caramelo em troca. Era quase dez da noite, então fiquei bastante chocada ao encontrá-los ainda com energia, mas reconheci que o excesso de açúcar provavelmente era o culpado quando Benny soltou um grito agudo e jogou o gêmeo no chão.

Ouvi um suspiro pesado e, em seguida, o que soou como a página de um livro sendo virada.

– Já voltou?

Eu não tinha visto Katherine ao entrar na cozinha, mas ela estava sentada à mesa, com um livro em uma mão e um vinho na outra. Algumas barrinhas de chocolate estavam dispostas à sua frente.

– Não estava muito no clima pra festa – falei para ela.

Katherine franziu a testa de leve, mas deixou meu comentário passar.

– O Alex veio com você?

– Não, ele quis ficar. Um dos meus amigos me deu carona.

Isaac havia estacionado a caminhonete atrás do galpão, onde não ficaria visível da casa, deixou a chave no banco da frente e mandou uma mensagem para Alex colocar no lugar de sempre quando Kim o deixasse aqui de madrugada. Eu odiava mentir para Katherine, mas era um mal necessário para garantir que Isaac não fosse enviado para uma academia militar, então amenizei minha culpa oferecendo ajuda.

– Não estou cansada, então, se quiser, posso ficar acordada e colocar as crianças na cama quando o filme acabar.

A velocidade com que Katherine virou o resto do vinho e pulou do lugar me fez sorrir.

– Você – disse ela, segurando minha cabeça com as duas mãos e depositando um beijo em minha testa – é um anjo.

Ela me passou algumas instruções – principalmente não deixar ninguém me enganar para colocar outro filme e garantir que escovassem os dentes – e então se retirou para seu quarto. A queda de açúcar aconteceu pouco tempo depois. Quando os créditos finais rolaram, as crianças mal estavam conseguindo manter os olhos abertos, e não precisei de muito esforço para levá-las para o andar de cima. Dentes foram escovados, pijamas foram colocados, e então eu fiquei parada no meio do corredor, sem saber o que fazer.

Apesar do horário tardio, eu estava bem desperta.

Tinha passado a maior parte do filme remoendo o que Isaac me disse no jantar. Eu queria desesperadamente acreditar nele – que agora eu fazia parte dos Walter. Em noites como esta, quando eu era tratada como uma irmã mais velha, não era uma verdade tão difícil de aceitar. Mas havia outros momentos, como o jantar de ontem, quando me perguntei se uma pequena parte de mim sempre se sentiria excluída do restante da família. Naquele momento, o que eu mais queria era falar com Danny. Durante o verão, ele tinha aprendido a me distrair de uma espiral de pensamentos, mas eu não queria arriscar acordá-lo, porque os ensaios gerais para a peça começariam no dia seguinte e ele precisava de uma boa noite de sono.

Nathan era um bom ouvinte, e as coisas estavam melhores entre nós agora que ele tinha me contado sobre as convulsões contínuas, mas geralmente dormia em um horário determinado. Olhei pela janela, mesmo sabendo que ele não estava acordado a esta hora, e então olhei outra vez ao perceber que as luzes do celeiro continuavam acesas.

Era isso, então.

Eu estava quase chegando à escada quando ouvi sussurros. A porta do quarto de Katherine e George estava entreaberta, e uma suave luz dourada passava pela fresta.

– … acha que pegamos pesado demais com eles? – perguntou Katherine quando passei.

Sem querer invadir a privacidade deles, segui em frente, mas quando George falou, parei de uma vez.

– Nem um pouco. Eles tinham que aprender que esperamos certos comportamentos deles, ainda mais se estiverem namorando.

Ai, merda. Meu estômago se revirou quando percebi que Katherine e George estavam falando sobre mim e Cole. Escutar a conversa deles fez minha pele arrepiar de desconforto, mas, ao mesmo tempo, eu andava preocupada o tempo todo desde que Katherine tinha nos visto juntos. Mordi o lábio enquanto pensava no que fazer. Se essa fosse minha oportunidade de saber como ela realmente se sentia…

– Não sei mais se estão namorando. – Uma dose surpreendente de decepção permeou o tom de Katherine.

George riu baixinho.

– Nossa, isso foi rápido.

– Não ria – ela sussurrou. – Estou com medo de ser nossa culpa. A Jackie anda retraída desde a nossa discussão, eu não vi os dois juntos desde então, e agora *isso*?

Eu não fazia ideia do que *isso* significava, mas a forma como ela enfatizou a palavra fez com que parecesse algo ruim, e um arrepio inquietante desceu minha coluna.

– Amor, vai ficar tudo bem – respondeu ele, e dava para ouvir o sorriso em sua voz. – Eles são adolescentes. Términos acontecem.

– Eu sei, eu sei. Mas você viu eles juntos? Me fez pensar numa coisa ridícula que eu não consegui parar de imaginar.

– O quê? – perguntou George.

Katherine fez uma pausa longa, tanto que pensei que ela tivesse esquecido a resposta.

– Que ela seria nossa filha um dia – disse, por fim. – Oficialmente.

– Isso seria bom – respondeu George com outra risada leve –, mas a Jackie sempre vai fazer parte da nossa família, independentemente do relacionamento dela com o Cole. Você sabe disso, né?

A declaração dele me fez cambalear de leve.

– Sei, mas... – A voz de Katherine falhou. – E se ela for pra Princeton e nunca mais voltar?

Me inclinei mais para perto, desesperada para ouvir a resposta de George, mas o assoalho rangeu sob meus pés. Com o coração retumbando contra minhas costelas, saí o mais silenciosamente possível e corri para a segurança de meu quarto. Assim que entrei, pressionei as costas contra a porta enquanto meu peito subia e descia em uma sucessão rápida. Minha mente estava a mil com tudo o que eu tinha ouvido.

Para começar, com o que Katherine estava na cabeça para imaginar Cole e eu nos casando? Eu só tinha dezesseis anos, pelo amor de Deus! Casamento não estava nos meus planos para os próximos dez anos. E George! Ele estava ficando louco ou realmente disse que eu sempre faria parte da família? Se ele realmente estava falando sério, isso significava que... *Isaac* estava certo? Eu era mesmo um deles agora?

Peguei o celular, deslizei as costas porta abaixo e abri minha galeria de fotos. Antes de partir para Nova York, eu tinha tirado uma foto do mural que Katherine pintara na lateral do celeiro. Fiquei muito tocada com o gesto dela de me incluir nele. Na época, achei que tinha me pintado porque não queria que eu me sentisse mal por não ter mais ninguém; ainda assim, aquecia meu coração saber que havia alguém pensando em mim. Só que, quando voltei para casa, toda a dor e a culpa que eu vinha evitando voltaram à tona, e eu não conseguia suportar olhar para aquilo. Como conseguiria, se minha verdadeira família tinha partido?

Mas agora eu não conseguia desviar o olhar.

Lá estava eu, entre Cole e Alex. Danny estava ao nosso lado, e eu...

Ah, não.

Meus olhos se voltaram para Cole. Ele estava com o braço em volta dos meus ombros, o cabelo bagunçado na medida certa. Com a exceção da jaqueta do time, que agora provavelmente era um assunto delicado para ele, Katherine tinha capturado seu segundo filho mais velho com perfeição. Ela até havia conseguido pintar o sorriso irônico dele.

Meu Deus, eu amava aquele sorriso. Ele sabia como usá-lo para me irritar, mas isso era metade da graça, não era? O vaivém, a troca de provocações até descobrirmos quais botões apertar. Mas o que nós tínhamos era muito mais do que brincadeiras e flertes. Danny levou um verão inteiro para aprender os pormenores de quem eu era: quais eram minhas reações, o que me fazia rir, quando recuar e quando insistir, como me confortar. Essas coisas todas, o gêmeo dele sabia intrinsecamente. Cole tinha entendido tudo a meu respeito logo que cheguei ao Colorado, e usou essa compreensão para me ajudar a seguir em frente, mesmo que eu não tivesse percebido na época.

Cole estava certo: eu estava com medo. Na verdade, estava com tanto medo do que poderia perder que me esqueci da primeira coisa que me ensinou quando me mudei para o Colorado: que tudo bem viver um pouco. E, por causa desse medo, eu havia jogado fora tudo o que tinha com ele.

Mas talvez pudesse recuperar.

Já era quase uma e quinze da madrugada, mas eu sabia que Cole tinha pegado um turno extra na Central do Combustível em vez de ir para a festa; tinha visto o Buick estacionado lá quando passamos pela cidade no caminho para a casa de Chase. Quando Cole trabalhava no segundo turno, ele normalmente chegava em casa entre uma e duas da manhã, então, se estivesse em casa, talvez ainda estivesse acordado?

Me levantei e voltei para o corredor. Não havia mais sussurros vindo do quarto de Katherine e George, porém, quando cheguei ao ateliê, fiquei aliviada ao ver a porta parcialmente aberta e uma luz acesa.

Assim que entrei, soube que havia algo de errado. Cole era um pouco desleixado, mas o espaço estava mais arrumado do que o normal: a cama feita, nenhuma roupa no chão. O verdadeiro sinal de alerta eram as caixas de mudança. Apenas três, mas todas estavam abarrotadas com os pertences dele. A luz que eu tinha visto do corredor vinha da luminária sobre a mesa do computador, e quando fui até lá para apagá-la, vi a carta. Estava endereçada a mim.

Jackie,

Tenho uma confissão a fazer, mas não sou muito bom com palavras, então tenha paciência.

Desde que me entendo por gente, minha mãe me diz que o céu é o limite. Que eu poderia ser quem quisesse, fazer o que estivesse a fim, e tudo o que eu precisava para isso se tornar realidade era me esforçar. Em algum momento perto do meu aniversário de seis anos, decidi que meu sonho era ser jogador profissional de futebol americano (ambicioso e clichê, eu sei). Comecei a treinar com meu pai no quintal, e não quero me gabar, mas eu tinha um talento nato. Fui de melhor jogador da minha liga para entrar no time principal da escola no primeiro ano do Ensino Médio.

Naquela época, ser recebedor era tudo para mim. Me dava um propósito, e não havia sensação melhor do que queimar o corner ou receber um passe longo por cima da defesa para marcar um touchdown. E toda a pressão que eu sentia quando era a última jogada da partida e eu sabia que precisava fazer algo acontecer para ganharmos? Felicidade pura. Talvez você tenha razão sobre eu ser masoquista, porque não me importava de levar uma pancada forte de vez em quando. Ficar sem fôlego era um bom lembrete de que eu estava vivo.

Mas minha mãe estava errada. Limites existem, e nem todos os sonhos se realizam.

Quando fui forçado a desistir por causa da lesão, foi como se uma parte da minha própria identidade tivesse sido arrancada de mim. Sem o futebol americano, me senti vazio e quebrado. Eu fazia tudo no automático dia após dia, e a única coisa que tornava minha vida menos monótona era trabalhar no Buick.

Então, aconteceu algo que mudou tudo. Você chegou. De repente, aquele vazio no meu peito passou a ser preenchido sempre que passávamos tempo juntos. Não me pergunte o motivo, porque ainda estou confuso pelo quanto você me afeta. Talvez seja porque nunca tenha me conhecido como Cole Walter, o melhor recebedor do estado. Ou talvez nos víssemos um no outro? Você estava tão quebrada quando chegou, não do mesmo jeito que eu, mas nós dois tínhamos perdido uma boa parte de quem éramos. Qualquer que fosse o motivo, eu logo percebi que você era o antídoto para tudo o que havia de errado comigo.

Acho que esse fator contribuiu para o retorno daquela sensação de vazio quando você passou o verão fora. Todos os meus amigos estavam indo para a faculdade, e eu sabia que não conseguiria arcar com os custos. E mesmo se conseguisse, não sabia o que estudar. Futebol americano sempre foi meu plano. E agora? Eu não tinha bolsa de estudos, nenhuma faculdade no horizonte e nenhuma ideia do que fazer da vida. Eu estava ficando para trás e dando duro em vários empregos sem futuro. Por isso parecia que você era a única coisa boa na minha vida.

Antes que fique brava: não estou dizendo tudo isso para você se sentir culpada ou pedir desculpas. A verdade é que sou eu quem te deve desculpas. Sinto muito, Jackie. Você tinha razão (geralmente tem). Em vez de resolver *meus problemas, eu me voltei para você como minha principal fonte de felicidade. Estava tão focado em mim e em nós que não ouvi quando você me disse do que precisava. Foi egoísta da minha parte, ainda mais sabendo que você estava se esforçando ao máximo para melhorar.*

Sendo sincero, acho que isso me assustou um pouco. Se você juntasse os seus cacos, eu ficaria sozinho na minha tristeza? Não é que eu não quisesse que você se reconciliasse com o seu luto, porque eu quero. Te desejo toda a felicidade do mundo. Você merece mais do que qualquer um que conheço. Acontece que (como dito anteriormente) eu sou egoísta.

Mas não posso continuar sendo assim com você. Não é justo, e, se você consegue superar a pior das tragédias, então eu consigo muito bem deixar para trás algo tão trivial quanto o futebol americano. Só que, para isso, preciso sair desta casa. Se não sair, tenho medo de me tornar dependente de você. O Will e a Haley me ofereceram o apartamento acima da garagem deles, e decidi aceitar. É apertado e tem correntes de ar, mas, pelo menos, vai ser um lugar só meu. Mesmo depois que você foi dormir no quarto da Parker, o ateliê sempre pareceu seu, então é justo que o espaço volte a quem pertence.

Por favor, não se preocupe comigo. Eu vou focar em melhorar e descobrir o que será do meu futuro, seja ele qual for. Talvez, quando eu conseguir, seja finalmente a hora certa.

Com todo o meu amor,
Cole

– Hoje, temos que definir como será a campanha de arrecadação solidária do fim de ano – disse Erin após conferir a lista de presença. Ela passou por suas anotações até encontrar o que estava procurando. – Na semana passada, tivemos algumas ideias boas: poderíamos fazer uma arrecadação de brinquedos, montar uma barraca de sidra quente, vender bengalas de natal ou planejar um festival de inverno. Eu prefiro as bengalas. É barato e fácil de fazer, e vende bem.

Eu a ignorei enquanto a reunião do conselho estudantil continuava.

Três dias haviam se passado desde que Cole se mudou para a casa de Will e Haley, e eu tinha passado cada segundo me torturando para tentar encontrar a melhor maneira de me desculpar. Sabia que ficaria miserável até encontrar um jeito de resolver a situação, mesmo se no fim nós não ficássemos juntos. Ler a carta dele me fez perceber que nenhum de nós tinha culpa. Nós dois tomamos decisões idiotas e egoístas movidas pelo medo, e me senti particularmente mal por jogar suas inseguranças na cara dele. Ainda mais porque eu era tão culpada quanto ele, se não mais. Tinha sido de propósito? Não, mas isso não tornava menos cruel o meu comentário sobre não ter nada acontecendo na vida dele.

Não era assim que eu o via.

Cole transbordava confiança como se tivesse de sobra, então nunca parei para pensar que ele podia se sentir perdido. O que eu precisava fazer era lhe mostrar que ele era muito mais do que um jogador de Ensino Médio, e, na minha cabeça, conversar com ele sobre isso não seria o bastante. Não depois que usou papel e caneta para abrir seu coração para mim.

Uma ideia finalmente me ocorrera no almoço do dia anterior, quando Chase se juntou à nossa mesa para comer com Skylar. Ele tinha dado um lembrete para o namorado; se queria que sua última postagem do blog ("Como montar um guarda-roupa cápsula: um guia para iniciantes") estivesse na próxima edição do jornal da escola, a cópia final precisaria estar na caixa de entrada do e-mail de Chase até o fim do dia. Foi quando me lembrei do que Skylar tinha me dito na primeira semana de aula: "Às vezes, quando o fluxo de notícias está lento, ele publica um artigo do meu blog pra preencher espaço".

Se Chase precisava de conteúdo, eu estava mais do que disposta a fornecê-lo, e, no fim do sétimo período, já tinha um esboço. Depois disso, o rascunho do artigo basicamente se escreveu sozinho. Agora, tudo o que eu precisava fazer era convencer Chase a publicá-lo.

– Levante a mão quem for a favor da bengala doce – pediu Erin, em um tom que implicava sua expectativa de que as pessoas votassem de acordo com a opinião dela.

Levantei a minha em concordância, sem ligar para qual arrecadação de fundos seria. Só queria que ela encerrasse a reunião para eu poder falar com Chase, mas sempre que olhava para o relógio, o tempo parecia estar andando para trás. Nem percebi que estava me mexendo até Skylar franzir a testa para mim e arrancar da minha mão a caneta que eu estava clicando incessantemente.

– Chase, você tem um minuto? – perguntei assim que Erin nos liberou. – Queria falar com você.

– *Ahh.* – Skylar arqueou as sobrancelhas algumas vezes enquanto nós três nos levantávamos e pegávamos nossas mochilas. – Parece que alguém está com problemas.

– Claro – disse Chase para mim, sem dar a mínima para a provocação de Skylar. – O que foi?

– Tenho uma proposta. – Enquanto eu falava, seguimos um atrás do outro pela fileira do fundo do auditório. Aquele havia se tornado meu lugar e de Skylar depois de termos nos sentado lá durante a reunião no início do semestre. – É sobre o jornal da escola.

Chase olhou para mim por cima do ombro, a sobrancelha erguida.

– Tá planejando me tirar do cargo pra poder comandar tudo como fez na campanha da Erin? – perguntou. – As pessoas já estão falando que você tem grandes chances de ser eleita presidente ano que vem.

Estavam mesmo? Eu estaria mentindo se dissesse que não tinha pensado em me candidatar.

– Não – respondi, com as bochechas coradas, embora não fosse má ideia ser sua sucessora.

Chase se formaria na primavera, e, se eu aprendesse o básico diretamente com ele, talvez pudesse assumir o cargo de editora quando estivesse no último ano. Não faria mal ter mais uma atividade extracurricular na minha inscrição para a faculdade.

– O Skylar tinha mencionado que às vezes você precisa de matérias extras.

Quando chegou ao corredor principal, Chase nos deixou passar na frente dele antes de se empoleirar no braço do último banco e cruzar os braços. Achei que fôssemos procurar por um banco vazio no saguão, mas pelo jeito teríamos o restante da conversa ali mesmo.

– É verdade – disse ele, com um meio-sorriso brincando nos lábios.

Bom, lá vamos nós...

– Tenho uma ideia – falei para ele. – Acho que você deveria começar uma coluna mensal sobre *alumni*. Ela apresentaria os ex-alunos notáveis, dando uma ideia de suas vidas após a formatura. O artigo pode destacar suas realizações tanto da época em que frequentavam o Valley View quanto depois. Não seria benéfico apenas para os alunos atuais verem...

– Certo, entendi – disse Chase, erguendo uma mão antes que eu pudesse terminar a apresentação. Ele esfregou o queixo, ponderando. – Você tem alguma sugestão sobre quem deveria ser nossa primeira matéria?

Skylar colocou o punho sobre a boca para cobrir uma tosse, mas pareceu suspeitamente com "Cole".

Lancei um olhar fulminante para ele, e então me voltei para Chase.

– Tenho, e trouxe um rascunho para você ver. – Entreguei as páginas que eu tinha imprimido de manhã.

Enquanto ele lia o que escrevi, as sobrancelhas de Chase se ergueram.

– Isso... Isso é muito bom, Jackie. Estou impressionado. – Quando ele encontrou meu olhar outra vez, dava para ver que estava prestes a aceitar. – Você tem alguma imagem que a gente possa usar?

A pergunta me deixou confusa por um segundo, mas aí me lembrei da foto que tirei de Cole e Carter na pista de corrida.

– Tenho uma que pode funcionar.

– Tudo bem.

– E "tudo bem" significa...?

– Vou publicar o artigo – disse ele com um aceno de cabeça.

– Isso! – gritei, ficando na ponta dos pés e batendo palmas. – Muito obrigada. Prometo que não vai se arrepender...

Chase ergueu um dedo.

– Com uma condição – acrescentou, e paralisei no lugar. – Você vai ter que entrar no jornal da escola e continuar escrevendo essa coluna.

Como se fosse algo difícil.

– Justo – falei, contendo um sorriso –, mas tenho uma contraproposta.

dezesseis

SILÊNCIO.

Parei de andar de um lado para o outro no tapete gasto e me virei para encarar Nathan.

– Então, o que você acha?

Nada de mais, a julgar pela expressão em seu rosto. Ele estava sentado na mesma posição em que eu o havia encontrado quando apareci no sótão em busca de uma garantia de que daria tudo certo no dia seguinte: de pernas cruzadas no único lugar do sofá em que a almofada não estava afundando, com uma revistinha de sudoku em mãos e um walkie-talkie do lado. A única diferença agora era que ele estava me encarando com as sobrancelhas arqueadas, nada muito diferente de Parker quando lhe contei que eu não sabia lançar uma espiral e nem fazia ideia do que era isso.

– Com certeza foi bem pensado – disse ele, embora seu tom sugerisse o contrário.

Meus ombros cederam quando soltei o ar que estava segurando.

– O que isso quer dizer?

– Nada – ele respondeu, mas seu olhar se voltou para o passatempo em seu colo, para não ter de me encarar.

É, eu não estava engolindo essa história. Nathan nunca foi um bom mentiroso.

Dei a volta na mesa de centro, me sentei ao lado dele e o cutuquei de leve na costela.

– O que foi? Prometo que consigo lidar com a verdade.

Ele soltou um suspiro, enfiou o lápis entre as páginas para marcar onde havia parado e deixou a revistinha cair.

– Você não acha que é meio... sei lá, demais?

Minha condição para me tornar a nova colunista de Chase era que ele tivesse de antecipar em três dias a edição deste mês do jornal da escola. Isso significava muito trabalho extra da parte dele, mas assim que expliquei o motivo, ele concordou com relutância. Em vez de sair na próxima segunda-feira, o jornal sairia amanhã, que, por acaso, era o dia da próxima corrida em pista de terra. O cliente atual de Cole competiria com o motor que ele tinha reconstruído, e todos os Walter estariam presentes para apoiá-lo. Eu esperava que o piloto se saísse bem, porque meu plano era encontrar Cole depois que a matéria saísse, mostrar a coluna de estreia dos ex-alunos para ele, e então me desculpar por fazê-lo se sentir inferior. Quando expliquei meu plano para Nathan, não esperei que fosse ficar com um pé atrás. Talvez achasse engraçado ou desinteressante, mas ainda pensei que fosse me apoiar.

– Sendo sincera, estou com medo de não ser o bastante. – Tentei afastar a voz negativa que sussurrava na minha cabeça todas as coisas que poderiam dar errado, como eu me daria mal e Cole nunca me desculparia, só que, quanto mais eu a ignorava, mais alta ela ficava. – Eu realmente estraguei tudo, Nathan. Isso precisa ser perfeito.

– Isso eu entendi, mas... por que precisa de todas essas coisas extras? – Ele se virou, se ajustando para que pudéssemos nos olhar enquanto conversávamos. – O artigo, chegar nele logo depois da corrida... é meio exagerado. Você não pode só pedir desculpa? Acho que ele iria gostar se fosse direta e reta em vez de fazer tudo isso pelas costas dele. E se Cole não quiser que saia algo sobre ele no jornal?

Ai, merda. Mesmo tendo analisado meu plano de todos os ângulos possíveis, eu não havia considerado a possibilidade de Cole não querer que publicassem informações sobre seu negócio para todo mundo ler, porque ele nunca foi de fugir dos holofotes. Mas agora era tarde demais para mudar as coisas.

– Talvez você tenha razão, mas o Cole se abriu para mim em uma carta gigantesca. Uma resposta casual não compensaria a forma como eu o tratei. – Mordi o lábio enquanto refletia sobre tudo aquilo pela milésima vez. – E se ele não acreditar em mim? Eu tenho que...

A porta do celeiro se abriu com força, me interrompendo.

– *Caramba,* Nova York, cadê você? – gritou uma voz familiar que sempre me dava um frio na barriga, tanto do jeito bom como do ruim. – A gente precisa conversar.

Meus olhos se arregalaram. O que Cole estava fazendo ali? Mais importante: por que parecia tão bravo? A última vez que o vi foi um dia depois do Halloween, quando ele tirou seus pertences restantes do ateliê. Não me disse nem uma palavra na ocasião, e eu não o tinha visto desde aquele dia.

Quando não respondi, Nathan colocou as mãos em concha em volta da boca.

– Estamos aqui em cima!

– Traidor – sussurrei, lançando um olhar furioso, e me levantei do sofá.

Não para me esconder – isso seria infantil de minha parte –, mas, se eu tivesse de encarar Cole agora, queria estar de pé. Ouvi o momento exato em que começou a subir a escada, e o som fez meus batimentos acelerarem. Pressionando a mão no peito, me perguntei se era saudável meu coração bater tão rápido.

Pareceu uma eternidade até que ele chegasse ao topo, mas, assim que entrou no sótão, o ar entre nós zumbiu de expectativa, como se tivesse vida própria. Nos encaramos por um minuto inteiro, sem soltar um pio. Havia uma expressão estranha em seus olhos, como se ele quisesse me puxar para seus braços e socar a parede ao mesmo tempo. O momento se rompeu quando ele deu um passo à frente e jogou algo na mesa de centro. Atingiu a madeira com um baque.

– O que é isso? – exigiu saber, e, mesmo sem olhar, eu sabia o que era.

De fato, quando olhei para baixo, uma cópia do jornal da escola do dia seguinte estava me encarando.

A ESTRATÉGIA VENCEDORA DE COLE WALTER

Ele era rápido no campo. Agora, sua especialidade é montar motores potentes para corridas.

Dois anos após seus sonhos de se tornar um jogador de futebol americano serem destruídos por conta de uma lesão, Cole Walter, antes considerado o melhor recebedor do estado, encontrou uma nova carreira dos sonhos. Perder sua bolsa de estudos de futebol americano na Boulder foi o pontapé para ele repensar seu futuro antes mesmo da faculdade...

– Como você conseguiu isso? – perguntei, minha voz oscilando.

Eu precisava ganhar tempo para pensar, porque não era para as coisas terem sido assim. Precisava desta noite para formular cuidadosamente um pedido de desculpas, que ensaiaria várias e várias vezes depois do jantar. Deveria ter imaginado; as coisas nunca saíam de acordo com o planejado quando havia um Walter envolvido, ainda mais quando era esse.

– O Chase que me mandou – respondeu, correndo a mão pelo

cabelo. Estava mais bagunçado do que de costume, os fios loiros espetados em ângulos estranhos e se enrolando perto da orelha como se tivesse passado os dedos ali sem parar. – Ele achou que eu deveria receber uma cópia antecipada, já que eu sou o tema de um dos artigos.

– Você tá bravo – chutei.

– Tô! – exclamou ele. – Não. Quer dizer, não sei.

Ele jogou uma mão no alto e desabou no sofá, onde Nathan estava sentado momentos antes. O fujão devia ter saído de fininho enquanto Cole e eu nos encarávamos.

– O que você falou... foi ótimo, Jackie. Provavelmente a coisa mais legal que já disseram sobre mim, mas não entendi por que escreveu isso.

– Porque eu queria... Bom, o que eu quero dizer é...

Eu me embananei, incapaz de dizer qualquer coisa. Queria contar para ele como me sentia, que ele estava certo sobre eu ter medo e que eu lamentava como as coisas ficaram quando nós terminamos. Que o fato de ele achar que eu o via como um fracassado quando, na verdade, era a pessoa mais especial da minha vida foi como uma facada no meu coração.

Nathan estava certo, não estava? O artigo foi a decisão errada. Sempre que Cole queria me dizer algo, ele me mostrava. Em vez de lhe dizer com palavras como me sentia, talvez eu precisasse agir.

Decidida a mudar de estratégia, olhei ao redor até que meus olhos pousaram na corda pendurada no teto. Eu não chegava perto dela desde que Cole me forçara a testá-la, tantos meses antes.

– Podemos ir até a cidade? – perguntei, tirando o elástico do meu punho e prendendo o cabelo em um rabo de cavalo. – Preciso te mostrar uma coisa.

Ele cruzou os braços.

– Sem ofensa, mas não estou muito no clima pra dar uma volta.

– Eu entendo – falei, me movendo em direção à lateral do sótão –, mas prometo que te explico quando chegarmos lá.

– Ou você pode simplesmente falar agora.

– Lembra na primavera, quando me trouxe aqui pela primeira vez? – Chegando à beirada, me encostei no parapeito e me estiquei até meus dedos roçarem a corda. Assim que a peguei, coloquei o pé na barra inferior e peguei impulso. – Eu estava tendo um dia terrível, e, por algum motivo, você achou que pular no feno me animaria, mas eu não estava a fim.

Os olhos de Cole se arregalaram quando passei a perna por cima do peitoril e subi.

– Jackie, o que você tá fazendo?

– Você me prometeu que era seguro, que fazia isso o tempo todo quando era criança – continuei a dizer, dando um puxão firme na corda só por precaução. O sangue latejava em meus ouvidos, então respirei devagar para ficar calma. – Você queria que eu confiasse em você, mesmo que eu estivesse com medo de me machucar. Sei que não mereço isso agora, mas, por favor, preciso que confie em mim nessa como eu confiei em você.

Mostrei um sorriso melancólico para ele e, então, pulei.

– Era aqui que você queria me trazer? – perguntou Cole, olhando para a Missão Cafeína enquanto manobrava o Buick na única vaga disponível na rua. – Em uma cafeteria? Nem parece aberta.

– Não é só uma cafeteria – defendi, mas ele tinha razão sobre uma coisa: embora fosse quinta-feira à tarde, a placa estava virada para exibir a mensagem DESCULPE, ESTAMOS FECHADOS. As luzes estavam acesas, então tirei o cinto de segurança e peguei minha bolsa. – Vamos lá. Eu conheço o dono.

Se isso surpreendeu Cole, ele não demonstrou.

Saí do carro em direção à calçada sem lhe dar chance de responder, esperando que me seguisse. A porta do motorista bateu atrás de mim, e me permiti sorrir de leve enquanto caminhava até a entrada. Felizmente, quando espiei pela janela, vi Garrett saindo da cozinha com uma caixa em mãos. Ele me viu na mesma hora, colocou a carga no chão e veio abrir a porta.

– Jackie, que bom te ver! – exclamou ele, nos conduzindo para dentro.

Tínhamos criado um vínculo no último mês e meio. Nada parecido com o que eu tinha com a prima dele, mas Garrett se esforçava para falar comigo sempre que eu chegava.

Cole arqueou as sobrancelhas enquanto olhava Garrett de cima a baixo, mas não disse nada.

– Adivinha com quem eu falei na semana passada? – continuou Garrett, mas estava animado demais para esperar por uma resposta. – Com a Jenny! Ela ficou muito animada ao saber que você tinha me encontrado e disse que foi destino, apesar de também ter insistido para eu te dizer que ela faz um Cai Não Cai Caramelo melhor que o meu.

Dei uma risada.

– Da próxima vez que vocês conversarem, fala pra Jenny que ela ainda é minha barista favorita e que vou fazer questão de dar uma passadinha lá quando voltar pra Nova York.

Eu deveria ter passado lá quando fui para casa no verão, mas já era difícil o bastante morar no apartamento da minha família. Não tive coragem de ir em outro lugar cheio de memórias, mas, depois de descobrir este café e sentir a nostalgia, percebi que foi um erro.

– Pode deixar – respondeu Garrett, com um sorriso. Ele olhou para o relógio e depois de volta para mim. – Quer pedir alguma coisa? Tive que fechar mais cedo, mas se isso quer dizer que vou destronar a Jenny e me tornar seu barista preferido, posso preparar o seu pedido de sempre.

– Ah, não! Não precisa. Eu só ia mostrar para o... Quer dizer, esse é o Cole – falei, gesticulando para ele sem jeito. – Queria que conhecesse sua cafeteria, mas parece que você tá ocupado. Podemos voltar outra hora.

Garrett parecia estar no meio da preparação para algum tipo de evento. Um bufê havia sido montado em frente ao balcão do café, as bandejas de inox esperando para receberem comida, e duas mesas grandes de jogos tinham sumido. No lugar delas, havia várias mesinhas altas cobertas por toalhas de mesa. Na que estava mais próxima de nós, havia uma variedade de velas pequenas, castiçais de vidro e um acendedor multiuso.

– Reservaram o espaço para uma festa de noivado, mas só começa em uma hora – explicou Garret. – Não me importo de passarem um tempo aqui. Na verdade, por que não se sentam lá no fundo? Tenho vários aperitivos. Vocês podem experimentar para garantir que estão bons para servir.

Cole o observou desaparecer na cozinha e então se virou para mim, os lábios franzidos de desgosto.

– Vocês dois parecem bem próximos.

– Jura, Cole? – Sorri para ele. – Admito que o cara é bonito, mas é mais velho que o seu pai. O que você tá insinuando?

– Nada! Eu não... Não foi *isso* o que eu quis dizer – gaguejou. – É estranho, só isso. Como se conheceram?

– Ele é parente de uma amiga minha, mas a gente só se conheceu no mês passado. Vim aqui a primeira vez porque tem o mesmo nome de uma cafeteria de Nova York onde Lucy e eu passávamos muito tempo na infância – contei, observando Cole dar um giro devagar para observar o espaço. – Acontece que essa cafeteria foi baseada na que tem lá. Aqui, deixa eu te mostrar.

Fui até o caixa e apontei para a fotografia da Missão Cafeína original que estava pendurada na parede atrás do balcão.

– Qual é a dessa foto do Stuart Calhoun Junior? – ele quis saber.

Eu não fazia ideia de quem era, mas Cole estava analisando uma foto de Garrett ao lado de um homem de macacão de corrida que segurava uma bandeira quadriculada, e presumi que fosse um piloto famoso.

– O Garrett era engenheiro-chefe de uma equipe da NASCAR – expliquei, e a carranca de Cole desapareceu. – Você deveria falar com ele sobre isso qualquer hora. Acho que vocês dois podem ter algumas coisas em comum.

A porta da cozinha se abriu, e Garrett reapareceu segurando um prato abarrotado de comida. Ele o colocou sobre uma mesa enfiada em um canto no fundo do salão; depois, limpou as mãos no avental de garçom amarrado na cintura.

– Depois me contem o que acharam – disse ele, voltando a arrumar as coisas.

O último resquício de desaprovação no rosto de Cole desapareceu quando viu as bolinhas fritas de macarrão com queijo, os cogumelos recheados e as guiozas.

– Isso parece estar incrível – sussurrou quando nos sentamos –, mas quem faz uma festa de noivado numa cafeteria de jogos de tabuleiro?

Um sorriso surgiu em meus lábios enquanto eu observava a parede colorida cheia de jogos.

– Provavelmente alguém como o seu irmão e a Kim.

Ele riu baixinho.

– Quem dera o Alex tivesse essa classe.

– Ele não precisa ter – respondi. Sob o pretexto de me aproximar da mesa, arrastei minha cadeira para mais perto de Cole. Ele me surpreendeu se sentando à minha esquerda em vez de ficar na minha frente, mas isso nos dava uma visão privilegiada da cafeteria. – A Kim é sofisticada o suficiente pelos dois.

– Não sei se isso é verdade, considerando que tá com o Alex

– murmurou Cole enquanto cortava uma guioza ao meio. Uma onda de vapor saiu de dentro do bolinho.

Com uma sobrancelha arqueada, quase comentei que *eu* tinha namorado Alex, mas me impedi no último segundo. Lembrar Cole do relacionamento que tive com seu irmão não era uma boa ideia nem em um dia tranquilo, que dirá agora.

Quando me ofereceu metade da guioza, balancei a cabeça, ansiosa demais para comer. Ele devia estar se sentindo do mesmo jeito, porque encarou a comida por um momento antes de pousar o garfo.

– Certo – disse ele, empurrando o prato para longe. – Por que me trouxe aqui, Jackie?

Meu estômago se revirou de nervoso, mas me forcei a respirar fundo e seguir em frente.

– Quando me mudei pra cá e você passeou comigo pela fazenda, me levou a todos os seus lugares favoritos: o sótão, os estábulos, a cachoeira. Eu não estava exatamente animada pra andar a cavalo, mas nós assistimos ao pôr do sol juntos, e foi incrível – falei. – Você sempre faz coisas assim por mim, e eu queria retribuir.

Cole ficou em silêncio por um segundo. Então, perguntou:

– Que coisas?

– Me leva em aventuras e me tira da minha zona de conforto.

– Tipo o quê?

– Bom, no último semestre, você me convenceu a matar aula – comentei. – Me levou para aquele armazém meio legal, mas também meio bizarro com os seus amigos pra me distrair de algo terrível que a Mary tinha dito, lembra? Foi a primeira vez que eu matei aula, fiquei bêbada e participei do jogo da garrafa.

Ele franziu a testa.

– E isso é bom?

– Tá – cedi, fazendo uma careta –, talvez não tenha sido um bom exemplo, mas eu só conheci esta cafeteria porque saí da escola no horário de almoço. Antes de te conhecer, eu jamais teria quebrado uma regra dessas.

O olhar dele se voltou para mim enquanto eu explicava, seus olhos atentos e sérios, e eu não sabia se tinha dito algo errado de novo ou se ele não acreditava em mim.

Depois do que pareceu um minuto interminável, ele bufou.

– Então você tá dizendo que eu sou má influência.

– Não. Estou dizendo que você tem compartilhado comigo vários aspectos da sua vida desde que eu cheguei. Nos últimos dois meses, você me acompanhou na festa de rua, me mostrou o terraço da escola e me levou para ver as estrelas. – Hesitei, e então cobri a mão dele com a minha. – A gente tá aqui porque eu queria que você visse um pouco do meu mundo. Sei que não é como ir pra Nova York e que o lance dos jogos de tabuleiro é meio brega, mas é o único lugar no Colorado onde eu consigo me sentir próxima da minha família.

Mas ficar sentada ali com Cole me fez perceber uma coisa. Desde o momento em que passei pela porta, senti que aqui era meu lugar. Este café era um lar longe de casa, um lugar no Colorado que tinha mais relevância para mim do que para os Walter. Apesar disso, não era perfeito. Faltava algo, eu não sabia o quê; possivelmente o som da cidade – sirenes berrando, carros buzinando, ônibus passando. Havia um ruído coletivo em Nova York que atravessava as paredes, independentemente de onde você estivesse, e isso fazia o Colorado parecer uma biblioteca em comparação. Além disso, Lucy nunca tinha posto os pés aqui. Um detalhe bobo demais para me apegar, mas a ausência dela era como uma constelação sem a estrela principal: estranha e incompleta.

Quando olhei para Cole, percebi o que estava faltando: ele.

– Eu… fico feliz por isso, Jackie, mas isso e o artigo? – Ele puxou a mão da minha. – Sei lá. Parece… Quer dizer, foi você que terminou comigo, lembra?

– Foi um erro, e me arrependo disso do fundo do coração. – Fiz uma pausa por um segundo para organizar os pensamentos, sem querer arruinar minhas palavras. – Desculpa, Cole. Você estava certo o tempo todo. Quando sua mãe ameaçou te mandar para fora, entrei em pânico porque isso me lembrou de que nosso relacionamento não existia alheio a tudo. Nosso namoro afetava o resto da sua família, e…

– Espera aí – disse ele. A confusão tomou conta de suas feições. – O que nosso relacionamento tem a ver com a minha família?

– Naquela hora? – respondi, sentindo um calor subir pelo meu pescoço. – *Tudo*. Eu te afastei pra não perder eles.

Mesmo depois de ter compreendido que eu tinha um lugar permanente na família Walter, só de pensar em uma vida sem eles me deixava com um nó na garganta.

– Perder eles? – repetiu Cole. Suas sobrancelhas estavam unidas, e dava para ver as engrenagens girando em sua cabeça enquanto digeria minha confissão. – Como isso aconteceria? Eu já te disse… todos nós sempre estaremos aqui por você.

– Sim, obrigada. Já percebi isso – falei, irritada.

Pelo canto do olho, notei Garrett começando a acender velas, mas mantive minha atenção em Cole.

– Não importavam as suas promessas, porque eles eram sua família antes de tudo, e fiquei assustada ao pensar no que talvez acontecesse se a gente não desse certo. Sei que parece ridículo, o Isaac já me disse isso, mas, além do meu tio Richard, vocês são tudo o que me resta.

Cole não disse nada enquanto analisava meu rosto. O silêncio que preenchia o espaço entre nós estava tão tenso que parecia quase tangível, como se eu pudesse estender a mão e quebrá-lo com um único toque.

A expressão dele estava fechada, impossível de ler, e eu deveria estar preocupada, mas, naquele momento, meu nervosismo se dissipou. Mesmo que ele decidisse que não queria ser mais meu "alguém", eu lidaria com isso. Era como ele tinha dito: os Walter sempre estariam lá por mim.

Finalmente, falou:

– Tá, só pra deixar claro: tá dizendo que a gente terminou porque você gosta mais da minha família do que de mim? – O tom brincalhão em sua voz fez uma descarga de esperança percorrer meu corpo. – Já passei por vários términos, mas nunca tinha ouvido *essa* desculpa.

– Foi mal – falei, entre risos e lágrimas –, mas dá pra me culpar?

– Não, eu entendo. O Benny é um garanhão. – Ele me lançou seu sorriso típico, mas que desapareceu em um segundo. – Acho que tem motivos piores pra levar um pé na bunda.

Depois de ler a carta dele, eu conseguia ver os momentos curtíssimos em que as inseguranças de Cole vinham à tona. Levei a mão ao peito quando me lembrei exatamente de como eu havia alimentado aquela insegurança para afastá-lo.

– Sabe que você é incrível, né? – perguntei devagar.

Meus dedos tremeram no colo. Senti vontade de estender a mão e afastar a franja de seus olhos, mas ele tinha recuado da última vez em que o toquei, então prendi as mãos sob as coxas e tentei reconfortá-lo com palavras.

– Não ligo que ainda esteja descobrindo quem você é para além do futebol americano. Eu nunca te enxerguei desse jeito.

– Fica à vontade pra continuar – disse ele, em um tom arrogante que me faria revirar os olhos em circunstâncias normais. – Não vou te impedir.

– Bom, você é um irmão mais velho que apoia os mais novos, é muito dedicado às suas coisas e, de acordo com o seu signo do zodíaco, é incrivelmente misterioso. – Eu disse a última parte brincando, e sua boca se curvou para cima. – Falando sério, eu sinto saudade de você,

Cole. Nunca deveria ter te afastado, mas só percebi o quanto estava aterrorizada quando já era tarde demais e eu já tinha estragado tudo. Mas preciso que você saiba que não estou mais com medo.

– Jackie – disse ele, as pupilas tão dilatadas que quase engoliam o lindo azul de suas íris –, você se esqueceu da minha melhor característica.

– Ah, é? – Tentei parecer indiferente, mas não adiantou; a batida frenética que emanava do meu peito era tão alta que não seria surpresa se ele estivesse ouvindo. – E qual é?

Cole se inclinou para mim, envolveu minha nuca com a mão e tomou meus lábios em um beijo ardente. Me derreti nele, cada nervo de meu corpo ganhando vida enquanto jogava os braços atrás de seu pescoço. Meu coração inflou, tão cheio de alegria e paixão que estava prestes a explodir, e fez a dor do luto que ainda persistia dentro de mim recuar para o fundo. Não havia desaparecido, mas era suportável. Essa era a verdadeira cura, não era? Reconhecer a dor, mas escolher a felicidade – e eu estava pronta para escolher Cole várias e várias vezes.

Quando nos separamos e abri os olhos, pude sentir que o clima do salão estava diferente: as luzes tinham sido apagadas e, ao redor, as velas tremulavam. Elas lançavam um brilho dourado no ambiente, tornando-o mais romântico do que um café de jogos de tabuleiro tinha o direito de ser.

– Você não ia me falar qual é a sua melhor característica? – perguntei, assim que me recompus. A habilidade dele de me beijar até eu ficar sem fôlego era uma forte concorrente.

– Obviamente, minha habilidade na corrida de peixinhos – disse ele com uma falsa arrogância que me fez rir, mas seus olhos ficaram sérios um segundo depois. – Jackie, eu quero isso, quero nós dois, mas você precisa saber que eu não vou voltar pra fazenda. Se quero mudar, preciso fazer isso por mim mesmo. Além disso, tenho meu próprio banheiro na casa do Will e da Haley, e eles não têm regras. Você... Tudo bem por você?

Sua perna balançava sob a mesa, como se estivesse preocupado com a possibilidade de eu terminar com ele por conta desse novo ajuste nas nossas moradias, então cutuquei seu pé com o meu.

– Sem regras, é? – comentei, arqueando as sobrancelhas de maneira sugestiva. – Acho que gosto dessa ideia.

O sino acima da porta da cafeteria tocou, e nós dois nos viramos na direção do som. Uma mulher com vestido de festa entrou, seguida por um casal mais velho que pareciam ser os pais dela. Garrett lançou um olhar para nós, e balancei a cabeça ao entender o recado.

Era hora de ir. Reunimos nossos pertences – minha bolsa e jaqueta, o celular e a chave dele –, e, enquanto caminhávamos em direção à saída, Cole olhou para mim.

– Obrigado por compartilhar esse lugar comigo, Jackie. Fiquei feliz por ter um vislumbre de como era a vida no seu lar. Eu adoraria ir pra Nova York com você em algum momento. – Ele passou o braço por cima do meu ombro e me aconchegou ao seu lado. – Se quiser me mostrar mais coisas, eu ia amar conhecer mais. A gente deveria visitar o Danny qualquer hora dessas.

Havia algo estranho no comentário dele, mas eu não consegui entender o quê.

– Como você sempre foi meu guia turístico, acho justo que seja a minha vez – falei. – Tem muito mais em Nova York além da Missão Cafeína.

Enquanto pensava em todos os lugares legais para onde eu poderia levá-lo, me dei conta de por que as palavras de Cole me soaram estranhas. Nova York sempre seria meu lar; era o lugar onde eu nasci, o pano de fundo da minha infância e a cidade do meu coração.

Mas lar também era onde a família estava, e os Walter estavam aqui. Isso tornava o Colorado o meu lar também.

agradecimentos

RETORNAR AO MUNDO DA família Walter onze anos após a publicação do primeiro livro tem sido a montanha-russa mais louca que já vivi como autora. Sempre quis continuar a história de Jackie, mas a vida continuava entrando no caminho. Recentemente, auxiliei minha mãe durante sua luta contra um câncer em estágio 4. Nunca vou me esquecer do extremo paradoxo de emoções que senti quando assisti ao trailer da adaptação do livro para a Netflix, *Minha vida com a família Walter*. Estava sentada na UTI com minha mãe, sem saber se ela estaria conosco na estreia, e chorando copiosamente ao ver uma história que escrevi quando era criança ganhando vida na tela.

Felizmente, minha mãe continua conosco. Como a saúde dela estava melhor e eu havia recebido apoio por conta do lançamento da série, sabia que era a hora certa para continuar a história de Jackie. Ao começar a escrever esta sequência, senti muita pressão para corresponder às expectativas criadas pelo primeiro livro, mas muitas pessoas maravilhosas me ajudaram ao longo do caminho.

Antes de tudo, agradeço à minha editora, Wendy McClure, por nos manter na linha: a história e eu. Sua orientação foi inestimável para este livro. Sem sua paciência e assistência quando eu duvidava de mim mesma e lutava contra o bloqueio criativo, eu provavelmente ainda estaria mexendo em várias cenas. Obrigada por ter me arrastado até a linha de chegada; não há palavras o bastante no mundo para expressar minha gratidão.

Agradeço à minha irmã, Flynn Novak, por ter me ajudado a terminar as cenas que não estavam funcionando; a Kelly Anne Blount, por me ouvir enquanto eu planejava o livro; e a Cass e Vicki Kalnins, por serem os leitores beta do romance e me darem feedbacks. Z. W. Taylor, obrigada por me ajudar com o título do livro. Ele abrange perfeitamente não apenas a volta de Jackie para a família Walter, mas também a volta dos leitores e de mim mesma para esse mundo. Te devo um pacote de queijo coalho fresco de Wisconsin na próxima vez em que a gente se ver.

Gostaria também de agradecer ao meu agente incrível, Alex Slater, por tudo o que fez por mim.

Agradeço a todos da Sourcebooks pela ajuda com a história, principalmente a Jenne Abramowitz, Jenny Lopez, Olivia Haase, Thea Voutiritsas, Sabrina Baskey, Brittany Vibbert, Jessica Thelander, Deve McLemore, Karen Masnica, Lia Ferrone e Delaney Heisterkamp.

A todos os leitores que me acompanham desde a época de Wattpad e desde o lançamento da primeira edição, agradeço por permanecerem comigo e com esse mundo. Sei que foi uma espera e tanto, mas torço para que gostem desta sequência tanto quanto gostaram do primeiro volume. A todos que conheceram meu trabalho pela adaptação da Netflix, obrigada por adquirirem um exemplar do livro. Cada um de vocês significa muito para mim.

Por fim, e mais importante, agradeço ao meu marido, Jared. Foi com sua ajuda que eu consegui passar por esse último ano, e este livro não existiria sem o seu apoio. Você não é apenas meu melhor amigo, mas também minha rocha, meu piloto de corrida semiprofissional favorito e o amor da minha vida.

SUA OPINIÃO É MUITO IMPORTANTE

Mande um e-mail para **opiniao@vreditoras.com.br**
com o título deste livro no campo "Assunto".

1ª edição, set. 2025

FONTES Arno Pro 11/16,1pt;
Beloved Sans Regular 9/16,1pt;
Beloved Script Regular 50/45pt;

PAPEL Polen Bold 70g/m²

IMPRESSÃO Gráfica Santa Marta

LOTE GSM150825